# Laura Lee Guhrke

El lord y la *plebeya*

Editado por Harlequin Ibérica.
Una división de HarperCollins Ibérica, S.A.
Núñez de Balboa, 56
28001 Madrid

© 2016 Laura Lee Guhrke
© 2017, Harlequin Ibérica, una división de HarperCollins Ibérica, S.A.
El lord y la plebeya, n°. 227

Título original: No Mistress of Mine
Publicado originalmente por HarperCollins Publishers LLC, New York, U.S.A.
Traductor: Ana Peralta de Andrés

Todos los derechos están reservados, incluidos los de reproducción total o parcial en cualquier formato o soporte.
Esta edición ha sido publicada con autorización de HarperCollins Publishers LLC, New York, U.S.A.
Esta es una obra de ficción. Nombres, caracteres, lugares, y situaciones son producto de la imaginación del autor o son utilizados ficticiamente, y cualquier parecido con persona, vivas o muertas, establecimientos de negocios (comerciales), hechos o situaciones son pura coincidencia.

® Harlequin, TOP NOVEL y logotipo Harlequin son marcas registradas por Harlequin Enterprises Limited.
® y ™ son marcas registradas por Harlequin Enterprises Limited y sus filiales, utilizadas con licencia. Las marcas que lleven ® están registradas en la Oficina Española de Patentes y Marcas y en otros países.

Diseño de cubierta: Alan Ayers

I.S.B.N.: 978-84-687-8490-8
Depósito legal: M-6175-2017

Para mi madre, te quiero.
Ahora y siempre.

CAPÍTULO 1

Abril, 1892

—¡Buen Dios!

Aquella enfática exclamación por parte del conde Conyers fue suficientemente alarmante como para capturar la atención de todos los miembros de su familia. El conde, como ellos bien sabían, no era hombre dado a los exabruptos, y menos a tan temprana hora del día.

Todos se detuvieron, cuchillos y tenedores en mano, pero el conde no les prestó atención. Continuó con la mirada fija en la carta que sostenía en la mano sin explicar qué noticia aparecida en aquellas hojas había motivado aquella repentina necesidad de nombrar lo sagrado durante el desayuno.

Su hijo Denys fue el primero en romper el silencio.

—Padre, ¿qué ocurre? ¿Qué ha pasado?

Conyers alzo la mirada, su expresión le indicó a Denys que la noticia era tan impactante como inducía a pensar su exclamación.

Esperó, pero al ver que su padre doblaba la carta, volvía a meterla en el sobre y la guardaba en el bolsillo de la chaqueta tras dirigir una mirada a las damas, concluyó que se imponía la discreción y volvió a prestar atención al desayuno.

—¿Tienes planes para el almuerzo? —preguntó su madre. Cuando alzó la mirada, Denys la descubrió observándole con una expresión que conocía bien.

—He quedado con Georgiana y con su madre para hablar de la exposición floral. Comeremos en Rules, que está cerca de tus oficinas. ¿Quieres reunirte con nosotras?

Denys curvó los labios con una sonrisa irónica.

—Eres una casamentera, mamá.

—Soy tu madre —lady Conyers aspiró con fuerza—. A las madres les está permitido hacer de casamenteras.

—¿Y dónde está escrita esa norma? Me gustaría consultarla.

—No seas insolente, Denys. Y si estoy haciendo de casamentera es porque no me faltan motivos. Te vi bailando con Georgiana en el baile de Montcrieffe. Dos valses —añadió con obvio deleite.

—Es cierto —exhaló un pesado suspiro de fingido sufrimiento—. En ese caso, supongo que no tengo derecho a quejarme.

—Si no quieres ir... —su madre se interrumpió al tiempo que le miraba esperanzada.

Denys pensó en Georgiana y se instaló en él un confortable sentimiento de cariño.

—Todo lo contrario. Iré encantado.

—¡No sabes cuánto me alegro! —en el momento en el que salieron aquellas palabras de su boca, la madre de Denys se mordió el labio y desvió la mirada como si temiera que tanta efusividad fuera excesiva—. Georgiana es una criatura encantadora.

Susan, la hermana de Denys, que estaba sentada al lado de su madre, suspiró exasperada.

—¡Por favor, mamá! Georgiana Prescott no es ninguna niña. Tiene veintiocho años, la misma edad que yo. Aunque me atrevería a decir que parece mayor.

—Desde luego, es más madura —señaló Denys, dirigiéndole a su irresponsable hermana una significativa mirada.

—En cualquier caso, para mí es una criatura encantadora —lady Conyers se inclinó hacia su hija—. Y tú también, cariñito.

El conde interrumpió el gemido de réplica de Susan dejando el cuchillo y el tenedor en el plato.

—Tendréis que perdonarme —dijo mientras se levantaba—, pero me temo que debo retirarme. Denys, ¿te importaría reunirte conmigo en el estudio para hablar de un asunto de negocios antes de irte?

—Por supuesto.

Se levantó, pero la voz de Susan les interrumpió antes de que los dos hombres hubieran podido marcharse.

—¿La carta traía malas noticias, papá?

—No.

Fue una respuesta brusca y el propio conde debió de darse cuenta, porque suavizó su expresión al mirar a su hija.

—No es nada de lo que tengas que preocuparte —la tranquilizó.

Pero, incluso antes de que Susan volviera a hablar, Denys supo que el conde no había conseguido aplacar a su hermana.

—¿No quieres darme una palmadita en la cabeza antes de irte? —le preguntó Susan mientras el conde comenzaba a caminar hacia la puerta.

—Le gusta darte palmaditas en la cabeza —dijo Denys mientras rodeaba la mesa para acercarse a su hermana—. Sé indulgente con él.

—¡Pero es ridículo! —gruñó Susan, inclinando la cabeza para que su hermano pudiera darle un beso en la mejilla—. ¿Por qué los hombres sienten la necesidad de proteger a las mujeres de la más leve insinuación de realidad?

—Porque os queremos, esa es la razón —Denys se volvió

para besar también a su madre—, y tenemos la obligación de protegeros.

—Tonterías —respondió Susan mientras Denys se erguía y se dirigía hacia la puerta—. La verdad es que a los hombres les gusta reservarse la información que consideran importante porque así se sienten superiores.

Denys no contestó, pero Susan no se dio por vencida.

—¡Averiguaremos este secreto! —gritó tras él—. Siempre lo hacemos.

Los dos hombres prefirieron ignorarla a agravar la discusión y cruzaron el pasillo para dirigirse al despacho del conde sin decir una sola palabra. Una vez dentro y con la puerta bien cerrada tras ellos, Denys pudo retomar el tema.

—Ahora cuéntame lo que ha pasado.

Lord Conyers se sentó detrás de su escritorio y sacó el sobre del bolsillo de la chaqueta. Comenzó a tendérselo a través de la mesa, pero, por algún motivo inexplicable, apartó después la mano.

—Padre, ¿qué demonios es esto? —preguntó Denys—. Tanta reticencia está empezando a resultar inquietante.

—Tengo una noticia sobre Henry Latham.

Al instante y sin previo aviso acudieron a la mente de Denys inoportunas imágenes de Lola Valentine: Lola sobre el escenario, en el vestuario, en su cama. Lola con un salto de cama blanco al lado de Henry. Tomó aire y se obligó a hablar.

—¿Qué pasa con Henry?

—Ha muerto.

El anuncio golpeó a Denys con la fuerza de una piedra contra un espejo y las imágenes de Lola estallaron en pedazos de centelleante enfado, reabriendo una herida que creía sanada mucho tiempo atrás. Habían pasado seis años desde que Lola le había dejado, pero, de pronto, lo sentía con la misma crudeza que si hubiera ocurrido el día anterior.

—Una noticia sorprendente, ¿verdad?

El pragmatismo de la voz de su padre devolvió a Denys al presente. Cuando reparó en la mirada del conde, consiguió atemperar el dolor y la furia.

—Mucho. ¿Cuándo ha muerto?

—Hace un mes.

—¿Hace un mes? ¿Y por qué no fuimos informados entonces?

El conde se encogió de hombros.

—La carta está fechada tres semanas atrás. Supongo que se ha retrasado el correo.

—¿Puedo? —le tendió la mano.

Tras un momento de vacilación, su padre se inclinó sobre el escritorio para colocarle la carta en la mano extendida.

—¿Explica cómo murió? —pregunto Denys, sacando la carta del sobre.

—De un infarto, por lo que dice Forbes. Al parecer, Henry tenía el corazón débil.

—¿El corazón?

Denys, que estaba desdoblando la carta, se detuvo. Henry siempre había sido una persona vitalista, con una personalidad muy dinámica. Le resultaba inconcebible la idea de que tuviera un corazón débil. Bajó la mirada hacia la misiva, pero la clavó en las letras escritas a máquina sin leerlas. ¿Le habría acompañado Lola durante todo aquel tiempo? ¿Habría estado a su lado hasta el final?

La herida se abrió un poco más y Denys se recordó a sí mismo que Lola y Henry formaban parte de su pasado, de un desagradable asunto ocurrido mucho tiempo atrás, zanjado y superado. Volvió a doblar la carta sin leerla, la metió en el sobre y la dejó sobre el escritorio.

—La pregunta es —dijo mientras se reclinaba en la silla, alegrándose de que su voz sonara bastante natural— qué va a pasar ahora.

—¿Con el Imperial, quieres decir? —aparentemente aliviado, su padre adoptó una actitud enérgica y pragmática que pareció un reflejo de la de su hijo—. ¿Tú qué crees que va a pasar?

Denys se detuvo a considerarlo antes de decir nada para asegurarse de que su opinión fuera totalmente objetiva.

—Podríamos ofrecernos a comprar la parte de Henry —sugirió por fin.

—Estoy de acuerdo. ¿Pero crees que ella aceptaría la oferta?

Denys no veía ningún motivo por el que la viuda de Henry no quisiera aceptarla, siempre y cuando fuera justa.

—Su vida está en Nueva York. No creo que quiera venir a dirigir el teatro —contestó.

—Quizá no, pero, gracias a ti, el Imperial se ha convertido en un negocio rentable. Es posible que quiera mantener su parte como una forma de inversión.

Denys dudaba de que Gladys Latham tuviera más interés en las aventuras teatrales de Henry después de su muerte que cuando su marido estaba vivo.

—O, a lo mejor, aprovecha esta oportunidad para deshacerse de él.

—Es cierto. Pero, si no está dispuesta a vender su parte, podríamos considerar la posibilidad de venderle la nuestra.

Denys se quedó mirando a su padre de hito en hito, horrorizado ante la mera posibilidad.

—¿Vender nuestra parte del Imperial? ¿Por qué demonios vamos a hacer una cosa así?

Conyers se removió incómodo en su asiento.

—Podría ser lo mejor.

—No estoy de acuerdo.

El conde le dirigió entonces una mirada escrutadora.

—Es una situación difícil. Para ella, para ti y para todo el mundo.

Denys se tensó. Sabía que la verdadera preocupación de su padre no tenía nada que ver con Gladys Latham.

—A mi modo de ver, la muerte de Henry no cambia nada. Mi desafortunado enredo con Lola Valentine terminó hace mucho tiempo, padre, y no tiene nada que ver con esto. Me atrevería a decir que todas las personas involucradas en este asunto serán sensatas. El Imperial es una de nuestras inversiones más lucrativas. Es mucho más sensato conservarla, ¿no es cierto?

—No, no lo creo. Si no podemos comprarle su parte, le venderemos la nuestra. Dejaremos que se quede ella con ese maldito negocio.

Aquellas palabras amargas e imperiosas de su padre le sorprendieron. Desde que le había traspasado el control de las propiedades de la familia tres años atrás, Conyers jamás había impuesto ninguna decisión.

—Pareces muy vehemente sobre esta cuestión.

—¿Y no debería serlo?

—No por ningún motivo que yo sepa. Pensaba que confiabas en mí. ¿Te he dado algún motivo para que retires esa confianza?

El conde dejó caer ligeramente los hombros.

—No, por supuesto que —contestó. Se reclinó en la silla con un suspiro—. Me he precipitado al hablar. Decidas como decidas manejar la situación, es cosa tuya. Yo... —se interrumpió para tomar aire— confío en ti.

Denys se sintió aliviado y animado al oír aquellas palabras.

—No siempre ha sido así.

—No, pero puedo decir en mi defensa que hubo una época en la que no hacías que resultara fácil confiar en ti. Fuiste muy imprudente en tu juventud y lo sabes.

Le dolió que se lo recordara porque era consciente de que había sido un adolescente rebelde y un joven irresponsable y libertino. Aquellos rasgos tan poco atractivos de su carácter habían derivado en un viaje a París a los veinticuatro años.

En aquel entonces, su única intención había sido visitar

a unos amigos y divertirse un poco. No pretendía perder la cabeza.

Nicholas, el marqués de Trubridge y Jack, el conde de Featherstone, compartían una casa en París y competían por las atenciones de la más famosa cabaretera de Montmartre. Fascinados por ella, habían arrastrado a Denys durante su primera noche en la ciudad para ir a disfrutar de su espectáculo al Thèâtre Latin y, en el instante en el que había puesto sus ojos en Lola Valentine, el corazón de Denys había enloquecido y su vida se había sumergido en el caos.

Lola en París, quitándoles el sombrero a los caballeros de una patada y guiñándole el ojo a Denys mientras pasaba por su mesa y escapaba con su copa. Lola, al final de la escalera en la casa que Denys había alquilado para ella en Londres, brindándole la sonrisa que la había hecho famosa. Lola, moviéndose debajo de él en la cama, con su cabellera roja oscura extendida sobre la almohada y sus largas y bien torneadas piernas rodeándole.

Había necesitado de mucho tiempo y esfuerzo para enderezar su vida después de que Lola le hubiera abandonado por Henry Latham y la carrera profesional que había emprendido en Nueva York, pero lo había conseguido y había dejado tras él aquellos errores estúpidos de juventud. Con aquel recordatorio en mente, Denys volvió a prestar atención a lo que su padre le estaba diciendo.

—...haciendo locuras, sin mostrar ninguna intención de sentar cabeza y convertirte en una persona responsable. Llegué a estar verdaderamente desesperado. Pero has cambiado, Denys. Has pagado tus deudas, has asumido las obligaciones propias de tu posición y has hecho todo lo que te he pedido de una manera ejemplar. Estoy orgulloso de ti, hijo mío.

Con aquellas palabras, desapareció hasta el último vestigio de los recuerdos de Lola y Denys sintió una opresión en el pecho al fijar la mirada en su padre. Era incapaz de expresar lo mucho que aquellas palabras significaban para él, pero, afortunadamente, no tuvo que decir nada. Su padre desvió la mirada antes que él, se aclaró la garganta y volvió a hablar.

—Decidas lo que decidas, serás tú el que tome la decisión. Ahora yo solo soy un caballero ocioso.

—Y te encanta —contestó Denys, sonriendo.

—Sí. Estoy encantado de dejar en tus manos el tedioso trabajo de mantener intacta nuestra fortuna.

—Hablando de trabajo... —Denys miró el reloj de pared y se levantó, haciendo que su padre se levantara también—, será mejor que me vaya. Tengo una reunión con Calvin y Bosch a las nueve y media para firmar unos contratos, pero antes tengo que pasarme por nuestras oficinas. Se supone que los abogados tendrían que haber enviado los contratos ayer por la tarde.

—¿No acabo de decirte que ahora todo eso es asunto tuyo, y no mío? —le interrumpió el conde, alzando las manos—. Lo único que pienso hacer hoy es pasarme por el club y, quizá, ver un par de carreras de caballos.

Los dos hombres salieron del despacho y emprendieron caminos separados. Pero una hora después, mientras su carruaje rodeaba Trafalgar Square para dirigirse a las oficinas que tenía en la Strand, recordó las últimas palabras de su padre y no pudo evitar una sonrisa. Al conde le aburrían soberanamente sus negocios, pero Denys los encontraba fascinantes.

No siempre había sido así. Unos años atrás, era la clase de caballero que gastaba su asignación trimestral sin pensar de dónde salía el dinero. La clase de hombre que había encontrado irresistible la belleza de una bailarina de cabaret.

Pero sus días de admirador de coristas habían terminado. Empujado por Nick a invertir en una cervecería años atrás, había comenzado a comprender la satisfacción de ser un hombre de negocios y el conde, complacido por el recién descubierto sentido de la responsabilidad de su hijo, le había traspasado el control de todas las propiedades de la familia.

Su carruaje giró en Bedford Street y se detuvo delante de las oficinas. El cochero le abrió la puerta y, al salir del vehículo, Denys se detuvo en la acera para estudiar el edificio de la calle de enfrente y sintió una fiera oleada de orgullo al ver la fachada de granito gris y las columnas de mármol del Imperial.

Quince años atrás, cuando el conde y Henry Latham habían creado una sociedad para comprar aquel teatro, el Imperial era una sórdida sala de espectáculos. Henry, que por aquel entonces era ya un exitoso empresario en Nueva York, había estado buscando la manera de introducirse en el mercado teatral londinense y, con el conde como socio, había conseguido obtener los permisos necesarios, encontrar apoyos y cosechar un discreto éxito. Pero el negocio del teatro londinense era exasperante, difícil y competitivo y, al cabo de un tiempo, el americano se había cansado del proyecto y había regresado a los Estados Unidos llevándose a Lola con él y dejando la dirección del teatro en manos de su socio.

El conde se había mostrado encantado de dejar a su hijo a cargo del teatro, al igual que del resto de sus propiedades, y Denys se sentía orgulloso de que, quince años después, no quedara el menor rastro de vulgaridad en el Imperial. En aquel momento, el teatro era ampliamente conocido por sus producciones shakesperianas y había conseguido un nivel de aclamación por parte de la crítica con el que Henry no se habría atrevido a soñar.

Pensar en Henry le llevó, inevitablemente, a pensar en Lola y, antes de que pudiera hacer nada para impedirlo, acudió a su mente la imagen de Lola con la melena rojiza, los ojos de color aguamarina y aquel cuerpo hecho para el pecado.

Y junto a aquel recuerdo llegaron otros muchos, recuerdos de todo lo que había salido mal. La obra que había financiado para ella, que había terminado siendo un fracaso. La casa de St. John's Wood vacía, salvo por los regalos que Denys le había hecho y una nota en la que le decía que había regresado a París. Su negativa a aceptar su abandono, el viaje al cabaret en el que Lola estaba trabajando y el momento en el que había descubierto a Henry en el camerino. Y las palabras de Lola, la parte más desoladora de todo aquello.

«Lo siento, pero Henry me ha hecho una oferta mejor».

Denys sacudió la cabeza, todavía perplejo por su propia estupidez. Pero había sido estúpido en muchos aspectos durante sus días de juventud. Gracias a Dios, ya no solo era un hombre más maduro, sino también más sabio. Las cabareteras bellas y ambiciosas ya no tenían ningún encanto para él.

Dio media vuelta, abandonando la vista del Imperial, para estudiar el edificio que tenía frente a él. Cinco pisos de altura, una construcción de ladrillo blanco, frontones de mármol, ventanales en forma de arco... las oficinas de Conyers Investment Group resplandecían de prosperidad.

El mensaje que transmitía el interior era igual de claro. Cualquiera que entrara sabría que aquella era una firma próspera y solvente. Los ascensores eléctricos, los teléfonos y las máquinas de escribir apuntaban hacia la modernidad y el futuro, pero la enorme escalera central, las alfombras ligeramente desgastadas y el confortable cuero del mobiliario le conferían un aire de confianza y longevidad, ambas cualidades muy necesarias en una firma de inversiones

Denys comenzó a subir por la escalera y saludó con un gesto de cabeza al empleado que estaba tras un escritorio en la espaciosa entrada. Cuando llegó al entresuelo, rodeó el vestíbulo y ascendió por otro tramo de escaleras, pero apenas acababa de entrar en su enorme despacho situado en el piso de arriba cuando se detuvo sobresaltado.

Su secretario no estaba en su escritorio.

—¿Dawson? —llamó a través de la puerta abierta de su propio despacho.

Pero su secretario, un joven rubio, ni contestó ni apareció.

Con el ceño fruncido por la estupefacción, Denys sacó el reloj y volvió a deslizarlo en el bolsillo del chaleco. Dawson era de una puntualidad fanática, siempre llegaba a la oficina antes que su jefe, un hecho que convertía su ausencia en algo inusual.

Pero no importaba. Si Dawson se había visto obligado a alejarse de su mesa, sin lugar a dudas habría dejado preparados los contratos antes de partir. Denys se acercó al escritorio de su secretario, pero no vio los documentos por ninguna parte.

Dejó escapar un suspiro exasperado.

—¿Dónde se ha metido este hombre?

—Si estás buscando a tu secretario —contestó una voz de mujer con un inconfundible acento americano en repuesta a la pregunta que acababa de musitar—, me está preparando un té.

Denys se quedó paralizado en medio de su incredulidad. Porque aquella voz ronca, terrosa, que bajaba en las vocales y se las arreglaba para infundir una nota de erotismo en el que, de otra manera, se habría limitado a ser un simple acento americano del Medio Oeste, solo podía pertenecer a una mujer.

Tomó aire, diciéndose a sí mismo que tenía que haberse confundido, pero, cuando se volvió, la visión de una alta y voluptuosa pelirroja en la puerta de su despacho le indicó que no había cometido ningún error.

Continuaba teniendo el pelo del color del fuego, un tono rojizo que la mayoría de las mujeres solo podían conseguir tiñéndose con henna. Coronando sus vibrantes rizos llevaba un enorme batiburrillo de plumas y lazos rojos sobre un sombrero de paja inclinado en un ángulo que desafiaba las leyes de la gravedad. Y, bajo él, aquel rostro deslumbrante que esperaba no volver a ver nunca jamás. Sus ojos continuaban teniendo el mismo color aguamarina que recordaba y sus labios llenos el mismo rosa intenso. En el ambiente serio y ascético de las oficinas, florecía con vibrante vida como la flor de un cactus exótico en medio de la arena y los arbustos del desierto.

Dio un paso hacia ella y escrutó su rostro, pero los polvos del maquillaje le impidieron ver las pecas que salpicaban su nariz y sus mejillas. No importó, porque sabía que estaban allí. Era imposible que no lo supiera, pues había besado todas y cada una de ellas.

¿Cuántas veces?, se preguntó, ¿había estado tumbado en la casita de St. John Wood, con el cuerpo saciado y la mente adormilada observándola aplicarse polvos de maquillaje para intentar ocultar aquellas pecas que despreciaba? ¿Cuántas veces la había visto subirse las medias y aplicarse esencia de jazmín tras las rodillas? Docenas, imaginaba. Centenares, quizá. Pensaba entonces que aquellos días felices no tendrían fin, pero habían terminado, y con una brusquedad que había sacudido su vida.

Al mirarla, pensó en la última vez que la había visto en el camerino de París. Lo recordó todo como si hubiera ocurrido el día anterior: el salto de cama de tela finísima que cubría el cuerpo de Lola, la botella de champán abierta encima de la mesa y su cara pálida como el papel al verle. Y Henry en el sofá, sonriendo triunfante.

El enfado que había experimentado entonces comenzó a bullir dentro de él como si acabara de beberse una botella de whisky barato. Aunque aquella no era una analogía apropiada para Lola, que nunca había sido una mujer barata. Todo lo contrario, había sido el error más caro que había cometido en su vida. Y el más excitante

Bajó la mirada antes de poder reprimirse. Lola continuaba

teniendo las generosas curvas que él recordaba, curvas cinceladas por años de baile y que, sospechaba, todavía le debían muy poco a los corsés y nada en absoluto a los rellenos y almohadillas para mejorar el busto.

Llevaba un vestido de seda de color rosa pálido y Denys no pudo evitar reparar en la naturalidad con la que aquel tono se fundía con el de la piel del cuello y la mandíbula. Cualquier otra mujer, pensó con fastidio, parecería discreta con un color como aquel, inocente incluso. Pero no Lola. Vestida de color rosa pálido, parecía estar... desnuda.

Denys no era un hombre dado a maldecir, pero, en ciertas ocasiones, la única respuesta posible para un hombre era un juramento.

—¡Diablos! —musitó, pero aquella palabra le pareció del todo inadecuada para desahogar sus sentimientos—. ¡Maldita sea! —añadió, pero tampoco quedó satisfecho—. ¡Condenado sea el maldito infierno!

Lola esbozó una leve sonrisa.

—Yo también me alegro de verte, Denys.

El sonido de su nombre en aquellos labios fue como la parafina sobre las brasas y el enfado que Denys estaba reprimiendo explotó, amenazando con escapar a su control. Denys apretó el puño y se lo llevó a la boca, luchando para dominarse.

—¿No vas a decir nada? —preguntó ella al cabo de uno segundos—. Aparte de los juramentos, claro.

Denys bajó la mano y tomó aire.

—Es extraño —musitó, imprimiendo a su voz un frío distanciamiento que no sentía en absoluto—, pero no se me ocurre otra cosa que decirte.

—«Hola» podría ser un buen comienzo —sugirió ella—. O podrías preguntarme qué tal estoy.

Denys apretó la mandíbula, fortaleciendo su enfado hasta convertirlo en determinación.

—Esa pregunta implicaría un grado de curiosidad que no poseo.

Tras aquella fría réplica, del rostro de Lola desapareció cualquier asomo de sonrisa. Estaba siendo grosero, Denys era consciente de ello, una conducta que no podía mantener en su posición ni con su educación, ¿pero qué esperaba Lola? ¿Una cálida bienvenida? ¿Una cariñosa mención a los viejos tiempos?

Lola se aclaró la garganta, rompiendo el silencio que se había hecho entre ellos.

—Denys, estoy segura de que mi visita ha sido una sorpresa para ti, pero...

—Al contrario. El día que dejes de ser impredecible sí que será toda una sorpresa. Al fin y al cabo, la veleidad es una de las peculiaridades de una meretriz, ¿no es cierto?

Acababa de dar en el blanco. En respuesta, asomó a los ojos de Lola un fogonazo de enfado que le hizo recordar a Denys que no solo era pelirroja, sino que poseía el carácter apasionado que, a menudo, se asociaba a aquel color de pelo.

—No puedo decirlo —le contradijo con aspereza—, puesto que yo nunca fui tu meretriz. Fuimos amantes.

Denys se encogió de hombros, como si no estuviera de humor para pararse a debatir sobre distinciones tan sutiles sobre su pasada relación.

—Y, en el caso de Henry, ¿qué eras? ¿Su amante? ¿Su meretriz? ¿O solo erais buenos amigos?

Lola se retrajo, pero si Denys pensaba que pensaba eludir aquellas preguntas tan mordientes estaba muy confundido. Porque alzó la barbilla y se enfrentó al ataque.

—¿Qué sentido tiene recordar el pasado? —le preguntó—. Es sobre el futuro sobre lo que tenemos que hablar, ¿no es cierto?

—¿El futuro? —repitió perplejo—. ¿A qué te refieres?

La pregunta pareció sorprenderla, aunque Denys no entendió por qué.

—Pero, supongo que sabes... —Lola se interrumpió, se mordió el labio inferior y se le quedó mirando fijamente antes de volver a hablar—. No te has enterado.

Denys frunció el ceño, sintiéndose incómodo de pronto.

—Si te refieres a la muerte de Henry, sí me he enterado.

—No es eso... exactamente.

—¿No es ese el motivo por el que estás aquí? Supongo que ahora que Henry no está con nosotros pretendes retomar la relación donde la dejamos. ¿Quieres que me haga cargo de ti?

Sabía que era absurdo incluso mientras lo decía, pero no era capaz de imaginar otra razón que justificara la presencia de Lola y el comentario que había hecho sobre el futuro.

—Ningún hombre tiene que hacerse cargo de mí —contestó con aspereza.

Aquello le hizo recordar a la joven atrevida que había conocido en el pasado, una joven que le había mantenido a distancia durante un año y había estado a punto de hacerle enloquecer hasta que por fin había consentido en entregarse.

—Sé cuidar de mí misma. Creía que lo había dejado bien claro hace seis años.

—Sí, pero, aun así, Henry parece haberse cargo de ti de manera muy amable por su parte. Por lo que tengo entendido, el espectáculo que te montó en Nueva York ha tenido mucho éxito. Convertirte en su querida te ha salido muy rentable.

Lola abrió la boca para contestar, pero se mordió el labio.

—Por favor, Denys, no intentes discutir conmigo. No he venido hasta aquí para pelearme ni para ver si podíamos retomar nuestra relación donde la dejamos.

Aquellas palabras no le produjeron ningún alivio, porque, si no estaba allí en busca de una reconciliación, eso solo podía significar que se proponía algo.

—Aun así, has dicho que quieres que hablemos sobre

nuestro futuro. ¿Qué ha podido llevarte a pensar que podríamos tener algo en común en el futuro?

Lola suspiró.

—El testamento de Henry.

—¿El testamento de Henry?

Denys se la quedó mirando fijamente y, de pronto, se sintió como si la tierra se estuviera abriendo bajo sus pies y le estuvieran arrastrando al más profundo abismo.

—Sí —Lola abrió el bolso de seda roja y sacó de su interior una hoja de papel que le tendió con una mano cubierta por un guante de color blanco—. Henry me ha convertido en tu socia.

CAPÍTULO 2

Lola ya había imaginado que presentarse ante Denys sin previo aviso supondría para él un gran impacto, pero lo había considerado más prudente que escribirle por adelantado y solicitar una cita. De aquella manera, no había podido negarse a recibirla.

Sin embargo, sí estaba en condiciones de tirarla por la ventana. Y la gravedad de su expresión le indicó que era una posibilidad certera.

—¿Mi socia? —repitió entre dientes—. ¿En qué empresa?

—En el Imperial. Bueno, legalmente, soy la socia de tu padre, pero como eres tú el que controla todas sus propiedades...

—Estás loca.

Lola hizo crujir el papel que tenía entre los dedos.

—Esta carta resume los detalles exactos de las condiciones de Henry. Una semana antes de abandonar Nueva York, el señor Forbes me aseguró que había enviado una carta similar a tu padre junto a la noticia de la muerte de Henry. Es evidente que Conyers te ha informado de lo último, pero no debió de decirte nada de lo primero.

Denys no contestó. En cambio, continuó con la mirada clavada en ella en un silencio pétreo. Al observarle, Lola comprendió que todo cuanto había ensayado durante el viaje con intención de prepararse para aquel encuentro no le había servido de nada.

Por una parte, Denys no parecía estar al corriente de los términos del testamento. Ella iba dispuesta a enfrentarse a él dando por sentado que también Denys estaría preparado para enfrentarse a ella. Pero, al parecer, aquel no era el caso.

Sin embargo, peor aún era el hecho de que aquel hombre no se pareciera en absoluto al Denys que ella había conocido. El Denys del pasado era un hombre tranquilo y despreocupado con un irresistible encanto juvenil y una apasionada ternura. Lola apenas podía reconocer ninguna de aquellas cualidades en el hombre que tenía frente a ella.

Aquel hombre tenía los pómulos marcados y la barbilla cuadrada de Denys, pero carecía de la despreocupación y el aire aniñado que suavizaban sus facciones. Aquel hombre tenía los ojos marrones de Denys, pero, cuando la miraba, Lola no reconocía ningún vestigio de ternura en sus oscuras profundidades. Había oído decir que se había convertido en un astuto hombre de negocios y, al verle en aquel momento, no tuvo ningún problema para creerlo.

Aquellos cambios le habían costado, porque había algunas arrugas en las comisuras de sus ojos y en la frente que no estaban antes allí, arrugas que hablaban de responsabilidades que el Denys al que ella había conocido nunca se había visto obligado a asumir. Su boca, otrora siempre presta a la sonrisa, se había convertido en una línea inexpresiva, aunque, en aquel caso, la falta de alegría podría deberse a su llegada en vez de a la carga del deber.

Le había hecho daño, lo sabía. Había aceptado el afecto que sentía por ella y al final lo había despreciado. Pero no había encontrado otra forma de hacerle ver que una chica como ella, nacida junto a los pastos y los mataderos de Kansas City, que había pasado la infancia envuelta en el olor a estiércol, sangre y whiskey barato y había empezado a enseñar sus vergüenzas delante de los hombres antes de los dieciséis años, jamás podría hacer feliz a un hombre como él.

El dolor penetró en su pecho y, de pronto, se sintió incapaz de soportar la dureza de su rostro, una dureza que ella había grabado en él. Desvió la mirada.

Su cuerpo, advirtió al bajar la mirada, había cambiado menos que su rostro. Continuaba teniendo los hombros anchos y fuertes y las caderas del atleta que había sido en su juventud. Y, por lo que podía apreciar, no había ganado ni una gota de grasa. Si acaso, parecía más fuerte y vigoroso a los treinta y dos años que a los veinticuatro.

Ella tenía la esperanza de que el tiempo hubiera atemperado su acritud, pero en aquel momento comprendió que sus esperanzas habían sido vanas.

Aun así, no retrocedió. Se obligó a volver a hablar.

—He venido hasta aquí dando por sentado que Conyers había recibido toda la información del señor Forbes y te había puesto al tanto de la situación. Pero veo que estaba confundida.

—Desde luego, tienes agallas, Lola —musitó, fulminándola con la mirada—. Eso tengo que reconocértelo. Tienes agallas.

El resentimiento era palpable en cada línea de su rostro, en la rigidez de su postura e incluso en el ambiente que se respiraba en la habitación. Pero Lola no iba a marchitarse ante su enfado como una delicada flor de invernadero y se enfrentó a la hostilidad de su mirada con un nivel idéntico de hostilidad en la suya.

—Esta es una cuestión de negocios —dijo con voz queda—, no es nada personal, Denys.

—No sabes cuánto me alivia —replicó él.

A pesar de su intención de permanecer firme, Lola no pudo evitar encogerse un poco ante su sarcasmo.

Denys dio un paso adelante, le quitó la carta de entre los dedos y la desdobló para escrutar las líneas mecanografiadas. Cuando volvió a alzar la mirada, su expresión continuaba siendo implacable.

—No solo el Imperial, sino también cincuenta mil dólares para respaldarte económicamente —dijo mientras volvía a doblar la carta—. De meretriz a heredera en un solo paso.

Lola abrió la boca para negar aquel insulto, pero volvió a cerrarla. ¿Qué sentido tendría negarlo? Su papel de querida de Henry era una ficción de larga duración que había comenzado aquella noche aciaga, en un camerino de París, seis años atrás. Era un papel que les beneficiaba a ambos y ninguno de ellos había visto la necesidad de darlo por terminado. No tenía ningún sentido contarle a Denys la verdad porque jamás la creería. Era preferible continuar manteniendo la mentira.

—Henry era un hombre bueno y generoso —dijo en cambio.

—Desde luego. Pero tengo cierta curiosidad. ¿Cómo se tomó su familia esta muestra tan particular de su bondadosa generosidad?

—Henry dejó bien provistos a su esposa y a sus hijos. El Imperial representa solo una fracción de sus propiedades.

—¿Solo una fracción? —le tendió la carta—. En ese caso, estoy seguro de que Gladys y sus niños no se sentirán en absoluto engañados.

Lola estalló mientras le arrancaba la carta de las manos.

—A sus hijos, que ahora tienen veintitrés y veintiséis años, por cierto, Henry les importó muy poco cuando estaba vivo, y lo mismo se puede decir de Gladys. Ninguno de ellos tenía tiempo para él, a menos que necesitaran su dinero, por supuesto.

Denys curvó la boca en una cínica sonrisa y la recorrió con la mirada.

—Estoy seguro de que tú has sido mucho más entregada.

Un intenso rubor cubrió el rostro de Lola. Representar el papel de querida de Henry había resultado fácil en Nueva York, pero, en aquel momento, delante de Denys, no le resultaba fácil en absoluto. Aun así, uno tenía que asumir sus decisiones, así que respiró hondo y volvió a centrar la conversación en el presente.

—Quizá, en vez de hablar de Henry, deberíamos hablar de lo que va a pasar a partir de ahora.

—¿A partir de ahora? —frunció el ceño—, no sé si tengo el placer de entenderte.

—Ahora soy la propietaria de la mitad del Imperial y, aunque tu padre sea el propietario de la otra mitad, eres tú el que lo diriges. Eso significa que vamos a tener que trabajar juntos.

—Absolutamente, no.

Lola le miró en silencio durante unos segundos y después señaló hacia la puerta que tenía tras ella.

—Puesto que vemos la situación desde perspectivas tan diferentes, quizá deberíamos sentarnos a discutirla. Ahora mismo se impone la necesidad de negociar y llegar a un acuerdo.

Como no quería darle oportunidad de negarse, no esperó su respuesta. Se volvió, regresó a su despacho, volvió a sentarse en la silla de cuero que tenía frente a su escritorio, en la que había estado sentada esperando su llegada, y cruzó los dedos para que la siguiera. Al cabo de unos segundos, Denys entró, pero sus palabras demostraron lo poco inclinado que estaba a mantener una conversación amistosa.

—No acierto a entender qué es lo que hay que negociar —dijo mientras rodeaba su mesa para mirarla.

La apertura de la puerta exterior interrumpió cualquier posible réplica por parte de Lola. Un segundo después, el señor Dawson irrumpió en el despacho de Denys cargado con una bandeja.

—Aquí tiene el té, señorita Valentine. Espero que le guste el Earl Grey. ¡Ah! Buenos días, señor —añadió al ver a Denys, que permanecía de pie tras el escritorio.

Tras saludar a su jefe con una inclinación de cabeza se detuvo al lado de la silla de Lola y colocó la bandeja de té en el escritorio, delante de ella.

—También le he traído unas pastas, por si estuviera hambrienta.

—Gracias —tras la hostilidad de Denys, la amabilidad de su secretario fue como un bálsamo y Lola le dirigió una sonrisa de agradecimiento al joven secretario—. Muy considerado por su parte.

—En absoluto, en absoluto —alargó la mano hacia la tetera y comenzó a servir el té—. Debo decir que es muy emocionante poder conocerla, señorita Valentine. El año pasado, estando allí con mi anterior patrón, pude ver su espectáculo en Nueva York y fue espectacular. Todavía la recuerdo quitándole el sombrero a uno de los espectadores de la primera fila con el pie y arrojándolo al aire. No consigo comprender cómo se las arregló para hacerlo aterrizar en su cabeza —se echó a reír—. Estoy seguro de que ese tipo no volverá a olvidarse de quitarse el sombrero antes de entrar en un teatro.

Lola no le dijo que aquel hombre del sombrero estaba siempre entre el público.

—Me alegro de que le gustara.

—Y mucho. Espero que su presencia en Londres signifique que piensa actuar aquí.

—Me encantaría hacerlo, sí —miró a Denys y su expresión glacial le confirmó lo difícil que iba a resultarle—, pero ya veremos.

—Espero sinceramente que lo haga. Me encantaría volver a ver su espectáculo. ¿Con leche y azúcar?

Lola no tuvo oportunidad de responder, porque intervino Denys.

—Dawson, deje de halagar a la señorita Valentine y vaya a buscar los contratos de Calvin y Bosch, por favor.

—Por supuesto, milord —tras dirigirle a Lola una sonrisa de disculpa, el señor Dawson le tendió el té, inclinó la cabeza y salió de la habitación.

Con el plato y la taza en la mano, Lola se reclinó en la silla y esperó, pero Denys no hizo ademán de sentarse.

—Denys, siéntate —le pidió ella—, o voy a terminar con tortícolis.

—Esta conversación no va a durar tanto como para eso —se inclinó hacia delante apoyando las palmas de las manos sobre la superficie del escritorio—. No pienso participar, ni tampoco va a hacerlo mi padre, en ningún negocio contigo.

—Ya lo estás haciendo.

—Pero no por mucho tiempo. Y, ahora si me perdonas —añadió antes de que ella pudiera preguntar qué pretendía hacer—, tengo una cita a la que ya llego tarde.

Lola inclinó la cabeza hacia atrás, le miró con atención y supo que, de momento al menos, la conversación había terminado. Si su sociedad iba a funcionar, y ella estaba dispuesta a hacerla funcionar a cualquier precio, era importante comenzar con buen pie. Eso significaba que debía respetar su agenda.

—Por supuesto —guardó la carta y se levantó—. ¿Cuándo podríamos retomar esta conversación? Puedo pedirle una cita a tu secretario o...

—Creía que lo había dejado claro, pero es evidente que no —se interrumpió y sus ojos entrecerrados parecieron pasar del color castaño al negro—. No voy a aceptar una cita. No estoy dispuesto a hablar contigo ni del Imperial ni de ningún otro asunto. Ni ahora ni nunca.

—Pero, Denys, la temporada está a punto de empezar. Los ensayos de *Otelo* empiezan dentro de dos semanas. Hay que tomar decisiones, acordar...

—Por supuesto —la interrumpió—. Dawson te dará el nombre de mis abogados. Estoy seguro de que estarán encantados de mantenerte al tanto de las decisiones y acuerdos que tome con relación al Imperial. Y confío en que tú les indiques a dónde debo hacerte llegar tu parte de los beneficios.

A pesar de que estaba decidida a mantener una actitud profesional, Lola sintió que empezaba a perder la paciencia.

—Espera un momento. Es evidente que el abogado de Henry no te había advertido de cuál era la situación y comprendo que para ti todo esto esté resultando difícil. Pero, Denys, no voy a permitir que me dejes de lado mientras tú tomas decisiones relativas al Imperial y diriges el teatro sin mí. A diferencia de Henry, pretendo participar plenamente en esta sociedad.

Un músculo se tensó en la mandíbula cuadrada de Denys.

—No, mientras me quede un mínimo aliento.

—Sé que estás resentido conmigo. Probablemente, me odias. Pero eso no impide que sea tu socia y tenga los mismos derechos que tu padre. Estoy en igualdad de condiciones a la hora de decidir lo que hay que hacer.

—Eso es otro asunto que tendrás que tratar con mis abogados —ignorando su sonido de frustración, se volvió y salió del despacho, desapareciendo de su vista—. Venga conmigo, señor Dawson —le oyó decir—. Hay algunos asuntos de los que necesito que se ocupe mientras yo esté fuera.

Lola se movió para seguirle, pero se lo pensó mejor y se detuvo. No podía seguirle por pasillos y escaleras en su propia oficina, sobre todo delante de su secretario y sabiendo que no estaba en condiciones de escucharla. Era preferible dejarle respirar y esperar a que asimilara la realidad de su nueva relación.

Pero, a pesar de aquella decisión, se sintió obligada a decir algo más antes de darle la oportunidad de marcharse.

—Estamos juntos en esto, Denys —gritó tras él—. Esta conversación no ha terminado.

—Por supuesto que no —replicó él al instante—. Contigo, nada parece terminar nunca.

Y se marchó sin más, dando un portazo y dejándola sola.

¿Cómo iba a conseguir que aquello funcionara?, se preguntó Lola, hundiéndose en la silla.

En aquel momento le parecía más imposible que un mes atrás, cuando Henry había muerto.

Lola suspiró y se reclinó en su asiento, invadida por el cansancio. Había perdido al hombre que había sido su mentor, su amigo y un padre mucho mejor de lo que podría haberlo sido nunca el hombre que la había engendrado. Las últimas representaciones de la temporada de invierno había tenido que hacerlas frente a su butaca vacía, sabiendo que no volvería a ocuparla nunca más. Había tenido que darle la noticia de su muerte a Alice. Y, ante la insistencia del señor Forbes, se había visto obligada a sentarse al lado de los odiosos parientes de Henry para la lectura de su testamento.

Acudió a su mente la imagen del señor Forbes, los bordes encerados de su enorme bigote rebotando mientras iba relatando con aquella voz seca y profesional las disposiciones del testamento de Henry: una pensión para su esposa, depósitos para sus hijos, todos los negocios de Nueva York y sus activos para sus hijos, una dote para su hija...

Su presencia en el despacho del abogado había sido recibida con hostil resignación por parte de la familia y se había hecho evidente que habían sido informados de que también ella recibiría parte del legado.

Ella, por su parte, estaba completamente despistada. No era capaz de imaginar qué podía haberle dejado. Desde luego no joyas, ni abrigos de piel, ni ninguna de las fruslerías que los hombres regalaban a sus amantes. Alice habría sido la única receptora de algo así. Pero Lola tampoco era capaz de imaginar a Henry dejándole algún detalle por motivos sentimentales. Henry había sido un hombre astuto, egoísta, perspicaz y en absoluto sentimental. Suponía que podía haberle dejado dinero, aunque también le parecía extraño, porque disponía de unos suculentos ahorros gracias al éxito del espectáculo que había estado representando durante cinco años seguidos en Madison Square y con el que había hecho ganar una gran cantidad de dinero tanto a Henry como al resto de inversores del teatro.

—Y, por último, hay una disposición para la señorita Valentine.

Lola se había enderezado en la silla y había fijado su atención en el abogado, buscando sus ojos azul claro por encima del borde dorado de los quevedos que colgaban de su nariz.

—A la señorita Valentine, el señor Latham le lega el cincuenta por ciento del teatro Imperial. Además, recibirá una suma de cincuenta mil dólares...

Le habían interrumpido las exclamaciones de asombro de los allí presentes, pero los familiares de Henry no habían sido los únicos en sorprenderse. Lola se había sentido como si acabara de atropellarla un tranvía.

¿La mitad del Imperial? ¿Una sociedad conjunta con el padre de Denys? Aquello era una locura.

Aturdida, había clavado la mirada en el señor Forbes, intentando asimilar lo que aquello podría significar y había tardado varios segundos en darse cuenta de que toda la familia de Henry se había vuelto hacia ella y estaban mirándola fijamente. Ella había ido deslizando la mirada rostro tras rostro y había sido consciente de que estaban todos muy enfadados.

En primer lugar, había visto a Carlton, con el rostro amoratado tras enterarse de que Lola era la heredera de una de las inversiones más rentables de Henry y de una generosa cantidad de frío dinero en efectivo. Después Margaret, que había bajado el pañuelo para dirigirle a la supuesta querida de su padre una mirada cargada de desprecio con aquellos ojos que no habían derramado una sola lágrima. Y, para terminar, Gladys, que la había mirado temblando de rabia y con los labios apretados en una dura línea.

Lola les había devuelto la mirada alzando la barbilla. Aquellos eran los parientes de Henry, pero nunca le habían querido y sus miradas asesinas no la afectaron en absoluto. Observó a Gladys mientras esta se levantaba y se acercaba al lugar en el que ella estaba sentada, apartada de los demás y al lado de la puerta. Cuando Gladys se detuvo frente a ella, alzó la mirada y mantuvo el semblante inexpresivo mientras se enfrentaba a la mirada de desprecio de la otra mujer. Y cuando Gladys alzó la mano y la abofeteó, ni siquiera retrocedió. No le dio a Gladys aquella satisfacción.

Esperó a que se fueran todos para llevarse la mano a la mejilla escocida. Gladys nunca sabría que había abofeteado a la mujer equivocada, por supuesto, y Lola no había pensado nunca en ilustrarle. Henry había querido proteger la reputación de Alice incluso después de muerto. Además, a Lola nunca le había importado lo que las mujeres como Gladys Latham pudieran pensar de ella.

—Le pido mis disculpas, señorita Valentine.

Lola bajó la mano y alzó la mirada.

—No se preocupe, señor Forbes. Usted no tiene la culpa de que alguien se comporte de forma tan ruda. Además —añadió—, tampoco puedo culparla. Tiene que ser difícil para ella verme aquí. E imagino que Henry no fue gran cosa como marido.

El abogado se inclinó hacia delante en la silla con expresión confidencial.

—Gladys tampoco fue gran cosa como esposa.

Lola no pudo evitar sonreír al oírle.

—Es usted un hombre muy malo, señor Forbes.

El abogado señaló entonces la silla más cercana a él, la misma que había abandonado la viuda de Henry.

—Si puede quedarse unos minutos, señorita Valentine, tengo algo que darle de parte del señor Latham.

—¿Algo más? —repitió ella mientras se acercaba a la silla que le ofrecía—. No puedo imaginar qué puede ser. Pero lo cierto es que tampoco podía imaginar que pudiera dejarme la mitad del Imperial. ¿El conde Conyers y yo socios? Ese hombre no me daría ni un vaso de agua aunque estuviera muriéndome de sed.

—En cuanto a eso... —el abogado se interrumpió para aclararse la garganta—, su señoría ya no dirige el teatro. Tengo entendido que lord Conyers cedió la gestión de sus inversiones a su hijo hace tres años.

—¿Denys dirige el Imperial? —gimió mientras se inclinaba hacia delante en la silla—. Eso lo complica todo todavía más. ¡Ay, Henry! —musitó, frotándose la frente—. ¡Qué has hecho!

Al cabo de unos segundos, inclinó la cabeza.

—Pero mi pregunta sigue en pie. ¿Cómo se le ocurrió pensar que esa sociedad podría funcionar?

—El señor Latham no me lo confió, pero es posible que esto se lo aclare —el señor Forbes levantó un sobre sellado y se lo tendió—. Quería que le entregara esto después de la lectura del testamento.

Lola rompió el sobre lacado, sacó la única hoja que contenía y la desdobló.

Lola,

A veces con un poco de retraso, pero siempre cumplo mis promesas. Vuelve a Londres y deslúmbrales, cariño. Demuéstrales que se equivocaron contigo. Estoy seguro de que puedes hacerlo.

Con todo mi cariño,
Henry

PD: si rechazas esta oportunidad por miedo a Denys regresaré y mi fantasma te perseguirá.

Los ojos se le llenaron de lágrimas a pesar de que se estaba riendo al imaginar a Henry como un fantasma. Había empezado a pensar que había olvidado la promesa que le había hecho aquella fatídica noche en París.

«Me aseguraré de que aprendas tu oficio de una forma adecuada. Y, cuando crea que estás preparada para volver al teatro, buscaré inversores que financien una obra seria para ti. Incluso una de Shakespeare. Y, si eres buena, dirigiré tu carrera de actriz. Quizá incluso podamos abrir un teatro en Nueva York para que puedas representar tus obras».

Lola parpadeó para contener las lágrimas y volvió a leer la carta. En aquella ocasión, sin embargo, una vez superada la sorpresa, fue asimilando lo que aquella carta implicaba. Henry había mantenido su promesa, pero con una enorme diferencia. El Imperial no estaba en Nueva York.

Miró al abogado perpleja.

—Henry debía de estar fuera de sus cabales.

—Eso es lo que cree su familia —respondió el abogado secamente—. Pero no. El estado mental del señor Latham era perfecto.

Lola también lo había creído siempre, pero aquello la hacía cuestionárselo. Londres era la ciudad en la que había iniciado su carrera como actriz, el lugar en el que Denys, corriendo él con los gastos, había financiado su primera obra y le había ofrecido un papel. Pero Lola no había estado a la altura de la fe de Denys en su talento. Había cosechado un enorme fracaso y había sido vituperada por público, críticos y actores. ¿Y después de aquello Henry pretendía que volviera a intentarlo? El estómago se le revolvía solo de pensarlo.

¿Y qué decir de Denys? Compartir la propiedad del Imperial implicaba enfrentarse a él y a la decisión que había tomado años atrás. Implicaba dirigir un teatro con él, por el amor de Dios. Aquello jamás funcionaría.

Pero, aun así, iba a hacerlo.

Lola sofocó su miedo, dobló la carta, la metió en el sobre y miró al abogado de Henry.

—No sé mucho de negocios, así que no llego a entender lo que entraña este legado. ¿Podría explicármelo?

Así lo había hecho el abogado, remarcando lo que significaría para ella ser socia del Imperial. Pero un mes después, y aunque Lola tenía pleno conocimiento de cuál era su posición, Lola permanecía sentada en el despacho de Denys en Londres preguntándose si tantos conocimientos iban a servirle de algo.

La puerta del despacho se abrió, interrumpiendo sus reflexiones, cuando el señor Dawson regresó.

—Siento haberla hecho esperar, señorita Valentine —se disculpó en cuanto apareció en el vano de la puerta—. Lord Somerton me ha pedido que le dé el nombre de sus abogados y su dirección. Si me concede un momento, le anotaré esa información.

Lola ya la tenía, pero apenas susurró algo. Las audiciones para la siguiente temporada comenzaban en menos de una semana y llegar a un acuerdo con los abogados de Denys le llevaría meses. Además, estaba convencida de que para que una relación entre socios funcionara no podía coordinarse a través de abogados y estaba decidida a que aquella sociedad fuera un éxito.

Aun así, no detuvo al secretario. Bebió un sorbo de té y consideró cuál iba a ser el siguiente paso a dar. Al cabo de un momento, dejó la taza, se levantó y salió del despacho de Denys. Avanzó hasta la mesa del señor Dawson, se detuvo y esperó mientras este dejaba a un lado la pluma y secaba la tinta de las líneas que acababa de escribir.

—Se lo agradezco en el alma —le dijo cuando el secretario se levantó y le tendió la hoja de papel—. Muchas gracias.

—¿Puedo hacer algo más por usted, señorita Valentine?

—Um... —Lola se interrumpió y fingió pensárselo—, sí, hay algo, si no es mucho pedir.

La expresión de Dawson le indicó que eran muy pocas las cosas que no estaría dispuesto a hacer por ella.

—Me gustaría ponerme en contacto con alguien y creo que usted es justo la persona que puede decirme cómo conseguirlo. Me gustaría localizar al señor Jacob Roth. Estoy segura de que le conoce.

—Por supuesto. Es el director del Imperial. ¿Le conoce?

Conocía su nombre, por supuesto, no había nadie en el mundo del teatro que no lo conociera. Había sido un prestigioso actor en su día y también un afamado director antes de asumir la dirección de la compañía de actores del Imperial. Pero, en realidad, no le conocía ni de vista. Hizo un gesto vago con la mano.

—De mis viejos tiempos en París.

—¿Ah, sí? No sabía que el señor Roth había dirigido algo en París. Tiene su despacho en el Imperial —añadió antes de que ella se viera obligada a inventar una historia sobre cómo había conocido al famoso director—, aunque dudo que esté allí en este momento, puesto que la temporada todavía no ha empezado. Pero puedo llamar y pedirle una cita a su secretaria.

Aquello le daría tiempo a Denys de enterarse y sortearla.

—¡Ay, querido! —dijo con un suspiro—. Claro que quiero verle, pero no estoy segura de que quiera hacerlo en su despacho. Me parece demasiado formal —se inclinó hacia delante—. Usted es un hombre inteligente, señor Dawson. Estoy segura de que se le ocurrirá una manera mejor de ayudarme.

El joven respondió al instante a aquella demostración de fe en sus capacidades.

—Es posible que le encuentre en el Savoy dentro de unas horas. Almuerza allí casi todos los días, así que suelen tener una mesa reservada para él.

—Muchísimas gracias —ronroneó al tiempo que se alejaba del escritorio—. Está siendo muy amable conmigo.

El joven se ruborizó hasta las raíces del cabello.

—No... no, en absoluto. Es un placer, de verdad. Si necesita cualquier otra cosa...

—Si necesito cualquier otra cosa, acudiré a usted —guardó la hoja doblada con los nombres de los abogados en el bolso y se llevó la mano al pecho al tiempo que exhalaba un suspiro de alivio—. Para una mujer sola, es de lo más tranquilizador saber que por lo menos hay un hombre en el que puede confiar.

Y, sin más, abandonó el despacho tras dirigirle a Dawson una sonrisa de gratitud. Necesitaba cuantos aliados pudiera conseguir.

En cuanto a Denys, si quería ignorarla, por ella, estupendo, puesto que era muy probable que con el siguiente paso que pretendía dar se ganara su atención a mucha más velocidad que con cualquier batalla librada a través de sus abogados. Sabía que se iba a poner hecho una fiera, pero no podía permitirse el lujo de que aquello le importara. Gracias a Henry, tenía una segunda oportunidad para hacer realidad su sueño más preciado.

Convertirse en una actriz real significaba que podría renunciar a pavonearse sobre un escenario con ropa provocativa, mostrando sus piernas y contoneando sus senos. No tendría que volver a interpretar canciones subidas de tono, ni quitar un sombrero con el pie, ni inclinarse y sacudir las caderas ante cualquier hombre del público. Tendría la oportunidad de ganarse el respeto de sus colegas, el respeto que se brindaba a los actores serios y se negaba a intérpretes como Lola Valentine.

Y era propietaria de la mitad de un teatro, una posición que le daba un cierto control artístico y financiero. Después de años respondiendo ante inversores que controlaban su vestuario y sus actuaciones, por fin tenía algo que decir. Jamás tendría que volver a cenar con hombres que no hacían otra cosa que clavar la mirada en sus senos, despreciar sus ideas y decirle a Henry que podía considerarse un hombre afortunado. Si conseguía que Denys la escuchara, por fin podría exponer sus ideas. Si encontraba la manera de persuadir a Denys, podrían llegar a cosechar grandes éxitos.

Tenía que encontrar la manera de lograr que Denys se pusiera de su lado, de convencerle para que le enseñara todo lo que tenía que aprender sobre la dirección económica del teatro, que trabajara con ella y no contra ella. No estaba muy segura de cómo iba a conseguir aquel milagro en particular y, mientras bajaba las escaleras, cruzó los dedos para poder encontrar una forma de hacerlo.

CAPÍTULO 3

La reunión con Calvin y Bosch para la creación de una compañía ferroviaria en Argentina fue todo un éxito. Los contratos se firmaron en menos de una hora, pero, cuando acabó, Denys no era capaz de recordar nada de lo ocurrido en el encuentro. Había estado ausente durante todo el tiempo, perplejo aún por el regreso de una mujer a la que no esperaba volver a ver en su vida.

Las imágenes de Lola que había creído enterradas en el pasado se negaban a abandonar su mente y, frente a aquellas imágenes, las palabras que le había dicho aquella mañana no solo le parecían ridículas, sino, también, imposibles.

«Henry me ha convertido en tu socia».

¿En qué demonios estaba pensando Henry?

Denys se detuvo en la acera. En momentos como aquel, reflexionó mientras recorría la calle con la mirada en busca de un taxi, Henry le resultaba absolutamente desconcertante, a pesar de haber conocido a aquel hombre durante la mayor parte de su vida.

Aquel empresario americano había tenido un éxito rotundo en Londres desde el momento de su llegada. Gracias al amor de lord y lady Conyers por el teatro, Henry había sido una constante durante la juventud de Denys. Una fuerza impulsora dentro del ambiente teatral que había formado parte de la infancia de Denys. Henry había sido un rostro familiar en las cenas, un invitado imprescindible en las fiestas que sus padres organizaban y un conocido al que se tenía en muy alta consideración. Había sido Denys el que le había presentado a Lola, pero jamás habría imaginado lo que iba a ocurrir.

El hecho de que Henry apartara a Lola de su lado no había afectado a la sociedad que compartían Henry y el conde. Todo lo contrario, el conde había considerado el hecho de que Henry se hubiera llevado a Lola a Nueva York como un gran favor, un bendito alivio. Y, cuando Denys había asumido el control de los negocios de la familia, había dejado todo aquel desagradable asunto tras él. Con Henry en Nueva York y dispuesto a trabajar con Denys a través del impersonal método de la correspondencia, dirigir el Imperial no había sido más difícil que dirigir cualquiera de los negocios familiares.

Pero ser socio de Lola era una historia muy diferente. Lo que le había hecho ya era agua pasada, por supuesto, lo había superado, pero no por ello las disposiciones que había dejado Henry en su testamento eran menos incomprensibles.

¿Qué motivo podía tener aquel hombre para hacer una cosa así? ¿Cómo se le había ocurrido pensar que una sociedad entre Lola y él podría llegar a funcionar? Era imposible mezclar el agua y el aceite.

«Es una situación difícil. Para ella, para ti y para todo el mundo».

Recordó la conversación que había mantenido con su padre y las singularidades que había encontrado en ella comenzaron a cobrar sentido al darse cuenta de que su padre y él habían estado hablando de dos mujeres diferentes. En realidad, él no había leído la carta del señor Forbes y, por lo tanto, había dado por sentado que Gladys Latham había heredado el Imperial. Sin embargo, el conde, que sí la había leído, sabía que había sido Lola la beneficiaria, de ahí las miradas preocupadas que le había dirigido desde el otro lado de la mesa, sus discretas indagaciones acerca de las intenciones y el estado mental de Denys y la sorprendente sugerencia de que, quizá, lo mejor fuera vender su parte de su inversión más rentable.

Era lógico que el conde estuviera preocupado. Lola había desatado en Denys una suerte de locura. Desde la primera vez que la había visto en el escenario y le había dirigido la luminosa sonrisa que la había hecho famosa, se había encendido en él una pasión que había ido más allá de la razón. Había sido una pasión tan salvaje e indómita que le había vuelto inmune a las súplicas de su familia, sordo a los murmullos escandalizados de la alta sociedad y ciego al verdadero carácter de su enamorada.

Hasta que Lola le había dejado.

Denys todavía se dolía al pensar en el dinero que había gastado en ella, en las peleas en las que se había visto involucrado, en los amigos que había estado a punto de perder y en el ridículo que había hecho por culpa de una mujer atractiva que, al final, había resultado ser más voluble que el viento. Al mirar atrás, comprendía que solo había una explicación para todo aquello: había enloquecido.

Pero ya estaba cuerdo.

Con aquellos recuerdos, el estupor que le había envuelto durante toda la mañana se disipó como la niebla levantándose sobre los páramos. Aunque el conde y él hablaban de dos mujeres distintas, los dos habían estado de acuerdo en cuál debía ser el curso de la acción y no veía ningún motivo para no ceñirse a él. Aquello requería una llamada a filas a todos los abogados de la familia.

Pasó un cabriolé por delante de él y Denys lo detuvo. Después de que el cochero sorteara el tráfico que siempre parecía colapsar Trafalgar Square, Denys fue conducido hasta las oficinas de Burrowes, Abercrombie y Moss en Regent Street. Aunque no había concertado cita, el señor Burrowes se mostró dispuesto a recibirle y le permitió utilizar su teléfono. Una llamada al White's y una breve conversación con su padre le confirmaron sus suposiciones sobre la conversación anterior y, después de darle a su padre algunas explicaciones tranquilizadoras sobre cómo pretendía proceder, colgó el teléfono y pasó el resto de la mañana encerrado en el despacho del señor Burrowes.

Se enteró allí de que Lola no había llamado a los abogados, pero estaba seguro de que lo haría y pretendía ir un paso por delante de ella. Tras informar al señor Burrowes de la muerte de Henry y de los términos de su testamento, Denys se interesó por la manera de disolver una sociedad. Una vez informado de que para ello se requería el consentimiento de ambas partes, la desaparición de la compañía y el cierre permanente del teatro, preguntó por la posibilidad de comprar la parte de su socio. Tras recibir una respuesta afirmativa, sacó el reloj.

—Tengo una hora hasta mi próximo compromiso —dijo mientras volvía a guardar el reloj en el bolsillo—. ¿Podríamos redactar el borrador de un posible acuerdo?

—Por supuesto —Burrowes sacó un cuaderno, tomó la pluma y abrió el tintero—. Empezaremos por la cantidad. ¿Cuánto desea ofrecer?

Denys pensó en ello un momento y después dictó la cantidad que consideró podría aceptar Lola. Debió de ser generoso en su estimación, porque el señor Burrowes arqueó una ceja, pero tuvo la prudencia de no hacer comentario alguno.

Cuando quedaron establecidos los términos del acuerdo, el abogado se comprometió a dejarle un borrador en su despacho el lunes a primera hora de la mañana. Satisfecho, Denys abandonó el despacho, llamó a un taxi y se dirigió hacia Rules, donde descubrió que su madre y Georgiana habían llegado antes que él y estaban ya acomodadas en uno de los reservados tapizados en rojo del restaurante.

Lady Georgiana Prescott, la única hija del marqués de Belsham, podía trazar su linaje hasta Guillermo el Conquistador, pero su rostro de piel pálida, pómulos cincelados, frente noble y nariz aguileña podría haber aparecido en un templo de la antigua Grecia. Llevaba su oscuro pelo recogido hacia atrás en unas ondas perfectas y sujeto bajo un pequeño y elegante sombrero del que no se atrevía a escapar ni una sola hebra de pelo rebelde.

Denys y Georgiana se conocían casi desde siempre. No podía decirse que hubiera habido un acuerdo explícito entre las familias, pero jamás había sido un secreto que ambas partes deseaban emparejarles. Si no hubiera viajado a París aquel fatídico verano de años atrás, aquel deseo ambicionado por ambas familias podría haber sido satisfecho.

Su pasión por Lola Valentine no solo había supuesto un duro impacto para los progenitores de las dos familias, sino también una considerable decepción. Y, aunque Georgiana jamás había dicho una sola palabra sobre aquellos tres años de locura, puesto que estaba demasiado bien educada como para hacer algo así, Denys sospechaba que los padres de la joven no habían sido los únicos a los que había decepcionado al juntarse con una cabaretera.

Sin embargo, durante los últimos meses, Georgiana y él habían comenzado a recuperar el sereno afecto de su infancia y Denys ya no se sentía tan inclinado a rebelarse contra las expectativas que se generaban en torno a ellos como años atrás. De hecho, había comenzado a considerar la posibilidad de satisfacerlas. No sabía qué opinaba Georgiana al respecto, no era una mujer dada a mostrar sus emociones y aquel nuevo acercamiento no se estaba dando con la suficiente rapidez como para animarle a preguntarlo, pero, por primera vez, tenía la sensación de que podía haber en el horizonte algo más que una amistad.

Como si hubiera sentido el peso de su mirada, Georgiana alzó la suya y la desvió hacia la puerta. Al darse cuenta de que estaba parado como un estúpido, Denys avanzó, abriéndose camino entre las mesas, hasta llegar a la mesa en la que Georgiana estaba sentada al lado de lady Belsham, su madre, y enfrente de la madre de Denys.

Georgiana no sonrió mientras se acercaba. Por una parte, porque tenía los dientes un poco salidos y, siendo una mujer tan exigente, era dolorosamente consciente de ello. Pero inclinó la cabeza para observarle con aquellos grises y solemnes y, a pesar de la seriedad de su expresión, pareció alegrarse de que se uniera a ellas.

—¿Este asiento está ocupado? —preguntó Denys, posando la mano en el respaldo de la silla que había al lado de la de su madre.

Aquello le valió una sonrisa, una sonrisa que curvó sus labios cerrados.

—Creo que ahora sí. Y me alegro de que por fin hayas decidido reunirte con nosotras.

—¿Por fin? —preguntó sorprendido—. ¿Llego tarde?

Georgiana miró hacia el reloj de broche que tenía sujeto a su abrigo de paseo, una prenda de rayas grises y blancas.

—Diez minutos, me temo. De hecho, ya habíamos perdido la esperanza de verte.

Denys creía que había salido del despacho de Burrowes con tiempo más que de sobra, pero, cuando miró hacia la solapa de Georgiana, se vio obligado a admitir que, como siempre, tenía razón.

—Lo siento —se disculpó mientras sacaba la silla para sentarse—. No sabía que tardaría tanto en llegar desde Regent Street. Buenos días, lady Belsham —saludó a la marquesa—. Mamá.

—¿De Regent Street? —repitió Georgiana mientras él se sentaba—. ¿Vienes desde allí? No me extraña que llegues tarde. El tráfico es horroroso en Trafalgar Square. Yo siempre salgo con mucho tiempo de antelación.

Una afirmación que, procediendo de Georgiana, no le sorprendió en absoluto. Ella jamás llegaba tarde.

—¿Pedimos algo? —bajó la mirada hacia la carta que tenía delante.

—Me temo que deberíamos —contestó Georgiana—. Tenemos algunas compras pendientes, después tendremos que hacer varias visitas y tomar el té —tamborileó los dedos sobre el broche con gesto enérgico—. El tiempo corre.

Si había algún intento de reprimenda en aquel comentario, no se reflejó en su rostro. La expresión con la que leyó la carta fue tan dulce e imperturbable como siempre, de modo que Denys decidió que debía de haberse equivocado. Le hizo un gesto al camarero.

—Entonces —dijo, reclinándose después de haber pedido—, ¿qué tal van los planes para la exposición floral?

—Bastante bien, porque por fin hemos encontrado un emplazamiento adecuado —contestó Georgiana—. Por lo menos —añadió mientras miraba a la madre de Denys—, creo que se adaptará a nuestras necesidades. Lady Conyers, la obtención de fondos para el hospital es responsabilidad de su comité, ¿qué le ha parecido mi idea?

—¡Oh, cariño, para mí ha sido un alivio! —la condesa exhaló un profundo suspiro y se llevó la mano al pecho—. Y me alegro de poder contar con tu ayuda. Confieso que, cuando me lo propusiste, la idea no me entusiasmó. Pero ahora que hemos podido visitar el jardín, soy capaz de imaginar lo que planteas y creo que el entorno es ideal. Lady Belsham, ¿cuál es su opinión?

La marquesa de Belsham, una versión con más años y, quizá, más rígida de su hija, asintió mostrando su acuerdo.

—El principal obstáculo, por supuesto, podría haber sido lord Bute.

—¿Lord Bute? —repitió Denys sorprendido—. ¿Dónde se va a organizar la exposición?

Fue Georgiana la que respondió.

—En Regent's Park, en los jardines de St. John's Lodge propiedad, como seguramente sabes, de lord Bute, que se ha mostrado de acuerdo en permitir que se celebre allí el evento. Espero que el emplazamiento demuestre ser un éxito, lady Conyers.

—Claro que lo será —respondió la madre de Denys con calor, y se volvió hacia a su hijo—. La elección de Georgiana en ese tipo de asuntos es impecable.

Georgiana pasó por alto aquel cumplido con la discreta complacencia de una persona que rara vez se equivocaba.

—Lo importante es que se consigan fondos y, si esto funciona tal y como esperamos, la exposición reportará una gran cantidad de dinero a los hospitales de Londres —alzó sus largas manos y cruzó los dedos—. A no ser que llueva.

Denys la observó un instante, intentando imaginar aquella posibilidad en particular, y fracasó estrepitosamente. Cualquier cosa en la que Georgiana estuviera envuelta siempre era un éxito. Si montaba en una carrera de caballos, era la ganadora. Si salía a cazar, conseguía más urogallos que su padre y si localizaba un emplazamiento para una exposición floral, Denys no podía concebir que ni siquiera el traicionero clima de Inglaterra pudiera fallarle.

—No lloverá. No se atreverá.

Ella sonrió al oírle.

—Habrá carpas, por supuesto. Pero todo irá mucho mejor si hace un buen día —se volvió hacia la madre de Denys—. Lo siguiente será una reunión en nuestra casa, creo. Deberíamos organizarla pronto, antes de que mamá y yo volvamos a Kent.

—¿A Kent? —repitió Denys sorprendido—. Pensaba que os quedaríais durante toda la temporada.

—Y pensamos hacerlo, pero todavía nos quedan por rematar muchas cosas antes de instalarnos en la casa de Cavendish Square. Ahora hemos venido para ayudar a tu madre.

Denys se preguntó si no sería él la razón por la que Georgiana se mostraba tan dispuesta a colaborar en una obra benéfica que no era suya, pero descartó aquella idea. A Georgiana le encantaba participar en obras benéficas.

—Tengo que preparar el mercadillo para la torre de la iglesia —continuó diciendo Georgiana, demostrando así que Denys no se equivocaba—. Y la venta de artesanía para los huérfanos. Y, por supuesto, resolver el problema de la escuela. Tenemos que encontrar un nuevo profesor.

—Parece que vas a tardar décadas en volver —comentó.

Y, mientras lo decía, se sintió bastante aliviado. Lola y Georgiana representaban dos partes de su vida muy distintas: el pasado y, posiblemente, el futuro. Y prefería que no colisionaran en el presente.

—Solo estaremos fuera dos semanas —le aseguró, y se volvió hacia su madre—. Pero, mamá, ¿no crees que una reunión en casa es la mejor manera de preparar el terreno para la exposición floral de lady Conyers?

—Desde luego —respondió lady Belsham al instante—. Informaremos a todos nuestros amigos de la necesidad imperiosa de reunir fondos para los hospitales.

—Exacto —contestó su hija—. Pero, aun así, debemos crear un ambiente de absoluta tranquilidad en el que nuestros amigos se sientan cómodos. Deberá haber la combinación de personas adecuada además de comida y gran cantidad de excelente champán.

—Así se animarán a sacar las chequeras —añadió Denys divertido.

Georgiana le dirigió una mirada de reproche.

—Yo no lo diría con tanta franqueza.

Por supuesto que no, porque Georgiana nunca había sido una persona tan directa. La sutilidad y la contención estaban impresas en cada milímetro de su piel. Denys continuó observándola mientras comían y hablaban de la exposición floral que pretendía organizar su madre y comprendió, y no por primera vez, lo buena esposa que sería. Era una mujer bien educada, inteligente, leal...

Pero en absoluto excitante.

En el instante en el que aquel inoportuno pensamiento cruzó su mente, lo sofocó recordándose a dónde le había llevado la excitación. Para cumplir con sus deberes hacia su apellido y su título, tenía que casarse y, en ese aspecto, Georgiana era lo más cercano al ideal que un hombre podía encontrar. No se le ocurría una sola razón para no casarse con ella.

No podía ser más recomendable como esposa.

—¿Denys?

—¿Um? —Denys abandonó aquellas divagaciones y descubrió al objeto de las mismas mirándole con expresión interrogante—. Lo siento, me temo que estaba soñando despierto—, ¿qué has dicho?

Georgiana señaló hacia el plato de Denys.

—Te estaba preguntando si habías terminado. Si queremos ir de compras, deberíamos salir ya.

—Por supuesto.

Dejó su servilleta a un lado, llamó al camarero y, un minuto después, estaba acompañando a las damas hasta un taxi.

—¿Estás seguro de que no quieres venir con nosotras? —le preguntó Georgiana por la ventanilla.

—¿De compras a Mount Street? —fingió mostrarse horrorizado—. Prefiero ir a trabajar.

—Un caballero no debería trabajar —replicó ella, frunciendo levemente el ceño—. Y menos durante la temporada. Supongo que podrás alejarte durante unas horas de esa horrible oficina. Si quieres, podemos olvidarnos de las compras —le ofreció, y miró hacia sus acompañantes—. ¿Podría ser?

A pesar de los entusiastas asentimientos de sus respectivas madres, Denys se negó.

—Me siento halagado por el sacrificio —dijo, sonriendo—, pero me temo que tengo demasiado trabajo pendiente. *Otelo* va a estrenarse en el Imperial y será la primera obra de la temporada. Quedan muchas cosas por hacer.

Le molestó, en cierto modo, mencionar el Imperial delante de Georgiana y se alegró de haberse adelantado para poner en marcha la estrategia que el conde y él habían discutido aquella mañana. Cuanto antes saliera Lola Valentine de su vida, mejor.

Esperó a que el taxi doblara la esquina, giró y comenzó a avanzar por Maiden Lane, en dirección opuesta, encaminándose hacia sus oficinas. Se volvió en la Strand y, cuando pasó por delante del hotel Savoy, se le ocurrió que sería sensato informar a Jacob de los cambios que se habían producido en la propiedad del teatro, por temporales que estos fueran a ser. Con un poco de suerte, todavía encontraría al director en el restaurante, alargándose con el postre.

Tras sortear con cuidado berlinas, taxis y todo tipo de vehículos que circulaban por el patio en forma de U del Savoy, entró en el salón y cruzó el elegante vestíbulo para dirigirse al restaurante.

—Lord Somerton —le recibió el maître del hotel en cuanto cruzó la puerta—, es un honor. ¿Puedo conducirle a su mesa?

—Estoy buscando al señor Roth. ¿Todavía está aquí?

—Sí, milord, pero...

El maître se interrumpió, mostrando una extraña reticencia en su hasta entonces empalagosa actitud y Denys le miró sorprendido.

—¿Ocurre algo, monsieur? —le preguntó al ver el ligero rubor que afloraba a las mejillas del maître.

—Le ruego que me disculpe, milord. No había sido informado de que pensaba reunirse con *monsieur* Roth para el almuerzo de hoy.

—No creo que tuviera ninguna obligación de hacerlo —contestó Denys—. No sabe que estoy aquí, pero me atrevería a decir que no le importaría que me sentara con él.

El maître del hotel, acostumbrado a ceder ante la aristocracia, capituló.

—Por supuesto —dijo, y comenzó a conducir a Denys entre las abarrotadas mesas hacia la esquina más apartada del salón—. Le suplico que me perdone, milord, no pretendía ser impertinente. Es solo que el señor Roth no está solo. Está comiendo en compañía de una dama.

—¿De una dama?

Incluso mientras lo decía, Denys tuvo un desagradable presentimiento y, tras seguir al maître, no le sorprendió encontrar a Lola sentada con el director de su próxima obra y en actitud demasiado confiada con él para su paz mental.

Lola sonrió al director, le dirigió aquella misma sonrisa arrebatadora con la que no solo había engatusado a Denys, sino también a todos sus amigos, a Henry Latham y al público de los cabarets parisinos y de Madison Square en Nueva York. Denys sabía los estragos que podía llegar a causar aquella sonrisa y maldijo aquella aciaga noche en París en la que Nick y Jack le habían arrastrado hasta el Théâtre Latin.

CAPÍTULO 4

Lola sabía que era el momento crucial. El señor Roth tenía el estómago lleno, se había tomado una segunda copa de vino, había terminado el postre y su mirada mostraba su calurosa admiración. Era el momento de hacer su próximo movimiento.

—Señor Roth, tengo entendido que la primera obra de la siguiente temporada será *Otelo*.

—Sí, es cierto, yo mismo seré el director.

—¿De verdad? —le dirigió su mejor mirada de asombro—. ¡Vaya! ¿Sabe? —se interrumpió y se inclinó hacia delante con un gesto de excesiva confianza—. Yo siempre he querido actuar en un drama.

—No entiendo por qué —la interrumpió una voz con ironía—. Ya has tenido suficientes dramas en tu propia vida.

Maldita fuera. Lola ahogó un gemido. Por supuesto, sabía que, una vez se hubiera enterado de que no pensaba quedarse esperando sentada, Denys tampoco lo haría, pero esperaba contar al menos con unas tres horas antes de que descubriera lo que se proponía.

Pero Lola era su socia y, al encontrarla allí, comprendería que pretendía actuar como tal.

—Lord Somerton —le saludó, fingiendo una sonrisa e

inclinando la cabeza hacia atrás para mirarle a los ojos—, qué adorable verle tan pronto. ¿Qué está haciendo aquí?

Denys arqueó una ceja.

—Yo podría preguntar lo mismo.

Lola se encogió de hombros y bebió un sorbo de vino.

—No entiendo por qué iba a sorprenderle a nadie. Me alojo en el Savoy.

—Y comes con el director de mi teatro. Qué casualidad.

—Sí, ¿verdad? —le apoyó, decidiendo ignorar su velada acusación de oportunismo—. Aquí estaba, almorzando cuando, de pronto, ¿a quién me encuentro comiendo en la mesa de al lado? —se interrumpió y señaló al hombre que estaba sentado frente a ella—. Nada más y nada menos que a Jacob Roth, el director de teatro más aclamado de Londres.

Denys, sin embargo, no se dejó engañar.

—Has sobornado al camarero.

Lola se echó a reír como si se tratara de una broma y, afortunadamente, el señor Roth hizo lo mismo.

—De verdad, Somerton —le reprendió el director—, creo que le concede muy pocos méritos a la señorita Valentine. Dudo que tenga que sobornar a nadie para poder convencer a un hombre. Una de sus sonrisas —añadió, inclinando la cabeza hacia ella— sería más que suficiente persuasión para darle lo que quisiera.

Lola esperaba que no lo estuviera diciendo en serio.

—En cualquier caso —añadió Roth—, he sido yo el que ha iniciado la conversación, rompiendo todas las normas de etiqueta, estoy seguro. Ha sido idea mía lo de lo comer juntos.

—Es asombrosa la frecuencia con la que lo que a los demás se les ocurre es justo lo que la señorita Valentine quiere.

Lola ensanchó su sonrisa.

—Solo porque tengo la mente lo suficientemente abierta

como para considerar las ideas de los demás —contestó con dulzura.

—Sea como sea —intervino Roth—, disfrutar con ella del almuerzo ha sido un placer, a pesar de la tristeza que me ha producido saber de la muerte de Henry Latham —sacudió la cabeza—. Representa una gran pérdida para el teatro a ambos lados del Atlántico.

—Una gran pérdida, desde luego —respondió Denys—. ¿Pero ya le ha puesto la señorita Valentine al corriente de su buena fortuna? Va a ocupar el lugar de Henry como socia del Imperial.

Su voz sonaba tan afable e hipócrita que Lola esbozó una mueca.

Roth, por suerte, no lo notó. Su expresión se iluminó todavía más.

—Sí, ya me ha informado. Le envidio, amigo mío. La mayor parte de socios de negocios no son tan agradables como la suya —señaló hacia la mesa—. ¿Quiere sentarse con nosotros?

Su presencia lo arruinaría todo, así que Lola se precipitó a decir:

—¡Oh! Pero estoy segura de que su señoría está muy ocupado y...

—Me encantará reunirme con usted, amigo mío —la interrumpió Denys y a Lola no le pasó por alto el énfasis que hizo en el pronombre—, pero antes...

Se interrumpió y, cuando la miró, Lola sintió que su desconcierto se transformaba en frustración porque estaba segura de que estaba a punto de ser llamada a capítulo y expulsada como si fuera una niña desobediente.

—Espero que nos perdone un momento. Necesito hablar en privado con la señora Valentine sobre ciertos detalles relacionados con nuestra... sociedad.

Lola decidió que no tenía ninguna prisa para que la pusieran en su lugar. De modo que, en vez de levantarse, señaló su plato.

—Todavía no he terminado de almorzar.

—Sí, claro que sí.

Sin dejar de sonreír, Denys se inclinó hacia ella, acercándose a su oreja y, cuando habló, lo hizo en voz baja para evitar que el hombre que estaba sentado frente a ella pudiera oírla.

— A Roth solo le gustan las escenas sobre el escenario y, si no vienes ahora mismo conmigo, te prometo que voy a montar una.

Lola sabía que Denys odiaba las escenas embarazosas en público, pero no podía permitirse el lujo de asumir que aquello fuera un farol. Necesitaba tener a Jacob Roth de su lado y no iba a ganárselo si le ponía en evidencia en el comedor del Savoy.

—Lo siento mucho —le dijo al director—. Parece ser que el asunto del que lord Somerton desea hablar conmigo es tan urgente que no puede esperar. Si nos perdona.

Se levantó, y también lo hizo el director, que retiró su servilleta al tiempo que inclinaba la cabeza.

—Por supuesto.

—Roth, yo ya he comido —dijo Denys—, ¿pero podría hacer el favor de pedir un café? Me reuniré con usted dentro de un momento para que podamos hablar.

A Lola no le pasó por alto la mirada que intercambiaron los dos hombres, ni tampoco que Denys la estaba excluyendo de cualquier encuentro posterior. Ella, sin duda, sería el primer tema de conversación entre ellos, pero poco podía hacer al respecto, de modo que siguió a Denys por el comedor, por el opulento vestíbulo y a lo largo del pasillo hasta llegar a los ascensores. Solo uno de ellos estaba disponible, con las puertas abiertas y un asistente con uniforme esperando. Denys la agarró del codo y entró en el ascensor arrastrándola con él.

—Y, ahora —le dijo, empujándola contra la pared del ascensor mientras el ascensorista cerraba las puertas de madera y la verja de hierro forjado—, dime qué crees que estás haciendo aquí.

—¿Almorzar? —sugirió Lola en tono alegre.

—Querrás decir que estás intentando hacer migas con mi director, aunque el cómo has averiguado que iba a comer aquí me resulta inexplicable.

Aquello la hizo sonreír.

—Tengo mis métodos.

—Desde luego. ¿Y qué esperas conseguir abordando a Roth de forma tan descarada? ¿Información? ¿Apoyo?

—Ambas cosas, en realidad, pero mi principal objetivo es que me aconseje la mejor forma de tratar con mi socio.

—Eso puedo decírtelo yo. Marchándote.

Una pequeña tos les interrumpió antes de que Lola hubiera podido contestar. Ambos se volvieron hacia el ascensorista, que les miraba con educada expresión interrogante con la mano apoyada en la esfera de cobre que activaba el mecanismo del ascensor.

Como Lola no proporcionó la información requerida, Denys se volvió hacia ella con un sonido de impaciencia.

—¿Cuál es tu habitación?

—Vaya, lord Somerton, qué pregunta tan inadecuada —musitó, incapaz de resistirse a la tentación de aguijonearle—. No estoy segura de que daba contestar. El Savoy no es de ese tipo de establecimientos.

—¿Cuál es el número de tu habitación? —volvió a preguntar Denys con voz dura.

—Te has convertido en un hombre muy formal —miró al chico, que clavaba los ojos en el suelo y estaba rojo como una peonía y no pudo menos que compadecerle—. Al sexto piso —le pidió.

El joven le dirigió una mirada de agradecimiento y después, tiró de la manilla, giró la manivela y puso el ascensor en movimiento.

—Antes no eras así —continuó, volviendo a fijar en Denys su atención mientras el ascensor subía—. Has cambiado.

—Sí, he cambiado —le confirmó al instante—. He madurado.

—¡Ah! ¿Es así como lo llamas?

—Sí. ¿Cómo debería llamarlo?

Lola le estudió un instante, pensando en la mejor manera de describir aquellos cambios. Recordó sus días en París y en Londres, seis años atrás, y al cariñoso y despreocupado joven del que se había enamorado.

—Estás más triste —contestó al final.

Denys soltó un sonido de desprecio ante aquella descripción, pero, aunque parecía estar deseando discutirlo, no lo hizo, se volvió y fijó la mirada en el vacío mientras subían en silencio los pisos restantes.

Cuando el ascensor les dejó en el sexto piso, Lola sacó las llaves de su bolso de mano mientras Denys le daba la propina al ascensoristas, pero, cuando ella avanzó por el pasillo para dirigirse a su habitación, él no se movió con intención de seguirla, de modo que Lola se detuvo.

—¿No vienes?

—No. Podemos decirnos aquí lo que tengamos que decirnos. Yo diría que aquí tenemos suficiente intimidad —le dirigió una significativa mirada al empleado que cerró las puertas, arrancó el ascensor y desapareció de su vista.

—No te preocupes —le dijo Lola con ligera diversión cuando Denys se volvió de nuevo hacia ella—. Dudo que el ascensorista pueda llegar a arruinar tu reputación.

—Había quedado claro que trataríamos el problema de esta ridícula sociedad a través de nuestros abogados —replicó él con firmeza.

—Eso es lo que decidiste tú —dejó caer la llave en el bolso y lo cerró con un chasquido.

—¿Qué esperabas conseguir acercándote a Jacob mientras él estaba disfrutando de su almuerzo?

—No ha parecido molestarle mi compañía. Algo inconcebible para ti, lo sé, pero, sin embargo, es cierto. En cuando a lo demás, los abogados siempre son lentos y no creo que sea sensato dilatar este asunto. Las audiciones para la temporada teatral de este año comienzan el lunes.

—Algo que no tiene nada que ver contigo.

Lola suspiró al reparar en la tensión de su mandíbula.

—Mira, soy consciente de que todo esto ha sido algo inesperado para ti, ¿pero qué vas a conseguir intentando negar la realidad? Si continúas mostrándote tan intransigente, no pararemos de tener conflictos.

—Una razón más para no continuar con esta sociedad —extendió las manos—. ¿Cuánto quieres?

Lola parpadeó ante la brusquedad de la pregunta.

—¿Cuánto qué?

—Quiero hacerte una oferta por tu parte del Imperial. Seré generoso, te lo prometo. Dime cuáles son tus condiciones.

Antes de que hubiera terminado de hablar, Lola ya estaba negando con la cabeza.

—No voy a vender.

—Me veo obligado a aconsejarte que reconsideres tu decisión. Teniendo en cuenta nuestra historia, no podemos trabajar juntos.

—¡Ah! Pero no tenemos por qué trabajar juntos —respondió con dulzura—. Lo único que tienes que hacer es comunicarme a dónde tengo que enviarte la parte que te corresponde de los beneficios.

A Denys no pareció hacerle ninguna gracia que le respondiera con sus propias palabras, porque su expresión se tornó incluso más sombría que antes.

—El mero hecho de pensar que tú yo podríamos llegar a trabajar juntos es una locura.

—Al principio, yo también lo pensaba, pero, después de reflexionar sobre ello, cambié de opinión. Creo que si ambos nos damos una oportunidad podemos llegar a trabajar juntos.

—Yo no quiero que nos demos una oportunidad. Así que, ¿cuánto dinero quieres?

Lola cerró los ojos, recordando que el padre de Denys le había hecho una pregunta similar en otra ocasión.

«¿Cuánto dinero hace falta para que te vayas?».

Lola abrió los ojos y le respondió lo mismo que le había contestado a su padre.

—No aceptaré tu dinero.

—Teniendo en cuenta los gastos —continuó Denys, y Lola se preguntó si, al igual que había hecho su padre, sacaría la chequera para comenzar a apuntar la cantidad en un cheque—, el teatro tiene, como mucho, un margen de beneficio de cinco mil libras al año. De modo que considero justa una oferta de veinte mil libras. ¿Estás de acuerdo?

—Me parece más que justa —reconoció—, pero también es irrelevante.

—Sería un ingreso seguro, Lola. El teatro, por otra parte, siempre es un negocio impredecible. Los gustos del público son arbitrarios y caprichosos. Casi la mitad de las producciones del teatro pierden dinero.

—Sin embargo...

—El Imperial no recurre a ayudas económicas externas.

—Gracias a Dios —musitó ella, pensando en los inversores de Henry.

—Como socia —continuó Denys tenaz—, se esperará que contribuyas aportando capital cada vez que un espectáculo suponga pérdidas.

—Y esa es la razón por la que Henry, además de la mitad

del teatro, me dejó dinero en efectivo —le recordó—. Y yo también tengo dinero.

—Unos cuantos fracasos y tu dinero desaparecerá.

—Pero, como el Imperial ha ganado dinero durante todos los años que llevas dirigiéndolo, no es algo que me preocupe de forma particular.

—Pareces estar bien informada de la situación económica del teatro.

—Lo estoy —respondió al instante—. ¿Esperarías menos de un socio?

—A pesar de tu fe en mi capacidad, he apoyado obras con las que hemos perdido dinero. Tú —añadió con una mirada cargada de significado— deberías saberlo mejor que nadie.

Aquel recuerdo de *Casa de muñecas*, de su sonoro fracaso en el primer intento de consagrarse como actriz y de la cantidad de dinero que había perdido él en consecuencia, incendió sus mejillas, pero Lola se negó a dejarse intimidar.

—Sí, Denys —reconoció con toda la dignidad que fue capaz de reunir—, lo sé.

—El teatro es un negocio imprevisible. Lo que te estoy ofreciendo es un dinero seguro. Si lo sumas al dinero que te ha dejado Henry, tendrías una enorme fortuna a tu disposición que te permitiría vivir rodeada de lujos y sin riesgos. O podrías casarte. Desde luego, tendrías una considerable dote que ofrecer.

El hecho de que diera por sentado que atrapar a un buen marido y vivir rodeada de lujos fuera lo único que le importaba tocó un punto sensible para Lola.

—Si lo único que me importara fueran la seguridad y el lujo, me habría casado contigo.

Denys se tensó, indicándole así que acababa de adentrarse en un terreno peligroso, pero, cuando respondió, lo hizo en un tono educadamente tenso.

—Exacto.

—Diablos —dijo Lola, arrepintiéndose de aquel impetuoso exabrupto—. No pretendía...

—No importa —la cortó—. ¿Y si lo dejamos en veinticinco mil libras? ¿En treinta? —añadió cuando Lola volvió a negar con la cabeza.

La facilidad con la que había subido la oferta le indicó que estaba dispuesto a ofrecer una suma mayor incluso, pero para ella la cantidad seguía siendo irrelevante.

—Déjalo, Denys. Por favor, déjalo. Esto no tiene que ver con el dinero, no es algo que el dinero pueda comprar. Para mí, es un sueño.

Denys clavó en ella la mirada con el horror dibujado en el rostro.

—¡Dios mío! —gimió, pasándose la mano por el pelo—. Recuerdo que tuvimos esta misma conversación hace seis años.

—Sí, y lo que ocurrió con *Casa de muñecas* no me ha hecho cambiar de opinión. A pesar de aquel fracaso, todavía estoy deseando convertirme en una respetada actriz dramática.

—No sé si admirar tu tenacidad o cuestionar tu cordura.

—La herencia de Henry me permite hacer lo que siempre he deseado.

—No acierto a entender qué tienen que ver tus aspiraciones como actriz con el Imperial o conmigo —se cruzó de brazos. Lola nunca le había visto tan serio—. Así que será mejor que me lo expliques.

Un pasillo del Savoy no era el lugar que habría elegido Lola para mantener aquella conversación. Pero, por otra parte, Denys estaba esperando, dispuesto a escucharla. Quizá no tuviera una oportunidad mejor.

—Henry creía en mí. Nunca dudó de mi talento para la interpretación.

—Me alegro por él. Pero, por lo que yo sé, nunca te financió una verdadera obra de teatro, ¿verdad?

—Lo habría hecho. Era cuestión de tiempo —añadió, poniéndose de pronto a la defensiva—. Pero no tuvo oportunidad.

—O, a lo mejor, nunca quiso hacerlo porque ya había aprendido de tu error y, durante todo este tiempo, solo estuvo siguiéndote la corriente para ganar dinero a tu costa. En cualquier caso —continuó antes de que ella pudiera cuestionar su explicación de las motivaciones de Henry—, continúa siendo un hecho que no hizo nada para impulsar tu carrera como actriz. Prefirió endilgarte a mí.

—¡Nadie me está endilgando a nadie! Soy tu socia. Estoy preparada para asumir todas las responsabilidades que entraña ese puesto.

—¡Ah! Pero ser propietaria de un teatro no era tu sueño. Tu sueño era actuar.

—Las dos cosas no tiene por qué ser excluyentes. Muchos actores dirigen sus propios teatros. Sir Henry Irving, por ejemplo, es propietario y actúa en el Lyceum. Y también es director de teatro.

—Sir Henry Irving tiene credibilidad suficiente como para respaldar tal arrogancia.

—Yo también tengo credibilidad, Denys. He tenido grandes éxitos. Mi espectáculo ha sido un éxito durante cinco años seguidos.

—Pero solo era un musical. Al margen de *Casa de muñecas*, no tienes ninguna experiencia como actriz.

—Eso no es cierto. Cuando estoy en escena, actúo en todo momento.

—No es lo mismo y lo sabes. De modo que, ¿qué esperas de mí? ¿Ahora que eres mi socia vas a pedirme que te incluya en mis obras?

—Nuestras obras —le corrigió—. Y contratar a las compañías de teatro no es una decisión ni tuya ni mía. Es una decisión del director del teatro. Y elegir a la persona de la compañía que interpretará un determinado papel es responsabilidad del director de cada obra. Y tú cediste el control de todos esos aspectos cuando sustituiste a tu padre.

—Como ya he dicho antes, pareces estar bien informada. Y, puesto que Jacob Roth es el director del teatro, además del director de la primera obra de la temporada, has venido aquí para dorarle la píldora.

—¡No estaba dorándole la píldora! Muy bien —se corrigió cuando Denys le dirigió una mirada escéptica—, a lo mejor sí, ¿pero y qué?

—¿Pensabas que unas cuantas sonrisas durante un almuerzo iban a bastar para que te permitiera formar parte de su compañía? ¿O pretendías ofrecerle algo más?

Lola se enfureció.

—Ni siquiera pienso rebajarme a contestar.

—No hace falta que finjas que es algo ajeno a ti —le espetó él con voz tensa—. Pero Jacob no te seguirá el juego. Jamás ha puesto a una actriz que no sepa actuar en una de sus obras solo porque desee acostarse con ella.

—No fui tu amante para conseguir contactos en el mundo del teatro y jamás utilicé nuestra relación como palanca para alcanzar mi deseo de convertirme en actriz. Jamás. Es posible que *Casa de muñecas* fuera un fracaso por culpa de mi pésima actuación, pero yo jamás te pedí que financiaras esa obra para que yo actuara.

—Es cierto —admitió, pero la amargura que traslucía su voz le adelantó a Lola que aquella admisión no iba a suponer para ella ninguna victoria—. Hacerte protagonizar esa obra fue una locura únicamente mía. Y también fue una de las peores actuaciones que he visto en toda mi vida.

Lola tomó aire sorprendida por lo mucho que le dolía oírselo decir a pesar de que sabía que era cierto.

—Ha pasado mucho tiempo desde entonces.

—No tanto como para haber olvidado lo que pasó. ¿Necesito recordarte que te destrozaron las críticas? ¿Y que tuvimos que suspender la obra solo una semana después? ¿O que el resto de los actores te culpó de haber hundido la obra?

—De acuerdo, tienes razón —musitó, lamentando que tantos años de duro trabajo y demostrado éxito no hubieran borrado su mayor y más espectacular fracaso—. Pero era el primer papel dramático que interpretaba y no estaba preparada. Desde entonces...

—El Imperial es un teatro shakesperiano —la interrumpió—. ¿Tienes alguna experiencia en Shakespeare? ¿La más mínima experiencia?

Ella pensó en todo el tiempo que había dedicado a estudiar, en todas las mañanas en las que, todavía agotada tras el espectáculo de la noche anterior, se había levantado de la cama para asistir a clases de interpretación, para estudiar con tutores y ensayar papeles como el de Julieta, lady Macbeth o Desdémona, recitar pasajes de *Hamlet* y *La tempestad*, hasta llegar a aprender los recitados de las más grandes heroínas de Shakespeare de memoria.

—He estado preparando obras de Shakespeare, entre ellas, *Otelo*. Sé el papel de Desdémona de arriba abajo.

—En otras palabras —la interrumpió mordaz, cruzándose de brazos—, eres una aficionada con gran dedicación.

—¡No soy una aficionada! Tengo una gran experiencia sobre el escenario y un demostrado récord de éxitos teatrales. Y he pasado todo mi tiempo libre preparándome para representar papeles dramáticos. Henry contrató a profesores, fui a clase. Incluso trabajé con él. Henry me enseñó mucho...

—Sí —volvió a cortarla Denys con voz glacial—, estoy seguro.

La frustración crecía dentro de ella porque, aunque Denys era el único hombre que alguna vez la había apoyado en un proyecto que no supusiera utilizar su cuerpo de forma provocativa, sabía que no lo había hecho porque considerara que tenía talento.

—Teniendo en cuenta nuestra anterior relación —le dijo con frialdad—, no creo que tengas ningún derecho a moralizar sobre lo que Henry hizo por mí, ¿no crees?

Denys se tensó, demostrando así que ella tenía razón.

—En cualquier caso, lo de *Casa de muñecas* fue un gran error y yo jamás tropiezo dos veces con la misma piedra.

Lola tomó aire, recordándose a sí misma que se suponía que estaban en el mismo bando.

—Denys, soy consciente de que perdiste mucho dinero.

—El dinero fue lo de menos. Mi relación contigo me costó algo mucho más importante que el dinero. Me costó el respeto de mi familia, algo que me ha costado años recuperar.

—Después de haber pasado casi diez años paseándome por los escenarios y exhibiendo mi cuerpo para disfrute de los hombres, creo que yo también sé algo sobre lo que es perder el respeto —le espetó.

Denys apretó los labios, desvió la mirada y sacudió la cabeza. Lola no sabía si estaba intentando negarlo o si estaba tan exasperado con ella que no sabía qué contestar.

—Denys, tu relación con tu familia no va a correr ningún riesgo. No pueden culparte de nada de esto. Además, es Roth, no tú, el que toma la última decisión sobre los actores a los que contrata cada temporada y tu familia lo sabe.

—¿Y crees que eso me libera a mí de toda responsabilidad? ¿Que eso lo soluciona todo? —volvió a mirarla otra vez—. En cuanto la alta sociedad londinense se entere de que somos socios, pensarán que hemos retomado nuestra aventura, con independencia de lo que haga Roth.

—Sé que siempre te ha importado más que a mí lo que piensen los demás, pero, siendo tú el hombre, no creo que esta situación dañe tu reputación.

—¿Crees que no? Si actúas en una de mis obras, seré el

hazmerreír de Londres por haber vuelto a hacer el ridículo contigo.

—Solo harás el ridículo si fracaso. Si mi actuación es buena, te considerarán un hombre inteligente. No hay nada más exitoso que el propio éxito.

—Tendrás que perdonarme el que no esté dispuesto a correr ese riesgo por segunda vez —contestó secamente.

—¿Entonces qué piensas hacer? ¿Intentar bloquearme el paso? ¿Pedirle a Roth que no me permita hacer una prueba? ¿Por qué no confías en nuestro director para que sea él el que decida? Yo estoy dispuesta a aceptar lo que él diga —continuó sin esperar respuesta—. No he venido buscando una plaza en una compañía de teatro solo porque soy socia del mismo. Estoy dispuesta a presentarme a una audición como cualquier otra actriz. Solo quiero una oportunidad de demostrar mi valía.

Algo centelleó en los ojos oscuros de Denys. Algo peligroso.

—¿Y por qué demonios voy a tener que dártela cuando no tienes ningún éxito que te respalde? ¿O cuando ni siquiera eres capaz de diferenciar entre Shakespeare y Sheridan? ¿Cuando me engañaste, me traicionaste y me fuiste infiel con otro hombre? —exigió saber con voz grave y tensa—. ¿Por qué voy a tener que darte otra oportunidad?

Lola se le quedó mirando con impotencia, sin saber qué contestar. Pensó en cómo había terminado su aventura y deseó que hubiera habido alguna otra forma de hacerlo, puesto que el único camino que le había permitido liberar a Denys de aquella relación también le había llevado a despreciarla a ella.

—Denys, no te fui infiel…

—No —la interrumpió antes de que intentara darle una explicación—. Ahórrame las declaraciones de inocencia, las excusas y los porqués de lo que ocurrió.

—Si no quieres que me defienda, entonces deja de echármelo en cara.

Denys la miró furibundo durante largo rato y, al final, suspiró.

—La cuestión no es lo que ocurrió en el pasado ni por qué. La cuestión es qué se supone que voy a hacer contigo.

—Lo que puedes hacer es trabajar conmigo y no contra mí.

—¿De verdad creía Henry que iba a estar dispuesto a hacer esto? —aunque parecía haberse atemperado su enfado, su burla y su perplejidad eran obvias—. Soy consciente de que es probable que le persuadieras para que lo hiciera...

—¡Eso no es verdad!

—¿Pero cómo pudisteis pensar que yo podría aceptar algo así?

—Sé que no me crees, pero yo no incité a Henry a que hiciera a esto. Lo que dispuso en su testamento ha sido tan sorprendente para mí como para ti. Y, en relación a tu pregunta, creo que lo que Henry pensó fue que serías justo, Denys, y me darías una oportunidad.

Lola estaba segura de que le había tocado la fibra sensible. Denys alzó la cabeza, infló las aletas de la nariz y tensó un músculo de la barbilla.

—Eso es lo que quieres, ¿verdad? —preguntó con un brillo de dureza en la mirada. Cuando volvió a hablar, Lola estaba segura de que iba a enviarla al infierno—. ¿Quieres que te dé la oportunidad de volver a tropezar? Muy bien, la tendrás.

—¿De verdad? —el alivio fue tan inmenso que se le debilitaron las rodillas y tuvo que apoyarse en la pared que tenía al lado para mantenerse en pie—. Gracias, Denys.

—Si Roth está de acuerdo, tendrás una oportunidad de ponerte a prueba —alzó el dedo índice—. Una sola oportunidad. Si tu prueba le convence y te permite formar parte de la compañía, no pondré ninguna objeción. Pero —añadió antes de que pudiera regodearse en su alivio—, si haces cualquier cosa que pueda alimentar las especulaciones sobre una supuesta relación entre nosotros o si pones en peligro mi reputación o la del teatro, esta sociedad habrá terminado. Soy capaz de hundir el Imperial antes de permitir que me pongas en ridículo por segunda vez. ¿Comprendido?

—Por supuesto —replicó con dignidad.

—Estupendo —se volvió para presionar el timbre eléctrico con el que se llamaba al ascensor—. Puedes participar mañana en la prueba para representar a Blanca en el Imperial.

—¿A Blanca? —le miró resentida—. Supongo que has elegido a Blanca porque es el papel femenino más pequeño de toda la obra.

Denys no lo negó.

—Míralo por el lado bueno. Si consigues un puesto en la compañía, Blanca te proporcionará la oportunidad perfecta para pulir tus dotes de actriz.

—Mis dotes ya están suficientemente pulidas. ¿Qué crees que he estado haciendo durante estos últimos seis años? ¿Permanecer sentada sobre mi trasero comiendo bombones?

—Lo dudo —la contradijo, se echó hacia atrás y la recorrió con la mirada—. Porque tu trasero está tal y como mi memoria lo recuerda.

Lola se sobresaltó al oír aquellas palabras, pero, cuando Denys se enderezó y la miró a los ojos, no reconoció vestigio alguno del deseo que solía ver en ellos cuando la miraba. Aquellos días pertenecían a un pasado muy lejano.

Al ser consciente de ello, sintió una punzada de nostalgia, pero la rechazó al instante. Abrió la boca para contestar con una réplica ingeniosa, pero el ascensor llegó retumbando hasta detenerse delante de ellos antes de que tuviera oportunidad de hacerlo.

—La prueba es el jueves a las nueve —le informó Denys mientras el ascensorista abría las puertas de madera y salía—.

Le pediré a Roth que incluya tu nombre en la lista. A no ser —añadió mientras se volvía de nuevo hacia ella— que la idea de tener un papel tan pequeño te haya hecho cambiar de opinión.

Lola emitió un sonido burlón.

—Como si fuera a resultarte tan fácil librarte de mí.

—Supongo que no —dio un paso hacia atrás para que el ascensorista pudiera cerrar las puertas de madera y echar el pestillo de la puerta metálica—. No voy a tener tanta suerte —musitó mientras se cerraban las puertas entre ellos.

CAPÍTULO 5

A Denys no le gustaba que nadie se pusiera en ridículo en público y, aunque para él, Lola se tendría bien merecido fracasar en su interpretación de Shakespeare y que Jacob la destrozara con sus críticas, no era capaz de alegrarse ante aquella perspectiva.

Todavía se recordaba a sí mismo observando a Lola horrorizado, sentado en el Adelphi, mientras ella se entregaba con excesivo fervor al papel que representaba en la obra de Ibsen. Cada risita del público ante lo exagerado de sus gestos, cualquier gesto por parte de los actores que la acompañaban ante la poca naturalidad de sus diálogos y su escasa técnica le había hecho morirse de vergüenza ante su actuación.

Ser testigo de otra interpretación tan abominable como la que había visto seis años atrás no era una perspectiva que un hombre con conciencia pudiera anticipar con placer. Podría haberlo evitado, por supuesto, puesto que su presencia en las audiciones no era estrictamente necesaria. Pero, desde que se había hecho cargo del Imperial, siempre había asistido a las primeras audiciones y había ofrecido su opinión cuando le había sido requerida. No tenía intención de abandonar aquella práctica solo porque Lola se estuviera presentando a una prueba.

Aun así, el jueves por la mañana, cuando llamaron a Lola y esta salió a escena, no pudo evitar sentir miedo. Su acercamiento al escenario fue vacilante, casi tímido, y, cuando se detuvo al lado del actor que iba a acompañarla en la lectura del texto y miró hacia las butacas, parecía un cervatillo asustado dispuesto a esconderse de nuevo entre los bosques. A pesar del calor provocado por la luz de gas, su rostro estaba pálido y, cuando alzó el texto con el que hacía la prueba, Denys advirtió que las hojas de papel temblaban entre sus manos.

Lola se aclaró la garganta.

—Me han pedido...

Se le quebró la voz y se interrumpió. Se oyeron crujir las hojas cuando las apretó entre sus dedos y, aunque entreabrió los labios, no dijo nada. En cambio, miró en silencio hacia los asientos. A pesar de que Denys estaba deseando que se fuera, no pudo menos que sentir una dolorosa vergüenza ajena a cuenta de su actuación, como si fuera un eco de aquella fatídica noche de estreno en el Adelphi. Por alguna estúpida razón, se sintió impulsado a acudir en su ayuda.

—¿Ocurre algo, señorita Valentine? —le preguntó con un deliberado deje burlón—. No estará nerviosa, ¿verdad?

No hizo falta nada más. Una oleada de rubor coloreó las mejillas de Lola, revelando parte de aquella mujer apasionada y temperamental que Denys había conocido y se maldijo a sí mismo por haberla aguijoneado. Si hubiera resistido a aquel impulso, su propensión a quedar enmudecida habría bastado para acabar con sus aspiraciones como actriz.

—Estoy perfectamente, señor, gracias —contestó con la voz más firme que antes. Volvió a alzar el fajo de papeles que llevaba en las manos—. Me han pedido que lea la parte de Blanca.

—Muy bien —se recordó a sí mismo que lo mejor era terminar cuanto antes y volvió a reclinarse en el asiento—.

¿Por qué no empieza con la primera escena del quinto acto?

—¿Del quinto acto? —se le quedó mirando fijamente. Era obvio que estaba sorprendida por la escena que había elegido, y no era la única.

—¿Pretendes quitarme el trabajo, Denys? —preguntó Jacob, que estaba a su lado, tuteándole en la intimidad de las butacas.

Cuando se volvió hacia el director, Denys descubrió que este le observaba con cierta diversión.

—Te estás tomando mucho interés en la selección, ¿no crees? —musitó.

—En este caso, está justificado, ¿no crees? —preguntó Denys a su vez, en voz igualmente baja, pero inflexible—. Perdí mucho dinero la última vez que esta mujer actuó en una obra financiada por mí.

—En ese caso, tu interés es comprensible —replicó Jacob, aunque no parecía haberse dejado engañar—. Pero siento curiosidad, amigo mío. ¿Por qué el quinto acto? Blanca apenas tiene unas cuantas líneas en ese acto. No creo que sean suficientes para demostrar el talento de una actriz.

—Todo lo contrario —respondió Denys sin alzar la voz—. En ese acto, Blanca ve que Casio es herido, que quizá está a punto de morir, y es acusada de ser ella la culpable. De modo que es un momento muy dramático, el momento perfecto para que la señorita Valentine demuestre sus habilidades.

Jacob curvó los labios.

—Y, si la actuación es terrible, no tendremos que aguantar mucho antes de enviarla a casa.

—Sí, eso también.

Riendo entre dientes, Jacob se recostó en la butaca y extendió las manos con un gesto de rendición.

—Adelante, amigo mío. En ese caso, me conformaré con observar.

Denys volvió a fijar su atención en el escenario.

—¿Jimmy? —llamó al lector—. ¿Estás preparado?

El joven asintió y alzó su texto.

—Sí, milord.

—Excelente. Puede empezar, señorita Valentine. En el caso —añadió mientras la veía pasar las páginas del texto para localizar la hoja apropiada— de que consiga encontrar el quinto acto.

Lola se detuvo para mirarle y entrecerró los ojos.

—No necesito encontrarlo —replicó, y dejó caer el fajo de hojas tras ella—. Solo estaba intentando mantenerme ocupada hasta que terminara su conversación con el señor Roth. Si está preparado, estaré encantada de empezar.

Se volvió sin esperar respuesta y caminó hacia la derecha del escenario. Después, se volvió hacia Jimmy.

—«¿Qué ha sido eso?» —recitó mientras caminaba hacia él—. «¿Quién gritaba?».

No hizo ningún esfuerzo por disimular su acento americano, pero hasta Denys tuvo que admitir que la entonación era decente. Para muchos actores de talento, incluso en el teatro británico, los diálogos de Shakespeare eran una dura prueba.

Como si acabara de ver el cuerpo herido de Casio en el suelo, Lola soltó un grito y se arrodilló con una entrega innecesaria en una primera audición. Denys se tensó, preparándose para el excesivo histrionismo con el que les había obsequiado en *Casa de muñecas*, pero, para su sorpresa, Lola no estuvo a la altura de sus expectativas. Al contrario, su desolación por las heridas de su amante fue contenida y, por mucho que odiara admitirlo, creíble. Unos segundos después, acusada de ser culpable de las heridas de Casio, su manera de negarlo fue lo bastante convincente como para que Denys comenzara a pensar que a lo mejor sí había aprendido algo durante su estancia en Nueva York.

«Por el amor de Dios, Denys, ¿Qué crees que he estado

haciendo durante estos últimos seis años? ¿Permanecer sentada sobre mi trasero comiendo bombones?»

Arrastrada por tal provocativa pregunta, la mirada de Denys descendió sobre Lola. Los recuerdos le permitían vislumbrar por debajo de la falda azul claro y la blusa blanca el espléndido cuerpo de su antigua amante. Las imágenes irrumpieron en su mente antes de que pudiera detenerlas: senos llenos, redondos, caderas curvas y generosas, piel pálida y luminosa, piernas largas y exquisitas, el pelo rojo oscuro sobre las sábanas de color marfil y unas esmeraldas de un verde intenso relumbrando alrededor de su cuello. Unas esmeraldas que él había insistido en comprar.

Comenzó a arder; los recuerdos le arrastraron hacia aquel lugar secreto y misterioso en el que el deseo, el amor y la obsesión se habían fundido para esclavizar su alma, un lugar en el que nada importaba, salvo Lola Valentine. Había estado dispuesto a sacrificar todo lo que le era querido, a dar la espalda a todos aquellos a los que estimaba para retenerla.

Y ella le había abandonado.

Denys se obligó a dejar el pasado y se sintió como si estuviera emergiendo del agua para tomar aire, un ejercicio que, solo veinticuatro horas después de la aparición de Lola en su vida, ya le resultó agotador.

Parpadeó, fijó la mirada en el escenario e intentó concentrarse en el presente, diciéndose que la actuación tampoco había sido impresionante, que podría haber actrices mejores para aquel papel. Para cuando la oyó recitar sus últimas frases, casi se había convencido a sí mismo de que la audición había sido poco más que correcta.

—«Vergüenza» —leyó Jimmy—. «Vergüenza de ti, ramera».

El cuerpo de Lola se tensó. Alzó la barbilla. Algo cambió en el aire, como si fuera el crepitar de la electricidad estática. Y de pronto, y de forma tan repentina que le robó el aliento, todo el coraje previamente oculto bajo la naturaleza celosa de Blanca se manifestó con la claridad de la luz del día.

—«No soy una ramera» —aseveró. Volviendo la cabeza para mirar a Denys, recitó la última frase de la obra—. «¡Soy una mujer de vida tan honesta como vos que así me insultáis!».

Denys sabía que, en el caso de Lola, aquellas palabras no eran ciertas, pero en su interpretación de Blanca, las palabras destilaban verdad, vehemencia y convicción. Su rostro, como siempre, era de una belleza estremecedora, pero, en aquel momento, también mostraba la fuerza interior de Blanca.

«Dios mío», pensó sobresaltado, y se irguió en su asiento, «¿y si de verdad sabe actuar?».

En el instante en el que aquel pensamiento le pasó por la cabeza intentó ignorarlo. El papel que estaba interpretando no tenía demasiada miga. Y Jacob tenía razón al señalar que el quinto acto no era adecuado para juzgar el talento de una actriz.

—Vaya, vaya —musitó Jacob a su lado, riendo un poco—. Parece que te ha salido el tiro por la culata, amigo mío. Creo que va a hacer falta una prueba más exigente para juzgar el talento de la señorita Valentine.

Sin esperar respuesta, el director se volvió hacia el escenario.

—Gracias, señorita Valentine —dijo, interrumpiendo el silencio—. Si lord Somerton no tiene inconveniente, me gustaría ver algo más.

Denys se movió en la butaca, ¿pero qué podía decir? Se suponía que era un mero observador, nada más. Aquello, se dijo malhumorado, era lo que había conseguido por intentar ser justo.

Tras recibir la confirmación de que había pasado la primera prueba, Lola se llevó la mano al pecho y soltó una breve risa de alivio.

—Por supuesto —dijo—. ¿Qué quiere que recite ahora?

—¿Por qué no continuamos donde lo hemos dejado? Lea la segunda escena del quinto acto.

Denys se irguió consternado, pero Lola habló antes de que él pudiera decir nada.

—¿La segunda escena? —repitió desconcertada—. Pero si Blanca no tiene texto en el segundo acto.

—Ya lo sé —respondió Jacob. Su voz contenía una nota de diversión que Denys solo pudo interpretar era a costa suya—. Quiero que lea el papel de Desdémona.

Lola entreabrió los labios con asombro y, a pesar de su actitud habitual, Denys se sintió obligado a intervenir.

—Creía que habíamos decidido hace semanas que Arabella Danvers haría el papel de Desdémona. Ya le hemos ofrecido una plaza y un papel en la compañía.

—Piensas demasiado en la taquilla, mi buen amigo —le regañó Jacob—. No te preocupes. Arabella hará el papel de Desdémona. Pero —añadió, alzando la voz para que Lola pudiera oír lo que tenía que decir—, todavía no he decidido quién será su sustituta. Quiero ver si la señorita Valentine tiene el talento necesario para representar ese papel en el caso de que fuera necesario.

—No lo tiene —musitó Denys sin estar muy seguro de si lo decía para sí o para que lo oyera Jacob.

Fuera como fuera, el director se limitó a reír e hizo un gesto con la mano para animar a Lola a continuar.

Lola, sin embargo, no vio aquel gesto, porque estaba mirando fijamente a Denys, como si estuviera esperando que ignorara la orden del director. Pero Denys no tenía intención de hacerlo. Su única opción en aquel momento era dejar que se hundiera por sus propios medios.

—Parece vacilar, señorita Valentine —señaló—. El de Desdémona es un papel exigente, por supuesto, sobre todo para una persona con su limitada experiencia. Sería comprensible que no se sintiera preparada para interpretarlo.

Ella alzó la barbilla al instante.

—Estoy preparada para representar cualquier papel, milord.

—En ese caso, comencemos —terció Jacob, poniendo fin a cualquier provocación por parte de Denys—. Jimmy, ¿podrías empezar con la parte de Otelo hablando de las lágrimas crueles?

Jimmy obedeció, arrastrando la atención de Lola, pero la mirada de Denys continuaba fija en ella y la observó con cierto miedo mientras comenzaba. Desdémona era uno de los papeles más dramáticos del repertorio de Shakespeare y Lola, como bien sabía él, tenía tendencia al histrionismo. Pero, cuando comenzó a actuar, no hubo señal alguna de la chica cuya actuación había destrozado la crítica seis años atrás. No hubo rastro alguno de las exageraciones y la torpeza que él recordaba. Su acento americano no parecía importar. Y tampoco la falta de atrezo, vestuario o decorados. En aquel momento, ni siquiera Denys podía dudar de que Lola fuera Desdémona, la sufrida inocente.

Lola, como él bien sabía, no lo era y, desde luego, no había sido la parte que más había sufrido en el pasado, pero, en aquel momento, el pasado no importaba, solo importaba el talento de Lola. Y, mientras la observaba demostrar que se había equivocado con ella, comenzó a sentir una ligera desesperación.

«Siempre te ha traído problemas», se recordó, «desde el momento en el que la conociste».

Aquello era irrelevante, y lo sabía, y Denys comenzó a temer que iba a verse obligado a cargar con Lola, y con todos los estragos que aquello comportaría, durante mucho tiempo.

Lola se dejó caer sobre la dura e implacable superficie del escenario y Denys la observó con una mezcla de admiración artística y personal desconsuelo mientras ella representaba el asesinato de su personaje.

La vio alargar las manos hacia ambos lados de su cuerpo mientras yacía, pero no porque necesitara alcanzar el texto para leerlo. En cambio, deslizó las hojas de papel bajo su rostro, representando así la almohada con la que Otelo había asfixiado a su esposa. Con el rostro escondido y retorcida sobre la tarima representaba de forma tan convincente la agonía de Desdémona que no importó que Jimmy estuviera todavía de pie. Resultaba muy fácil imaginar a Otelo arrodillado sobe ella, asesinándola.

—¡Dios mío! —musitó Jacob a su lado.

Denys conocía lo bastante bien al director como para apreciar que aquellas dos palabras que había susurrado eran una expresión de sincera admiración. Aquello acentuó su desaliento.

Lola permanecía inmóvil. Hubo un momento de silencio hasta que Jimmy pareció darse cuenta de que aquella era su entrada y comenzó a leer la obra. Denys, sin embargo, continuó con la mirada fija en ella, esperando con la respiración contenida, consciente de lo que iba llegar. Al final, Lola se movió, demostrando que Desdémona todavía no estaba muerta, y, cuando la improvisada arma del asesino se deslizó de su rostro, Denys se inclinó hacia delante, esforzándose en oír hasta la última palabra.

—«Encomendadme a mi bondadoso señor» —dijo con voz débil, pero lo bastante alta como para llegar hasta la última fila del teatro—. «¡Oh, adiós!».

Había olvidado la frase más importante, pensó Denys. Pero, entonces, Lola inclinó la cabeza hacia los asientos, miró a Denys a los ojos y este supo que se había equivocado al pensar que había sido un olvido.

—«¡Muero inocente!» —acusó Lola con voz ronca.

Aquellas palabras tuvieron en Denys el impacto de un puñetazo en el pecho. Lola no había olvidado nada. Había decidido dejar las últimas palabras para el final para así poder mirarle a él, en vez de al actor, cuando Desdémona proclamaba su inocencia.

Observó su rostro relajarse y la vio cerrar los ojos. En el instante en el que Desdémona murió, su rostro era tan adorable y parecía tan libre de culpa que Denys deseó creer que la última noche en París había sido un terrible error.

Pero su parte más racional sabía que no había error posible. Recordó a Lola, llevando una prenda que una mujer solo vestiría para un amante, moviéndose para ir a sentarse al lado de Henry en el sofá. Y las palabras demasiado claras e inflexibles como para que pudiera quedar espacio para la duda.

«Lo siento, pero Henry me ha hecho una oferta mejor».

Un eco del dolor que había sentido aquella noche, un dolor sofocado tanto tiempo atrás que casi lo había olvidado, regreso con una fuerza inesperada, con violencia suficiente como para hacerle removerse en la butaca.

Deseó gritarle que se fuera al infierno y se llevara a Henry y su absurda idea de la sociedad con ella. Deseó decirle que, fuera o no su socia, nunca jamás le permitiría representar un papel en ninguna obra que él produjera.

Pero ya era demasiado tarde para ello.

«Lo que Henry pensó fue que serías justo».

Al parecer, Henry le conocía mejor de lo que se conocía él a sí mismo. Lola había hecho una buena actuación, maldita fuera, demasiado buena como para descartarla cuando el único motivo para hacerlo sería que le había tratado mal años atrás.

—Bueno, Denys —musitó Jacob a su lado, más que complacido consigo mismo—. No estoy seguro de que la actuación de la señora Valentine haya sido como tú esperabas.

Denys se negó a dejarse provocar.

—Gracias, señorita Valentine —dijo alzando la voz mientras miraba con impaciencia al hombre que tenía a su lado—. ¿Puede esperar junto a los demás entre bastidores? Siguiente, por favor.

Le hizo señas al joven pelirrojo que esperaba al borde del escenario, pero no fue capaz de dar una opinión sobre la actuación de Lola con la facilidad que esperaba.

—¿Denys? —le apremió Jacob al ver que no decía nada—. Di algo, amigo mío. ¿Qué te ha parecido la actuación de la señorita Valentine?

Denys suspiró, dejando que se instalara en él una lúgubre resignación.

—Creo —musitó, estudiando el seductor balanceo de las caderas de Lola mientras salía del escenario— que mi vida acababa de complicarse.

CAPÍTULO 6

Lola no había sido requerida para participar en una audición formal desde hacía años y, mientras permanecía en la sala de espera tras bambalinas junto al resto de los actores, esperando a oír el dictamen final de la audición, fue consciente de la tensión que implicaba aquel proceso.

El éxito de su espectáculo neoyorquino había puesto fin a la necesidad de las audiciones y las únicas lecturas de texto que había hecho habían sido para sus profesores o para Henry en la sala de estar de su apartamento de Nueva York. Las valoraciones que habían hecho estos de su trabajo, aunque hubieran sido críticas, siempre le habían sido ofrecidas junto a sugerencias sobre cómo mejorar.

Hacer una lectura para Jacob Roth estando este al lado de Denys y junto a docenas de colegas curiosos observándola entre bastidores era muy diferente y no tenía la menor idea de cómo evaluar su actuación.

Afortunadamente, no había olvidado el texto, ni se había tropezado con la falda, ni había tartamudeado al recitar aquel complicado diálogo de Shakespeare. Pero, en aquel momento, rodeada de actores que debían de tener mucha más experiencia que ella, nada de ello le resultaba tranquilizador.

Las voces se arremolinaban a su alrededor, comprometidas

en las habituales conversaciones, puntuadas por risas nerviosas, con las que los actores minusvaloraban su propio trabajo mientras se saludaban los unos a los otros y especulaban sobre las probabilidades de haber pasado la prueba, pero Lola no hizo intento alguno de sumarse al grupo.

Tras su desastrosa actuación en *Casa de muñecas*, habían comenzando a hacer comentarios maliciosos a sus espaldas, la prensa sensacionalista había publicado todo tipo de informaciones sórdidas sobre su aventura con Denys y, en cuestión de días, el mundo del teatro había comenzado a tratarla como a una plaga contagiosa, convencidos todos cuantos formaban parte de él de que había participado en aquella obra porque había sido financiada por su amante. ¿Y por qué no iban a pensarlo? Al fin y al cabo, era la verdad.

«No te preocupes», le había dicho Denys, «yo cuidaré de ti».

Él había querido consolarla y tranquilizarla, pero Lola todavía se recordaba tumbada en la cama junto a él, en la casa que le había alquilado en St. John's Wood, mientras se repetían aquellas palabras en su cerebro e iba siendo consciente de en lo que se había convertido.

«Yo cuidaré de ti».

Ella nunca lo había querido, pero era así como había terminado, convertida en una mantenida sin ser consciente siquiera de ello. Poco a poco, con cada uno de los regalos que Denys había ido haciéndole, y que ella no había podido devolverle, con cada oferta de ayuda que no había podido rechazar, con cada caricia de su mano y cada beso de su boca, había ido perteneciendo un poco más a él y perdiéndose a sí misma. Y, cuando su carrera de actriz había terminado antes de haber empezado de verdad, se había visto en los brazos de su amante durante aquella última tarde en Londres y se había preguntado si el ser una mantenida era el camino inevitable para una mujer como ella.

Había luchado siempre para evitar aquel destino. Los hombres la habían perseguido desde que tenía edad para llevar corsé y, aunque su madre había regresado junto a la alta sociedad de Baltimore a la que pertenecía mucho antes, abandonando a Lola y a su padre, no había necesitado que nadie le explicara las grandes verdades de la vida, sobre todo las relativas a los hombres.

De alguna manera, Lola siempre había sabido que la clase de relación que los hombres buscaban con ella no implicaba ni iglesia, ni compromiso ni un amor que durara durante toda una vida.

Antes de conocer a Denys, solo se había enamorado una vez. Había sido durante un invierno neoyorquino. Tenía entonces diecisiete años y al resultado de su breve y estúpida aventura con el atractivo Robert Delacourt, un hombre de mundo, había sido la dura y humillante confirmación de la primera lección que una joven debe aprender en el mundo de la escena: los admiradores que se encaprichan de una bailarina nunca se casan con ella.

Después de lo de Robert, había agarrado el poco dinero que tenía y se había trasladado a París, donde había estado feliz manteniendo a sus admiradores a distancia. No le había costado nada renunciar ni a las cenas ni al champán y las joyas porque sabía que aquellos regalos tenían un precio.

Pero después había aparecido Denys con su afable encanto, su moreno atractivo y, sobre todo, su profunda y sincera ternura. La ternura era algo de lo que apenas había disfrutado y su alma sedienta la había bebido con la misma ansiedad con la que una planta marchita absorbía el agua. Dieciocho meses después, se había convertido en lo que se había prometido no ser nunca: una mantenida.

También se había convertido en un peligro para el futuro de Denys. El conde Conyers había ido a visitarla a la casa de St. John's Wood, había blandido su chequera y le había sugerido con un desprecio apenas velado que debería abandonar Londres antes de que se viera obligado a desheredar a su hijo.

Lola había roto en pedazos el cheque por valor de mil libras que Conyers había firmado y se lo había tirado a la cara, pero también había comprendido entonces que no podía permitir que Denys continuara manteniéndola. Había regresado a París, se había asegurado trabajo en otro espectáculo de Montmartre y había intentado aceptar la brutal realidad de que tendría que seguir bailando y cantando en los cabarets hasta que se marchitara su belleza, las piernas no le respondieran y el humo de los puros que fumaban sus espectadores le hubiera destrozado la voz.

Y después había aparecido Henry, entrando en su camerino con una botella de champán. Sin ninguna clase de propuesta romántica, le había asegurado desde el principio, solo para disfrutar de una celebración. Denys, le había contado, iba a ir desde Inglaterra para ofrecerle matrimonio.

Lola todavía recordaba lo que había sentido en aquel momento, la explosión de júbilo ante la perspectiva de casarse con Denys, y también la dura y fría realidad que había eclipsado aquella alegría.

—¿Está seguro de que tiene que felicitarme? —le había preguntado, intentando dejar de lado sus absurdas ilusiones románticas—. Me parece un poco prematuro, ¿no cree?

—La mayoría de las mujeres saltarían de contento ante la posibilidad de casarse con un lord. Tú no pareces tan entusiasmada —le había dirigido una mirada penetrante con la que Lola temió estuviera viendo demasiado—. Supongo que eso significa que no eres una mujer muy normal.

—¿Cuál es la verdadera razón por la que ha venido?

Henry había esbozado entonces la suficiente sonrisa de un hombre de mundo.

—Estoy aquí para darte una alternativa a esa boda.

—¿Qué le hace pensar que quiero una alternativa?

—Digamos que me lo imagino. Siempre me has parecido una mujer sensata, dura, pragmática y cabezota.

—Me siento halagada.

—Conyers sabe que estoy aquí. Y también está al tanto de la intención de Denys de convertirte en una mujer honesta. Ayer libraron una batalla épica por ti. Fue especialmente dura. Lo comprendo, puesto que Conyers acababa de descubrir cómo se las arregló Denys para financiar *Casa de muñecas*.

Lola frunció el ceño sin comprender a qué se refería.

—¿Qué quiere decir?

—¿No lo sabes? Hipotecó Arcady, la propiedad que su padre le legó cuando llegó a la mayoría de edad.

«Oh, Denys», había pensado Lola desolada, «¿qué has hecho?».

—No es necesario decir —había continuado Henry— que al conde no le hace mucha gracia la idea de tenerte como nuera.

—¿Así que ha venido para intentar sobornarme en su nombre? —había preguntado Lola haciendo un sonido de desprecio—. ¿Cuándo comprenderá que no pienso aceptar su dinero a cambio de renunciar a Denys?

—Ya lo ha hecho, por eso no he venido a ofrecértelo. Y perdóname por señalar algo obvio, pero tengo la sensación de que tú ya has renunciado a Denys. De otro modo... —miró alrededor del camerino—, no estarías trabajando aquí.

A Lola no le hizo gracia ser tan transparente ante un hombre al que apenas conocía, pero se encogió de hombros con aparente indiferencia.

—Cuando me fui de Londres, no sabía que había un anillo a la vista.

—¿Te hubieras quedado si lo hubieras sabido?

—No lo sé —había contestado con sinceridad.

—¿Y crees que si te casaras con Denys podrías hacerle feliz?

La había asaltado entonces un frío repentino, el miedo la había acariciado como el viento frío del otoño que alejaba los lánguidos y bochornosos días del verano. No había contestado a la pregunta de Henry, pero no había sido necesario que lo hiciera. Los dos conocían la respuesta.

El vizconde Somerton, hijo y heredero del conde Conyers, felizmente casado con una cabaretera era una gloriosa e imposible fantasía, similar a la de un marinero casándose con una sirena o a la de un carnicero de Kansas City casándose por poderes con una joven de la alta sociedad de Baltimore. Las probabilidades de que aquellas parejas fueran felices eran prácticamente nulas. Y aun así... aun así...

El anhelo se había inflamado dentro de ella.

—Tengo que cambiarme —había dicho, y había empezado a cerrar la puerta.

Pero Henry lo había impedido apoyando la mano en la puerta para detenerla.

—¿Puedo esperar dentro?

Un hombre no entraba en el camerino de una joven, y menos aún con una botella de champán, a no ser que fuera una íntima conocida o quisiera convertirla en ello. Pero, por otra parte, Henry Latham era un hombre poderoso en los círculos teatrales. No era un hombre al que se pudiera desdeñar a la ligera.

—No he venido a seducirte —le había aclarado al verla vacilar—, ni a arrojarte a la cara el dinero de Conyers. Tengo una propuesta que hacerte. ¿Podemos hablar mientras te cambias?

Ella estaba deseando quitarse aquel traje. Estaba cansada y sudorosa y le dolían las costillas, como le ocurría siempre, después de bailar con un corsé tan apretado. Así que se había apartado de la puerta bruscamente.

—Como quiera.

Le había dejado en el umbral, había cruzado la habitación

y se había metido tras el biombo. La voz de Henry había llegado hasta ella flotando sobre el biombo mientras se quitaba los zapatos de baile.

—¿Puedo contarte lo que tengo en mente?

Lola era escéptica, pero escuchar no podía hacerle ningún daño.

—Claro —había contestado mientras se inclinaba para quitarse las ligas y bajar aquellas medias de color carne que habían ayudado a hacerse tan perversamente famosa a Lola Valentine—, ¿por qué no?

—Quiero que vengas conmigo a Nueva York. Como ya te he dicho, no voy a hacerte una proposición romántica. Creo que tienes un enorme talento y que puedo hacer de ti una estrella.

Ella había soltado una carcajada, una risa cínica forjada durante los años que había pasado sobre las tablas. ¿Cuántas veces le habían repetido esas mismas palabras? Aun así, Henry Latham por lo menos había tenido la bondad de hacer que sonaran creíbles.

—¿No vive en Londres? —le había preguntado mientras se desataba la parte de arriba de su traje, que aterrizó a sus pies.

—Sí, pero he decidido volver a casa. Ven conmigo, te organizaré un espectáculo propio y te haré famosa. Y te pagaré un generoso porcentaje, mucho más alto del que puedas conseguir aquí.

—No estoy segura de que quiera regresar a Nueva York. Allí ya he bailado —Lola había asomado la cabeza por un lateral del biombo.

—¿Qué quiere entonces?

Lola había vuelto a esconderse tras el biombo, había colgado su traje en uno de los ganchos de la pared y no había contestado.

—No tienes por qué decírmelo —había dicho él mientras ella comenzaba a desatarse los lazos del corsé—. Puedo imaginármelo. Quieres ser actriz.

Lola se interrumpió y bajó los brazos a ambos lados de su cuerpo.

—Quieres emocionar al público, cautivarlo. Quieres hacerle contener la respiración y suspirar, quieres saber que seguirán hablando de ti mucho después de que tu actuación haya terminado y se hayan apagado las luces del teatro. Quieres lo que quieren todos aquellos que actúan: quieres ser amada.

¿Se estaba burlando de ella? No podía estar segura.

—No es eso —había contestado mientras se desabrochaba el cierre delantero del corsé—. Eso ya lo he conseguido. Los hombres adoran ver a Lola Valentine paseándose por el escenario, quitándoles el sombrero con el pie y cantando canciones obscenas —ella misma había percibido el deje de amargura de su voz mientas hablaba—. Les encanta ver a Lola haciendo mohínes con los labios, enseñándoles las piernas y moviendo el trasero. Adoran a Lola. ¿Estaba esta noche entre el público? Han levantado el telón tres veces. Lola es famosa en Montmartre. O, quizá, debería decir una mujer de mala fama.

—¡Ah! Ahora estamos llegando a la verdad —había musitado él—. Quieres ser actriz porque quieres que te tomen en serio. Quieres ser respetada.

Lola había soltado una dura carcajada.

—Bueno, si es eso lo que quiero, estoy condenada al fracaso.

—No necesariamente.

—¿Leyó las criticas de *Casa de muñecas*? —le había preguntado mientras colgaba el corsé en el borde del biombo y comenzaba a quitarse la ropa interior empapada en sudor—. Según *The Times*, mi actuación «recordaba a la de una mariposa de brillante y embriagador colorido, pero también patosa, sin gracia e infinitamente patética».

—No tienes por qué citar a tus críticos, cariño. Leí sus críticas y también vi la obra. Pero Denys creía que estabas capacitada para la actuación.

—Denys está... —se había interrumpido y había tragado saliva— cegado por la pasión.

—Yo no, y estoy de acuerdo con él.

Aquellas palabras habían sido como una cerilla encendida junto a un cartucho de dinamita.

—¡No! —le había ordenado con fiereza, asomando la cabeza de nuevo tras el biombo para fulminarle con la mirada con los ojos entrecerrados—. No me dore la píldora, señor Latham, no me diga lo que cree que quiero oír. No pienso ir a Nueva York con usted.

—¿Y si te ayudo a prepararte? ¿Eso podría persuadirte?

—¿Prepararme? —intrigada, había comenzado a salir de detrás del biombo, pero se había detenido a tiempo al recordar que estaba desnuda—. ¿Qué quiere decir? ¿A qué clase de preparación se refiere?

—Una buena actuación no se consigue saliendo al escenario y representando un papel de manera brillante. Hace falta una preparación rigurosa. Hace falta ensayar, recibir críticas y tener a alguien que te dirija. Y tú, me temo, no has tenido ninguna de esas cosas.

—No he tenido nada de eso. Bueno, por lo menos hasta que empecé a ensayar *Casa de muñecas*.

—En ese caso, yo te prepararé. Pagaré tus clases. Puedes actuar para mí, seré tu crítico y te dirigiré. En mis tiempos fui un actor bastante bueno, ¿sabes? Me aseguraré de que aprendas tu oficio tal como es debido. Y, cuando crea que estás preparada para intentar convertirte en actriz dramática, te produciré una obra. Un Shakespeare incluso. Para una actriz seria, esa es la meta. Y, si eres buena, respaldaré tu carrera. Quizá incluso abra un teatro para ti en Nueva York en el que puedas representar tus obras.

—Todo eso es muy amable por su parte —se había interrumpido y había inclinado la cabeza mientras le miraba—. ¿Y qué conseguirá a cambio?

—Quiero un espectáculo de Lola Valentine como única artista durante por lo menos tres años en Madison Square.

Lola había entrecerrado los ojos con recelo.

—¿Eso es todo?

—No quiero acostarme contigo, cariño —le había dicho abiertamente—. Soy demasiado viejo para una chica como tú. Ya tengo una amante, una amante de mi edad y adecuada para mí. La conocí aquí, pero vive en Nueva York. Esa es la razón por la que quiero volver.

Lola había regresado tras el biombo con la emoción explotando en su interior como si fueran fuegos artificiales. Aprender el oficio, actuar correctamente, interpretar a Shakespeare. Llegar a ser algo más que un par de piernas y una voz sensual. Ser respetada por su trabajo y no solo devorada con la mirada por su cuerpo. Pero, aun así... ¿qué iba a pasar con Denys?

Angustiada, Lola había ahogado un sollozo, había alzado la cabeza y había fijado la mirada en las prendas que colgaban en el perchero que tenía ante ella: el discreto vestido de terciopelo morado que le gustaba ponerse para cenar después de su espectáculo, el traje plateado de lentejuelas que se pondría al día siguiente por la noche y la delicada y lujosa bata de seda blanca que se ponía en el camerino mientras se maquillaba y se desmaquillaba. Aquellas prendas representaban los estrechos límites de su vida de bailarina. Pero no podía bailar durante toda la vida. Ocho años, diez quizá, y su cuerpo comenzaría a deteriorare. ¿Qué ocurriría entonces? Si no aceptaba la oferta de Lantham, ¿qué otras opciones tenía?

«Denys», había susurrado una vocecilla interior. «Si te casas con él, Denys te cuidará».

¿Pero a qué precio? Denys ya se había enfrentado a su

familia por ella. ¡Había hipotecado su propiedad! Y aquello no era nada comparado con lo que tendría que hacer si se casaba con ella.

Su familia jamás aceptaría aquel matrimonio. El conde era el único pariente de Denys al que había conocido, pero era consciente de que toda su familia la despreciaba con todas sus fuerzas y la consideraba una cazafortunas. Si Denys se casaba con ella, Conyers llevaría a cabo la amenaza de desheredar a su hijo.

Los círculos de la alta sociedad tampoco aceptarían aquel matrimonio. La marginarían y, con el tiempo, también le excluirían a él. Sus amigos nobles, presionados por sus familias, le darían la espalda. Nick, Jack, James, Stuart... a todos ellos les encantaba cuando bailaba alzando las piernas y les hacía reír, pero no la apreciarían tanto como esposa de Denys. Perder sus amistades, perder a su familia, ser excluido y caer en desgracia... Aquellos sacrificios le hundirían.

Lola quería asegurarse un futuro, sí, pero no sacrificando la felicidad de Denys. Y él jamás podría ser feliz con ella. Al menos, no teniéndola como esposa, como condesa, como compañera de vida. Cuando se enfriara la pasión, algo que ocurriría de forma irremediable, ¿qué tipo de matrimonio tendrían?

¿Y ella? Por mucho que le gustara actuar, no era lo bastante buena como para representar el papel de vizcondesa Somerton y futura condesa de Conyers. Al menos, no durante todos los segundos de su vida. ¿Una mujer como ella casada con un lord? Era ridículo.

Se había deslizado una lágrima por su mejilla y había apretado los ojos con fuerza. Un marinero enamorado de una sirena podía protagonizar un bello cuento de hadas. Pero ella sabía mejor que nadie lo que ocurría cuando el cuento terminaba.

Su mente había regresado a los días de la infancia, al momento en el que su madre les había abandonado y su padre, con la cabeza entre las manos, se ahogaba en whiskey y sollozaba como un niño. Se había pasado diez años bebiendo para, al final, poner fin para siempre a su dolor.

Había pensado en los días de cabaretera en Nueva York y en cuando se había decido a montar en un tren hasta Maryland y había permanecido frente a la puerta de una de las casas más lujosas de Baltimore hasta que un mayordomo de mirada altiva le había dicho que la señora Angus Hutchison no tenía ninguna hija y jamás la había tenido.

Tras ella, se había abierto la puerta del camerino.

—¿Lola?

La voz de Denys había llegado hasta ella por encima de los otros sonidos que cruzaron la puerta: la estridente música del piano, las voces animadas y las risas que destilaban alcohol.

—Lola, ¿estás aquí o...?

Se había interrumpido bruscamente y Lola había sabido así que acababa de ver a Henry.

Había comprendido desconsolada lo que iba a pensar, pero, entonces, la había golpeado una verdad mucho más desconcertante Sabía lo que iba a pensar, sí, ¿pero no era lo mejor?

Había agarrado la bata de seda y se la había puesto sin darse tiempo a cambiar de opinión. Preparándose para ofrecer la actuación más convincente de su vida, había salido de detrás del biombo.

—¡Denys! —había exclamado horrorizada—. ¿Qué estás haciendo aquí?

Denys había deslizado sus ojos oscuros por aquella prenda que cubría su cuerpo desnudo y había desviado la mirada hacia la botella de champán que Henry había dejado sobre el tocador.

—Tú...

Se le había quebrado la voz y había enmudecido. Lola había sido testigo de cómo el impacto inicial había ido dando paso al recelo y a la precaución.

—Te fuiste de Londres.

—Suspendieron la obra —se había encogido de hombros como si no tuviera ninguna importancia—. Tenía que encontrar trabajo.

—¿Sin verme siquiera para decirme adiós?

—Me pareció lo mejor.

Denys la había mirado a los ojos.

—¿Lo mejor para quién?

El valor había comenzado a flaquear, pero Lola no había desviado la mirada.

—Ya te lo he dicho. Tenía que encontrar trabajo y en Londres nadie estaba dispuesto a contratarme, así que decidí venir. En Le Jardin de Paris estuvieron encantados de darme trabajo.

—No tienes por qué hacer esto. Ya te dije que... —se había interrumpido, había mirado a Henry y la había vuelto a mirar— yo cuidaría de ti.

Ella no había contestado y Denys había dado un paso adelante, pero se había detenido de pronto.

—Henry —había dicho, sin dejar de mirarla a los ojos—, déjanos a solas, por favor.

—No será necesario —había contestado ella antes de que Henry pudiera obedecer.

Había comprendido que tendría que acabar con aquello cuanto antes si no quería perder el valor y, que el cielo la ayudara, permitir que Denys la convenciera de que optara por un futuro distinto.

—Preferiría que Henry se quedara —había insistido.

—¿Por qué? —Denys había apretado la barbilla.

—Nos hemos hecho... amigos.

Había ido lentamente hasta el lugar en el que estaba Henry, se había sentado a su lado y había observado a Denys, siendo testigo de todos los sentimientos que cruzaban su mirada al comprender las implicaciones de aquel gesto. El dolor que les había seguido, el dolor de Denys, se le había clavado como la hoja de un cuchillo y había sabido que tenía que poner fin a aquel momento antes de que la aniquilara.

—He oído decir que estabas pensando en que nos casáramos —había dicho con una risa crispada que había provocado en Denys una mueca.

Y, aunque había necesitado para ello hasta la última gota de su fuerza de voluntad y le había costado más que cualquier otra cosa que hubiera hecho nunca en un escenario, había sido capaz de sostenerle la mirada.

—Me siento halagada, pero Henry me ha hecho una oferta mejor.

—¿Una oferta mejor?

Denys había sacudido la cabeza negándose a creerla y ella había sabido que tenía que dar el golpe definitivo.

—Sí. Se va a América y va a llevarme con él. Va a producirme un espectáculo en Nueva York.

Denys había tensado la mandíbula. Había dado un paso hacia atrás y ella se había sentido como si el corazón se le estuviera partiendo en dos.

—Sí —había dicho él, asintiendo—. Ya lo veo.

También ella había podido verlo, le había visto herido, endureciéndose. Había visto todo el amor que había sentido por ella marchitándose ante sus propios ojos. Pero era preferible que la odiara cuando todavía no estaba atado a ella de por vida, cuando todavía podía encontrar a otra mujer, una mujer de la que no se avergonzara su familia, una mujer adecuada para él, que comprendiera su vida y pudiera compartirla. Era preferible que la mirara con desprecio en aquel momento que con culpa y arrepentimiento años después. Mejor terminar aquella aventura antes de que hubiera un matrimonio imposible de deshacer y unos hijos que tuvieran que sufrir por culpa de su error. Pero, cuando Denys la había recorrido con la mirada, todo aquello que supuestamente era mejor no le había proporcionado a Lola ningún consuelo.

—Me alegro de que nos entendamos —le había dicho, y había reprimido el temblor de su voz. Se había obligado a mantener la voz firme para decir con queda determinación—: Adiós, Denys.

Se había hecho un silencio asfixiante. A Lola le dolía el pecho, no podía respirar, y sabía que si Denys permanecía allí durante mucho tiempo más, terminaría derrumbándose. Pero, justo cuando pensaba que ya no podía seguir resistiendo, Denys había dado media vuelta y había salido dando un portazo.

—Entonces —había dicho Henry, rompiendo el silencio—, supongo que eso significa que has decidido aceptar mi oferta.

Ella era una mujer dura, se había recordado Lola a sí misma. Una mujer dura y pragmática y había hecho lo que debía.

—Supongo que sí —dijo, y rompió a llorar.

Henry le había entregado un pañuelo, una bebida fuerte y la posibilidad de comenzar de nuevo. Con su respaldo, Lola Valentine había comenzado a actuar en Madison Square y, en menos de un año, había llegado a lo más alto del teatro de variedades. Había recibido la preparación que Henry le había prometido y, poco a poco, había ido aprendiendo el oficio y adquiriendo la disciplina necesaria para convertirse en una actriz seria. El apoyo de Henry le había dado la esperanza de poder llegar a convertirse en una actriz dramática.

¿Pero sería aquel su momento?

«¿Qué estoy haciendo aquí?», se preguntó desesperada mientras miraba a los actores que la rodeaban. Era socia de un hombre que tenía todos los motivos del mundo para odiarla y no había nada que deseara más que verla desaparecer. Jamás le permitiría actuar en su compañía. Y, pensó, mientras volvía a mirar a su alrededor, ¿por qué iba a tener que hacerlo?

Todos aquellos eran actores serios con carreras estables que representaban obras de Shakespeare y todo tipo de tragedias serias mientras que ella era conocida por sus canciones y bailes subidos de tono. El único papel dramático de su carrera había durado solo una semana. La mayor parte de aquellas personas llevaban años recitando textos de Hamlet y Clitemnestra mientras que su soliloquio más famoso era una interpretación picante del *You Should Go to France and See the Ladies Dance*.

La falta de confianza en sí misma la agarraba como un puño, la oprimía y le retorcía las entrañas. Todo el mundo pensaba que estaba dispuesta a abrirse camino hacia el éxito a cualquier precio y el hecho de que se hubiera convertido en la socia de Denys reforzaba aquella idea. Incluso en el caso de que demostrara ser una buena actriz, necesitaría de toda una vida para que la gente la respetara por ello. ¿Y si no era capaz de demostrarlo? ¿Entonces qué?

—¿Lola? ¿Lola Valentine?

Lola alzó la mirada y descubrió a una mujer de su edad al lado del banco en el que estaba sentada. Una mujer con la cara de una muñeca de porcelana a la que reconoció de sus días parisinos.

—¡Kitty Carr! —gritó, levantándose con una risa incrédula—. ¡Dios mío!

Kitty contestó con una sonrisa y aparecieron unas líneas de expresión en las comisuras de sus enormes ojos castaños.

—¿Cuánto tiempo ha pasado? ¿Siete años?

—¿Desde que estuvimos en el Théâtre Latin? Casi ocho, me temo —le recordó Lola.

—Siete u ocho, lo suficiente como para que apenas pudiera creer lo que estaba viendo cuando has salido a escena.

—¿Me estabas viendo?

—Desde la fila de atrás —se inclinó para colocar en el suelo el portafolios de cuero negro que llevaba con ella—. No sabía que estabas en Londres.

—Lo mismo podría decir yo de ti.

—Bueno, ahora soy una chica londinense —le contó Kitty—. Un año después de que te fueras de París, decidí imitarte. Intenté localizarte, pero te habías ido a Nueva York. ¿Cuándo has vuelto?

—Hace unos días —Lola señaló a su lado, invitándola a sentarse—. ¿Tú también te has presentado a la prueba? —le preguntó mientras ambas se sentaban en el banco.

Kitty negó con la cabeza y se colocó un rizo rubio tras la oreja.

—No, estoy aquí para hablar con el señor Roth sobre los fondos de la obra. Ahora me dedico a pintar escenarios.

—¿Has renunciado a la escena?

—Sí. Suponía demasiada presión para mí.

Lola se llevó la mano al estómago.

—Ahora mismo entiendo perfectamente lo que quieres decir.

—No tienes por qué preocuparte por la prueba. Lo has hecho muy bien.

—¿De verdad lo crees?

Kitty gimió y sacudió la cabeza con gesto de exasperación mientras se volvía hacia Lola y apoyaba el hombro en la pared que tenían tras ellas.

—Te has convertido en una verdadera actriz, te lo aseguro, con esa manera tan descarada de ir buscando cumplidos.

—¡No es cierto, no estoy buscando cumplidos! Pero esta es mi primera audición de Shakespeare.

—¿La primera? —cuando Lola asintió, Kitty contestó con una mirada que implicaba mucha más comprensión—. Es un poco intimidante, ¿verdad?

—Más que un poco.

—Bueno, pues si te sirve de consuelo oír una alabanza procedente de una antigua amiga, creo que has destacado por encima de todos los demás.

Por gratificante que le resultara oírlo, aquel elogio no sirvió para aplacar sus miedos.

—¿Dónde te alojas?

Lola tomó una profunda bocanada de aire, agradecida por la distracción que le proporcionaba la conversación de Kitty.

—En el Savoy. Por lo menos, de momento.

—¡Dios mío! Sabía que te habías hecho muy famosa en Nueva York, pero, de verdad, Lola, ¿alojarte en el Savoy? —Kitty alzó su nariz respingona—. ¡Qué refinamiento! No sé si deberían verte con gente como yo.

—¡Ay, para! —protestó Lola, riendo—. Me alojo allí porque es el hotel más respetable en el distrito del teatro y ya hay quien me mira mal por estar allí alojada con solo una doncella. Los empleados creen que soy una depravada, estoy segura, y el maître baja la cabeza cada vez que entro en el restaurante. Me temo que en cualquier momento me tacharán de ser una sinvergüenza descocada y me echarán por estar dañando la reputación del hotel. Me encantaría tener una alternativa, pero ya sabes cómo es Londres.

Kitty abandonó su expresión insolente y la cambió por un suspiro de conmiseración.

—Lo sé, lo sé. Londres es terrible. Y la temporada está a punto de empezar, lo que significa que hasta las buhardillas están muy solicitadas. Yo encontré habitación de pura chiripa.

—¿Estás viviendo sola? ¿Qué ha sido de tu familia? —frunció el ceño, haciendo un esfuerzo por recordar—. ¿No tenías aquí una tía?

—Una mujer terrible —Kitty se estremeció—. La clase de mujer que siempre te recuerda que te está haciendo un favor por alojarte en su casa. Hace un año, decidí que no era capaz de seguir aguantándolo, así que ahora comparto un piso con otra pintora, Eloisa Montgomery, en una pensión de Little Russell Street. Es un lugar muy respetable y solo para mujeres. No te encuentras con gentuza por los alrededores y los autobuses llegan hasta allí. Puedes tener las comidas incluidas o no, y también el té.

Lola abrió la boca, pero, antes de que pudiera preguntar si Kitty y su amiga estarían dispuestas a dejar que durmiera en el sofá hasta que encontrara una casa para ella, toda la habitación enmudeció. Cuando giró la cabeza, vio a Denys en el vano de la puerta.

En cuanto entró, las personas que estaban sentadas se levantaron y todo el mundo fijó en él su atención, como si fueran un regimiento bien entrenado ante la llegada del comandante. Lola les imitó, aunque mostrarse tan ceremoniosa con Denys le resultaba bastante extraño.

«Yo cuidaré de ti».

Aquella bienintencionada y tranquilizadora promesa hecha tanto tiempo atrás se abrió paso hacia su conciencia como un suspiro en medio de la habitación en silencio. Como si también él lo hubiera oído, Denys volvió la cabeza y la miró, pero no había ternura alguna en su expresión y tampoco la más mínima expresión de aliento. A Lola le dio un vuelco el estómago.

—Damas y caballeros —dijo Denys, y deslizó la mirada por los allí reunidos mientras se apartaba de la puerta para dejar que Jacob Roth entrara—, les agradecemos el tiempo que han dedicado a la audición de hoy. Nos gustaría que las siguientes personas estuvieran aquí dentro de dos semanas a las nueve en punto para realizar una sesión de lectura de *Otelo*. Los ensayos comenzarán el lunes siguiente. En cuanto al resto, gracias por venir y les animamos a intentarlo de nuevo durante la próxima temporada.

Se interrumpió, alzó la tablilla que tenía en la mano y comenzó a leer una lista de nombres.

—Breckinridge, John. Fulbright, Edward. Ross, Elizabeth. Lovell, William...

Lola cerró los ojos. Aquel era el objetivo para el que se había estado preparando durante tantos años.

—Whitman, George. Cowell, Blackie...

Podría no ocurrir. Todavía seguiría siendo socia del teatro, por supuesto, pero, en aquel momento, aquello le parecía poco consuelo.

—Saunders, Jamie. Breville, Henry. Maclean, Hugh.

De pronto, Denys dejó de leer nombres y Lola sintió el silencio con la intensidad con la que un boxeador podría sentir un golpe que le dejara fuera de combate.

No habían dicho su nombre. Era evidente que, a pesar de todas las instrucciones y la preparación que había recibido de Henry, todavía no estaba preparada.

Era una admisión amarga, pero no quedaba más remedio que aceptarla. Se mordió el labio, luchando contra aquella hiriente desilusión, y se obligó a abrir los ojos. Descubrió entonces a Denys con la mirada clavada en ella.

—Y, para terminar —dijo con un suspiro—, Valentine, Lola.

La sorpresa y el alivio la envolvieron como una ola. No sabía si ponerse a saltar de alegría o vomitar. Mareada, se sentó de nuevo en el banco, se dobló sobre sí misma hasta apoyar la cabeza en las rodillas y fue tomando grandes bocanadas de aire.

Kitty se inclinó hacia ella.

—Te lo he dicho —musitó. Se enderezó y alargó la mano hacia su portafolios—. Iré a verte al Savoy. ¿Qué te parece mañana por la noche? Cenaremos y hablaremos largo y tendido.

Lola asintió sin levantar la cabeza.

—Me parece maravilloso —dijo sin levantar la cabeza y con la voz amortiguada por las faldas.

—Muy bien. Entonces, me voy.

Tras darle una palmadita de felicitación en la espalda, Kitty se marchó, pero Lola permaneció donde estaba, respirando hondo e intentando asimilar el hecho de que por fin iban a tener la oportunidad por la que tanto había trabajado.

Se levantó un torbellino de voces, algunas de alegría y otras de decepción, que fueron desvaneciéndose a media de que los actores se marchaban. Lola esperó a que la habitación estuviera en silencio para erguirse, pero, cuando lo hizo, descubrió que no era la única que se había quedado. Denys continuaba al lado de la puerta.

—Pareces sorprendida —le dijo, observándola con atención.

—Sorprendida, no —se levantó—, «estupefacta» es la palabra adecuada.

Aquello le hizo sonreír un poco.

—También lo está Roth. Le has impresionado, y eso no es fácil.

—¿Y a ti? —no pudo evitar preguntar—. ¿A ti también te he impresionado?

Denys se movió como si aquella pregunta le hiciera sentirse incómodo.

—Al final has cambiado el orden del texto.

Lola hizo un gesto con la mano, restándole importancia a aquel detalle.

—¿Pero crees que soy buena?

—¿Acaso mi opinión importa?

Lola le sostuvo la mirada.

—Tanto si lo crees como si no, tu opinión siempre ha sido muy importante para mí.

—Si eso es cierto, has tenido una manera muy pobre de demostrarlo en el pasado. Aun así —añadió antes de que pudiera responder—, hoy lo has hecho bien. Muy bien.

A Lola no le pasó desapercibida la sorpresa que reflejaba su voz.

—No lo creías posible —dijo, escrutando su rostro—, ¿verdad?

—No —admitió él. Desvió la mirada—, no lo creía posible.

Lola estudió su perfil, sabiendo perfectamente lo que había pensado.

—Me permitiste presentarme a la audición pensando que fracasaría. ¿Qué pensabas? ¿Que el ser rechazada me haría marcharme con el rabo entre las piernas?

—Algo así —musitó, y la miró de nuevo con cierto pesar—. Pero debería haber recordado que nunca estás dispuesta a aceptar una derrota.

Lola sonrió.

—Por lo menos, no durante mucho tiempo. Entonces, haré el papel de Blanca, ¿verdad?

—Sí. Y serás la sustituta de Desdémona. ¿Crees que serás capaz de hacer las dos cosas?

—Ya lo verás —se echó a reír jubilosa, entusiasmada y también muy aliviada—. Gracias, Denys.

—Dale las gracias a Roth. Ha sido él el que ha querido contratarte. Y ha sido muy vehemente al respecto.

—Bueno, los dos sabemos lo que sientes por mí, así que supongo que habréis tenido una buena discusión sobre el tema.

—Todo lo contrario. Hemos estado completamente de acuerdo. Te comes el escenario.

—¡Ah!

Lola se le quedó mirando fijamente y en su semblante vio, o creyó ver, un vestigio del Denys que ella conocía, pero desapareció antes de que pudiera estar segura.

—Entonces —dijo, obligándose a hablar—, ¿a quién habéis elegido para el papel principal?

—A Arabella Danvers.

—¡Uf! —Lola gimió y se aferró a aquel cambio de conversación como si fuera un salvavidas—. Tienes que estar de broma.

—Yo jamás bromeo cuando hablo de negocios.

Lola frunció el ceño sin estar muy convencida. Aquella mañana estaba histérica, eso era cierto, pero, si Arabella se hubiera presentado a la audición, estaba segura de que lo habría notado. Aquella mujer era de las que se aseguraban de que todo el mundo notara su presencia cuando llegaban a algún sitio.

—Pero Arabella no se ha presentado a la audición de hoy, ¿verdad?

—La señora Danvers no necesita hacer ninguna audición. Le he ofrecido el papel sin pedírsela.

Lola le miró con recelo.

—Así que puedes hacer una excepción a las reglas por ella, pero no por tu socia.

—Ella ya ha representado a Shakespeare. Tú no. Y es una de las actrices con más éxito y más populares de Londres. Y tú no.

—¡Eh! —Lola esbozó una mueca—. No hace falta que me lo restriegues —gruñó—. Y Arabella puede ser muy popular entre el público, pero te aseguro que no lo es entre nadie más. Supongo que conoces su fama. Es legendaria. Es una mujer temperamental, difícil...

—Le dijo la sartén al cazo.

—Lo digo en serio, Denys. Si contratáis a Arabella, Roth y tú estaréis arrepintiéndoos en menos de una semana.

Era evidente que Denys no apreciaba su opinión sobre el tema.

—No vas a conseguir el papel principal desacreditando a Arabella, así que deja de intentarlo.

—¡No estoy intentando quedarme con su papel! Solo pretendo advertirte de lo que te espera. Creo que Arabella sería capaz de apuñalar a su propia abuela si pensara que de esa manera puede conseguir algo.

—Dudo que Jacob y yo estemos en peligro. No tiene por qué caernos bien para que seamos capaces de apreciar su popularidad y su talento.

—¿Talento? —Lola no pudo evitar un sonido de desprecio—. Si tú lo dices...

—No creo que seas la más indicada para hablar —señaló Denys secamente—. Y, teniendo en cuenta tu hostilidad hacia ella, comienzo a dudar de que debas ser tú su sustituta.

—Esa decisión no tienes por qué tomarla tú, ¿recuerdas? —le dirigió una mirada triunfal—. Es una decisión que tiene que tomar Roth y creo que a él le caigo bien. No causaré problemas, te lo aseguro. Al fin y al cabo, está en juego la paz de nuestra sociedad.

—Qué buena eres.

Aquella contestación la llevó a sacarle la lengua, pero fue un esfuerzo inútil, porque Denys ya se había dado media vuelta.

—Los ensayos empiezan a las nueve de la mañana y son seis días a la semana, de lunes a sábado —le indicó mientras se dirigía hacia la puerta—. Tráete el almuerzo y no se te ocurra llegar tarde. Jacob odia tener que esperar y, confía en mí, no te haría ninguna gracia verle perder la paciencia. Y, ¿Lola?

Se detuvo en la puerta y la miró por encima del hombro.

—Cuando comiencen las representaciones, ni se te ocurra enviarle un telegrama a Arabella diciendo que ha muerto su tía.

Lola alzó la barbilla, adoptando una expresión de dignidad.

—Jamás se me ocurriría hacer algo parecido.

Denys expresó la confianza que le ofrecían aquellas palabras con un breve y escéptico «ajá» antes de cruzar la puerta.

Lola, sin embargo, no estaba dispuesta a dejarle escapar antes de decir la última palabra.

—No lo haría —insistió—. Arabella no tiene ninguna tía.

La puerta se cerró, pero no antes de que Lola le oyera soltar una sonora carcajada.

Se quedó mirando la puerta cerrada con expresión de asombro. Le había hecho reír. A lo mejor no la odiaba tanto como temía. A lo mejor eran capaces de trabajar juntos. Sonrió. A lo mejor todavía había alguna esperanza para aquella absurda sociedad.

CAPÍTULO 7

—¡Ah! Servicio de habitaciones para la cena.
Kitty dejó el tenedor, colocó la servilleta en la bandeja que tenía en el regazo y se reclinó en el sofá de la suite de Lola con un suspiro de satisfacción.
—¡Menuda invitación!
—¿Pero no me dijiste que en vuestra casa también sirven comidas? —preguntó Lola, haciéndole un gesto a la doncella para que se llevara las bandejas mientras servía más champán—. ¿La cocina no es buena?
—No es eso —Kitty estiró el brazo hacia ella y aceptó que le volviera a llenar la copa—. Pero la señora Morris no sirve champán, ni langosta Newburg, ni estofado de perdiz y *gateau au chocolat*.
—Supongo que no —mientras dejaba la botella de nuevo en la cubitera del carrito que tenía al lado, Lola advirtió que las fuentes en las que les habían llevado la comida estaban casi vacías—. Hemos comido una barbaridad, ¿verdad?
—Demasiado —su amiga esbozó una mueca y se llevó la mano a las costillas—. Cuando ayer sugerí que cenáramos juntas, deberías haberme advertido que pedirías la mitad de la carta. Me habría dejado el corsé en casa.
—Bueno, por lo menos tú ya no tienes que preocupar-

te por si cabes o no en un traje. ¿Te acuerdas de cómo nos alineaba *madame* Dupuy en el Théâtre Latin con los corsés puestos y nos revisaba de arriba a abajo antes de cada espectáculo?

—¡Ay, sí! Era terrible. Te escrutaba con la mirada y se daba cuenta de si habías ganado un solo gramo. Te ponía la cinta métrica y si no te habías ajustado el corsé lo suficiente, iba tirando de aquí y de allá y lo dejaba más apretado de lo que necesitabas solo para dejar bien claro cómo teníamos que llevarlo. Es increíble que no nos desmayáramos en el escenario. Aquella época fue una locura, ¿no te parece?

Con la copa de champán en la mano, Lola miró a su amiga y apoyó la espalda en el respaldo del sofá.

—Lo dices como si echaras de menos aquellos días.

—A veces los echo de menos —Kitty la miró, repitiendo la postura de Lola en el otro lado el sofá—. Cuando volví de París, estuve bailando en Gaiety durante una temporada. Ahora me paso de vez en cuando por allí para preparar un escenario o pintar un decorado y, cuando veo a las chicas levantando las piernas en los ensayos, siento nostalgia.

—¿Entonces por qué lo dejaste?

Kitty esbozó una mueca, arrugando su naricilla de muñeca.

—Por lo de siempre.

Lola lo comprendió al instante.

—¿Un hombre?

—Su familia pensaba que no era lo bastante buena para él, así que decidimos... —se interrumpió. El dolor asomó a su rostro y tragó saliva antes de continuar—. Él decidió que no podíamos continuar juntos. Y me dejó.

—Lo siento mucho.

—Por lo menos, viniendo de ti, sé que la compasión es sincera. Tú sabes lo que es que no te consideren suficientemente buena para el hombre al que amas.

Lola decidió que necesitaban cambiar de conversación.

—¿No has vuelto a bailar?

—¡Diablos, no! Tengo veintinueve años, ya soy un poco mayor para ponerme un cancán. Probé suerte en el teatro en una ocasión, me uní a una compañía, pero no fui capaz de conservar el trabajo. Duré solo una semana antes de renunciar. A diferencia de ti, no soy tan valiente como para dedicarme a la interpretación.

—¿Valiente? —Lola no puso evitar soltar una carcajada—. «Loca» es una palabra más adecuada. La última vez que lo intenté, fue un fracaso colosal.

—Y por eso digo que eres valiente. Si yo estuviera en tu lugar, me habría quedado en Nueva York, habría utilizado la herencia como dote, me habría buscado un hombre bueno y respetable con el que casarme y habría renunciado a los escenarios para siempre. Desde luego, no habría vuelto para intentarlo otra vez. Pero, quizás... —su amiga se detuvo, bebió un sorbo de champán y miró a Lola por encima del borde de la copa—. Quizá la interpretación no sea el único motivo por el que has vuelto a Londres.

Lola se tensó.

—No sé qué quieres decir.

—¡Lola, por favor! —su amiga soltó una carcajada sin dejarse impresionar lo más mínimo ante su fingido orgullo—. Soy Kitty, ¿recuerdas? Compartíamos camerino cuando trabajábamos en París. ¿Crees que he olvidado la frecuencia con la que Somerton se pasaba por allí con bombones y champán?

—Eso fue hace mucho tiempo, como acabamos de decir. Y —añadió, arrugando la nariz con un gesto de pesar— a Denys le gustaba mucho más en aquella época que ahora.

—A mí me parece que el sentimiento era mutuo, cariño. Recuerdo cómo suspirabas y babeabas por él.

El orgullo la obligó a protestar ante aquella descripción.

—No he babeado por un hombre en mi vida. Ni siquiera por Denys.

—Eso cuéntaselo a otra. Le recuerdo esperándote fuera del camerino mientras tú dudabas, intentando decidir qué vestido ponerte o si un caballero como él pensaría que eras demasiado atrevida si te aplicabas perfume detrás de las orejas. Y, cuando te pidió que te fueras a Londres con él, te pusiste loca de contenta.

—Jamás he babeado —insistió Lola—, ni suspirado, Ni he tenido dudas de ese tipo. E, incluso en el caso de que hubiera sido tan tonta en otra época, desde luego, la situación ha cambiado.

—¿Ah, sí? Vi cómo le mirabas mientras recitabas el texto —se interrumpió para dejar la copa, alzó la mano y se la llevó a la frente—. «Encomendadme a mi bondadoso señor» —exclamó con melodramático fervor mientras se echaba hacia atrás, cayendo con un artístico movimiento sobre el brazo del sofá y alzando su copa—. «¡Muero inocente!».

Kitty se irguió entre carcajadas, pero Lola no tenía ninguna gana de reír.

—No he vuelto a Londres para retomar un romance con Denys.

—¿Ah, no? —su amiga estudió su rostro durante un segundo, después suspiro y bajó la mirada—. ¿Quieres decir que esto solo tiene que ver con tus ganas de actuar?

—En parte, sí. Denys y yo también somos socios en el teatro.

Kitty enarcó una ceja.

—¿Perdón?

Lola procedió a explicárselo y, aunque Kitty la escuchó con arrebatada atención, no pareció muy impresionada con sus explicaciones.

—Socios de negocios, ¿eh? —le guiñó el ojo—. Bueno, supongo que eso ya es algo.

—De verdad, Kitty, eres imposible —hizo un sonido de impaciencia y se irguió en el sofá—. ¿Es que ya has olvidado lo que solía decirnos *madame* Dupuy? «A los nobles les encanta perseguir a las bailarinas, *n'est-ce pas*? Pero...».

—«...no quieren casarse con ellas» —terminó su amiga con burlona solemnidad.

En su caso, aquel dicho no era del todo cierto, pero Lola no iba a utilizar aquel dato para hacer cambiar a Kitty de opinión.

—Entonces me estás dando la razón.

—Ya va siendo hora de que alguna de nosotras lo consiga. ¿Y por qué no vas a ser tú? Sabes mejor que nadie que una mujer tiene que tener grandes sueños si quiere conseguir algo.

—No tengo nada en contra de los grandes sueños —le aseguró Lola—. Solo de los imposibles.

—¿Y eso te parece imposible? Ese hombre estuvo enamorado de ti en otra época, ¿por qué no va a enamorarse otra vez?

Lola la miró desconcertada.

—No es tan fácil. Ahora somos socios de negocios. Nuestra relación ya va a ser suficientemente difícil de manejar sin necesidad de ponerle ningún romanticismo absurdo a todo ello.

—No entiendo que no quieras ponerle romanticismo. Vosotros dos tenéis toda una historia.

—No hay ninguna razón por la que no podamos ser solo unos simples conocidos.

Kitty se la quedó mirando estupefacta.

—¿Somerton y tú?

—Sí —contestó, aunque cruzó los dedos mentalmente—. Unos simples e indiferentes conocidos con una relación platónica.

—Somerton y tú habéis sido muchas cosas, Lola, pero indiferentes nunca.

La mente de Lola regresó al pasado sin que pudiera hacer nada para impedirlo: recordó la tortura de mantenerle a distancia cuando estaba en París y la bendición de sus encuentros en St. John Wood. Su boca sobre la suya, su cuerpo sobre el suyo y la frenética y salvaje euforia de aquellas tardes en la cama. El calor fluyó por su cuerpo, pareció encharcarse en su vientre, encendió sus mejillas y le provocó un agradable cosquilleo en la espalda.

—Simples conocidos, ¿eh?

La diversión que traslucía la voz de Kitty fue como un jarro de agua fría.

—Sí —contestó, frunciendo el ceño—. Y si sigue haciéndote tanta gracia, me temo que nuestra amistad no va a durar mucho tiempo.

—Lo siento —la diversión desapareció del rostro de su amiga al instante y fue sustituida por una expresión sombría—. Dejando de lado las bromas, no estoy segura de que un hombre y una mujer puedan trabajar juntos. Yo creo que los sentimientos se interponen siempre en el camino.

—Eso no es cierto. Conozco mucha gente que ha tenido aventuras amorosas, han roto y después han sido capaces de trabajar juntos como amigos. En el teatro sucede muy a menudo y tú lo sabes.

—Sí, en el caso de que solo haya que compartir una obra de vez en cuando, quizá funcione. Pero estamos hablando de toda una vida compartiendo un negocio. Y, además —añadió antes de que Lola pudiera discutirlo—, incluso en el caso de que Somerton y tú tengáis una relación platónica, muy poca gente creerá que lo es.

—No me importa lo que piensen los demás.

—A Somerton sí.

Lola puso un gesto contrito ante aquel argumento irrebatible.

—Lo sé —reconoció con un suspiro—, pero no sé qué

podemos hacer al respecto. Con el tiempo, la gente tendrá que aceptar que no hay nada entre nosotros.

—¿Y su novia? ¿Crees que ella lo aceptará?

Lola pestañeó sorprendida, aunque sabía que no debería estarlo.

—¿Denys tiene novia?

—Eso se rumorea.

—¿Quién...?

Se interrumpió. Le falló la voz, se le secó la garganta y sintió la necesidad de beber un sorbo de champán. Acabó la copa entera antes de poder dar voz a la inevitable pregunta.

—¿Quién es? —consiguió preguntar por fin, sintiéndose ridículamente orgullosa de la indiferencia que consiguió imprimir a su voz.

Aunque quizá no consiguió engañar a Kitty, por lo menos, esta no hizo ninguna broma.

—Lady Georgiana Prescott. Hija de un marqués. Es una mujer muy cultivada, si es cierto lo que dice la prensa sensacionalista.

Lady Georgiana, por supuesto. Qué conveniente que hubiera volcado sus atenciones en el amor de su infancia, en la mujer que sus padres siempre habían querido para él. La mujer perfecta para casarse con el hijo de un conde. Pero, incluso mientras lo pensaba, Lola se sintió ligeramente deprimida.

—Bueno —dijo, intentando parecer pragmática y resuelta—. Cuando se comprometa con lady Georgiana, le demostrará a todo el mundo que no hay nada entre nosotros.

—Estás subestimando las profundidades a las que pueden descender las mentes de la gente. La mayoría pensará que Somerton no está renunciando a una sola migaja del pastel. Al fin y al cabo —Kitty hizo girar el champán y miró a Lola a los ojos por encima del borde de su copa—, siempre pensó que eras un pastel delicioso.

—Denys jamás haría lo que estás sugiriendo. Es demasiado honesto. Además —añadió antes de que su amiga pudiera hacer algún comentario cínico sobre los más bajos instintos de la naturaleza masculina—, yo no lo permitiría. ¿Por qué iba a hacerlo?

—¿Por qué? —Kitty inclinó la cabeza como si estuviera sopesando la pregunta—. Um, veamos. Es un hombre rico y atractivo, un vizconde y futuro conde, y un hombre encantador que en otro tiempo estuvo apasionadamente enamorado de ti. Sí, ¿por qué?

—Nuestra aventura terminó hace mucho tiempo —le recordó con vehemencia—. Le dejé por otro hombre.

Kitty se encogió de hombros y deslizó el dedo alrededor del borde del vaso.

—No serías la primera mujer que rompe con un hombre y tras irse con otro se da cuenta de su error.

—¡Yo no cometí ningún error! Le dejé por un hombre que sabía quién era yo, que jamás esperó que me convirtiera en algo que nunca podría llegar a ser. Los dos estamos mejor así y estoy segura de que Denys estaría de acuerdo

—Sí, claro.

La tibia aquiescencia de su amiga impulsó a Lola a rematar su argumento.

—Lady Georgiana será una esposa mucho más adecuada para él de lo que podría serlo yo jamás —y apostilló cuando Kitty volvió a abrir la boca—: ¡Yo jamás me enredaría con el hombre de otra mujer! ¿Cómo puedes haber pensado algo así?

—Lo siento, lo siento —Kitty alzó la mano, intentando aplacarla—. No estoy cuestionando tu moral. Pero estoy preocupada por ti. ¿Estás segura de que Somerton y tú podéis trabajar juntos?

—Tendremos que hacerlo. Es lo más sensato.

—Sí muy sensato —respondió Kitty muy seria.

Pero Lola creyó percibir un deje de diversión en aquella réplica. Antes de que hubiera podido decidir si había sido así, Kitty volvió a hablar.

—¿Tienes algún plan para dentro de tres semanas? Hay una exhibición floral en Regent's Park. Se celebra para recaudar fondos destinados a los hospitales de Londres, a viudas de militares y a cosas de ese tipo. Compré dos entradas pensando que iría con mi compañera de piso, pero me ha dicho que no puede. ¿Te importa ir en su lugar?

—Me encantaría, pero no sé si voy a estar libre. También tenemos ensayos los sábados.

—En el Imperial, solo se trabaja hasta las doce de la mañana y la exposición no empieza hasta las tres. Tendrás tiempo de sobra para cambiarte. Así que dime que vas a venir. Deberías ver algo de Londres ahora que empieza la temporada, no puedes pasarte la vida trabajando. A menos que estés utilizando el trabajo para olvidar a algún hombre en particular.

—Déjalo ya, Kitty.

—Lo sé, lo sé. Solo vais a tener una relación de negocios —continuó su amiga en tono despreocupado—, él va a casarse con lady Georgiana, así es como tiene que ser. Y bien está lo que bien acaba.

Cuando Lola se imaginó como un simple e indiferente conocida de Denys durante toda una vida, sabiéndole casado con la elegante, educada y, ¡oh!, más que apropiada lady Georgiana, la idea le resultó deprimente.

—Sí, bien está lo que bien acaba.

—Entonces —musitó Kitty—, ¿por qué de pronto tienes el aspecto de un pato agonizando en medio de una tormenta?

—No seas ridícula.

Lola adoptó una expresión de indiferencia y alargó la mano hacia el champán al tiempo que se recordaba a sí misma que no tenía sentido preocuparse por el futuro. Tenía más que suficientes preocupaciones en el presente.

—¿Que has hecho qué?

La pregunta fue pronunciada con tal rugido que ni siquiera Denys, que estaba preparado para la reacción del conde, pudo evitar una mueca. Conyers golpeó la mesa con el puño con tanta fuerza que la cubertería tintineó, el lacayo saltó y Monckton, que era la personificación del imperturbable mayordomo inglés, estuvo a punto de tirar el decantador de oporto.

—Le permití a la señorita Valentine presentarse a la audición de *Otelo* y Jacob la ha elegido para representar a Blanca.

Pero oírlo por segunda vez no pareció representar ninguna diferencia. Su padre continuó mirándole fijamente a través de la mesa del comedor y, aunque el humo del puro que se fumaba después de la cena flotaba entre ellos, no bastaba para enmascarar la perpleja furia de su expresión.

—¿Es que te has vuelto loco?

En otra época de su vida, su relación con Lola le había hecho perder la razón, pero, en aquel momento, sabía que no tenía ninguna excusa. Lo único que tenía era la verdad.

—Es buena, padre. Muy, muy buena. Soy consciente —añadió cuando su padre soltó un sonido burlón— de que no se me considera la persona más adecuada para juzgarlo, pero Jacob no puede ser acusado de ninguna clase de favoritismo. Él la quería en el reparto.

—Yo creía que Jacob era más sensato. ¿Es que soy el único hombre sobre la tierra al que esa mujer no ha sido capaz de cautivar?

—Dijo que su interpretación había sido sublime.

—No me lo creo. ¿Esa cabaretera? Jacob y tú estáis... Y, además —añadió antes de que Denys pudiera decir una palabra más—, el papel de Blanca es muy pequeño. Seguro que cualquier otra actriz de las que ha hecho la prueba podría haberlo representado igual de bien.

—En el caso de Blanca tienes razón —se interrumpió, consciente de que estaba a punto de adentrarse en un terreno peligroso—, pero no como sustituta de Desdémona.

—Lola Valentine haciendo de Desdémona —su padre le miró fijamente, tan estupefacto como Denys había anticipado—. ¡Buen Dios!

—No va a representar a Desdémona —se precipitó a señalar—. Solo será la sustituta.

—Aun así... —al conde se le quebró la voz y tragó saliva antes de hablar—. No puedes estar hablando en serio.

—Me temo que sí. Aunque no me hace ninguna gracia, la lectura que ha hecho Lola Valentine de Desdémona ha sido la mejor del día y, según Jacob, una de las mejores que él ha visto en su vida. Si hubieras estado allí, habrías estado de acuerdo.

—Lo dudo. Y, para empezar, ¿por qué diablos permitiste que se presentara a la prueba?

—Me lo pidió y decidí que lo más sensato era incluirla.

El grito de indignación del conde le obligó a callar.

—¡Diablos! Me encantaría poder entenderlo, pero no puedo. Sencillamente, no puedo —se interrumpió para terminar el oporto que le quedaba y continuó—. ¿Qué tiene esa mujer que te impulsa a perder el sentido común de esa manera?

Aquella era una pregunta que el conde le había planteado muchas veces durante su desperdiciada juventud, pero en aquel caso era inmerecida.

—Te guste o no, ahora es nuestra socia —señaló—. Hasta cierto punto, tenemos que colaborar con ella.

—No entiendo por qué.

—Entonces está claro que no recuerdas los estatutos de

nuestra sociedad. Ella tiene todo el derecho del mundo a oponerse a cualquier decisión que yo tome. Una audición me pareció un pequeño precio a pagar a cambio de su cooperación. Me parecía imposible que pudiera conseguir un papel. Pero ha desafiado todas mis expectativas.

—Esa mujer desafía muchas cosas, incluyendo la decencia —musitó Conyers, haciéndole un gesto a Monckton para que le sirviera otro oporto.

Denys decidió ignorar aquel comentario. Ya habían discutido suficiente por culpa de Lola en el pasado.

—Y permitiendo que Jacob la incluya en el reparto, teniendo que prepararse dos papeles, apenas le quedará tiempo para nada y no podrá causarnos problemas. Además, ella siempre ha deseado actuar y, en cierto modo, nosotros le estamos permitiendo satisfacer ese deseo. ¿Qué puede tener eso de malo?

—¡El plan era deshacerse de ella, no aplacarla!

—Le hice una oferta y la rechazó —Denys extendió las manos con un gesto de impotencia— ¿Qué habrías hecho tú en mi lugar?

—¿No es evidente? —el conde se frotó la nuca—. Continuar subiendo la oferta hasta que aceptara.

—Deberías confiar un poco más en mí. Subí la oferta hasta treinta mil dólares, pero se niega a vender. Me dijo que ninguna cantidad sería suficiente y estoy seguro de que lo decía en serio.

—En esas circunstancias, tendremos que ser nosotros los que le vendamos nuestra parte a ella.

Denys negó con la cabeza.

—No, eso es imposible.

—¿Y por qué?

Denys se movió incómodo en la silla.

—No pienso vender nuestra parte de un negocio que es rentable y que he levantado yo mismo. Cuando Henry y tú comprasteis el Imperial, apenas nos daba algún beneficio, pero ahora es uno de los teatros más prestigiosos de Londres. Yo lo he convertido en lo que es y no pienso entregar algo que he conseguido con esfuerzo porque Henry haya hecho una locura.

—¿Entonces solo es cuestión de orgullo?

Denys miró a su padre a los ojos con una determinación idéntica a la suya.

—Podría decirse así, sí.

Su padre suspiró y pareció recular un poco.

—Supongo que te entiendo. ¿Pero por qué dejar que Jacob le permita formar parte de la compañía o actuar en una de sus obras? Podrías haberle persuadido de que la rechazara. Me atrevo a decir que si Jacob la hubiera destrozado con sus críticas se habría mostrado más proclive a vender.

—Lo dudo. Además, nunca es una buena política pedirle a la gente que mienta y criticar su actuación habría sido mentir. Jamás se me habría ocurrido pedirle a Jacob que lo hiciera. No estaría bien. No sería... —se interrumpió y esbozó una mueca— justo.

—Sí, sí. Supongo que, así expuesto, parece poco ético —el conde se reclinó en su asiento y miró a su hijo con pesar—. ¡Dios mío, Denys! Espero que sepas lo que estás haciendo. Esa mujer es tu peor enemigo.

—Eso me parece un poco exagerado, ¿no crees?

—¿Lo es? No necesito recordarte con qué profundidad clavó sus garras en ti. Ni cómo te endeudaste. Y la frecuencia con la que viajabas a Francia y descuidabas tus obligaciones hacia tu propiedad, una propiedad que te entregué cuando alcanzaste tu mayoría de edad y que hipotecaste...

—No hace falta que me recuerdes mis locuras del pasado —le interrumpió—. He cambiado, un hecho que tú mismo señalaste ayer. Si has cambiado de opinión a raíz de todo esto...

—No he cambiado de opinión ni nada parecido —le interrumpió Conyers, descartó aquella posibilidad con un gesto.

—¿Entonces por qué recordar el pasado?

—Porque eres mi hijo, maldita sea, y te quiero. Y... —se precipitó a añadir antes de que ninguno de los dos se sintiera violento por tan franca declaración— tengo la obligación de asegurarme de que no repitas los errores del pasado. Ni siquiera después de tanto tiempo puedo evitar temer la influencia que esa mujer puede tener sobre ti.

Denys sabía que su padre estaba hablando desde el más profundo y sincero afecto y tuvo que tragar saliva con fuerza antes de contestar.

—No tienes por qué preocuparte. La señorita Valentine va a participar en la obra, pero yo no voy a dirigirla. De hecho, no voy a tener que tratar con ella en absoluto. Ahora se convertirá en el dolor de cabeza de Jacob.

—Esa mujer no es solo un dolor de cabeza. Es una pesadilla.

—Solo hasta que uno se despierta.

—¿Y tú? —preguntó Conyers con mirada escrutadora—. ¿Tú te has despertado? Si te lo hubiera preguntado ayer, habría estado seguro de cuál iba a ser tu respuesta, pero lo que ha pasado hoy me hace dudar.

Aquellas palabras le hirieron en lo más hondo. Su pasión por Lola había estado a punto de arruinar su vida y su futuro y había hecho sufrir a su familia. Era comprensible que su padre estuviera preocupado, pero Denys no tenía intención de volver a transitar por aquel camino.

—Para aplacar tus dudas, padre, creo que lo único que debo hacer es dejar que estos últimos años hablen por mí. Como ya te he dicho, la señorita Valentine ha dejado de ser una de mis preocupaciones. Jacob es el director y será él el que tenga que manejarla. Y yo estoy encantado de que sea así. De hecho —añadió, mientras dejaba a un lado su copa y se levantaba—, no creo que vuelva a verla hasta la noche del estreno.

CAPÍTULO 8

Denys podía haberle asegurado a su padre que no volvería a ver a Lola hasta el estreno de *Otelo*, pero ella tardó menos de doce horas en demostrarle lo equivocado que estaba. Llevaba apenas cuarenta y cinco minutos sentado tras su escritorio cuando Dawson abrió la puerta del despacho para anunciar:
—La señorita Valentine ha venido a verle, señor.
—¿Qué diablos?
Alzó la mirada, pero no tuvo oportunidad de ordenar a Dawson que le dijera que no estaba disponible. El secretario ya se había apartado para permitir entrar a Lola.
—Buenos días —le saludó ella mientras avanzaba hacia su escritorio. La seda del vestido color aguamarina con encaje crema crujía cuando caminaba—. Gracias por recibirme.
—No parece que tenga mucho que decir al respecto —musitó él mientras se levantaba, deseando haberle ordenado a su secretario que Lola Valentine no volviera a poner un pie en su despacho sin su permiso.
Prometiéndose que se lo dejaría claro en cuanto tuviera oportunidad, desvió la atención hacia Lola, pero Dawson habló antes de que hubiera podido decirle que estaba demasiado ocupado para hablar con ella.
—¿Puedo traerle algún refrigerio, señorita Valentine?

—La señorita Valentine no se quedará durante tanto tiempo —contestó Denys antes de que ella pudiera responder—. Puede irse, Dawson.

No acababa de pronunciar aquellas palabras cuando ya estaba arrepintiéndose de ellas. Porque, cuando el secretario se fue, cerró la puerta tras él y, de pronto, el despacho le pareció un espacio demasiado íntimo.

—No sabía si estabas aquí, pero he decido arriesgarme. Si molesto, lo siento.

—No, no molestas —le dijo, más para tranquilizarse a sí mismo que para tranquilizarla a ella.

Fuera visita sorpresa o no, no pensaba permitir que Lola le inquietara de ninguna manera.

Apenas acababa de cruzarle la cabeza aquella idea cuando Lola acercó la silla al escritorio y su delicada fragancia a jazmín se convirtió en un contundente recuerdo de las apasionadas tardes que había pasado en su cama. Ignoró aquel recuerdo con valor.

—¿Qué quieres, Lola?

Fue una pregunta seca, pronunciada en un tono apenas cordial, pero, si Lola lo notó, no hizo nada que así lo indicara.

—Nada del otro mundo. Solo quería preguntarte cuándo vamos a ser convocados a la primera reunión como socios.

Aquello le pasaba por haber pensado que se daría por satisfecha con conseguir un papel en la obra y le dejaría en paz.

—No estoy seguro de entenderte —contestó, intentando eludir la pregunta—. En este momento no es necesaria ninguna reunión.

—¿No es necesaria?

—La reunión anual de la sociedad se convoca en enero. Siempre ha sido una formalidad, por supuesto, porque Henry nunca se ha sentido obligado a asistir. Pero, si tú quieres hacerlo, tienes derecho.

—Claro que quiero, pero para entonces faltan casi nueve

meses. Yo diría que un cambio de socios exige una reunión, ¿no te parece?

No, no se lo parecía, pero Lola no le dio oportunidad de decirlo.

—Siempre y cuando no sea durante los ensayos —continuó diciendo—, estaré encantada de reunirme contigo cualquier día y en cualquier momento de la próxima semana o de la siguiente que sea conveniente para ti.

Denys se temía que ningún momento sería conveniente, dado que Lola no era la clase de mujer conveniente en absoluto.

—Sea lo que sea de lo que quieres hablar, hablémoslo ahora —señaló la silla que tenía frente a él y cuando ella aceptó el ofrecimiento, continuó diciendo—: Supongo que será mejor acabar cuanto antes.

—No es una cuestión de acabar nada, como tú dices —replicó Lola mientras se acomodaba las faldas del vestido a su alrededor—. Tenemos que hablar de cómo va a funcionar la sociedad. Definir las reglas básicas, por así decirlo.

—¿Las reglas básicas?

—Sí. Me gustaría poder revisar el estado financiero del primer trimestre. Los ingresos en taquilla, los gastos, los costes de producción, ese tipo de cosas.

—Por supuesto, estaré encantado de proporcionártelos. Dile a Dawson adónde quieres que te los envíe, si al Savoy o al despacho de tus abogados, y podrás revisarlos tranquilamente. Ahora, si eso es todo...

Comenzó a levantarse, pero, como Lola no se dio por aludida, volvió a su asiento.

—Es evidente que no —musitó.

—Creo que deberíamos revisar juntos la situación financiera de la compañía.

Denys se tensó.

—No es ni necesario ni apropiado.

—Denys, somos socios al cincuenta por ciento del teatro. Ninguno de nosotros tiene un interés mayoritario, así que es importante que aprendamos a hablar y tomar decisiones sobre el Imperial estando juntos.

—Henry nunca consideró necesario involucrarse en la dirección del Imperial. ¿Por qué vas a tener que hacerlo tú?

—Porque quiero involucrarme en el teatro. Henry no lo hizo, en parte, porque vivía a unos cinco mil kilómetros de distancia y, en parte, porque tenía otros muchos proyectos que requerían su atención.

—Tú también estás bastante ocupada últimamente. ¿O el tener que participar en una obra y aprenderte además el papel principal no te entretiene lo suficiente?

—No estoy haciendo esto para estar entretenida. Soy tu socia y, a diferencia de Henry, no tengo ganas de ser una socia silenciosa. Comprendo que esto no es fácil para ti y lo siento, pero no podemos evitarlo.

—Explícame una cosa, Lola, ¿qué piensas conseguir con esto?

—El teatro es mi vida, Denys. Quiero participar en todas sus facetas.

—¿Por qué? —le exigió saber—. ¿Por qué no te basta con actuar?

—¿Por qué a ti no te basta con dirigir tus propiedades? —no esperó a que respondiera—. Porque amas los desafíos que te proporciona el ser un hombre de negocios, esa es la razón. Yo no soy distinta.

—Tú no puedes ser un hombre de negocios, Lola, porque no eres un hombre.

—Un motivo más para tener algo que decir en lo que vamos a hacer aquí —esbozó una leve sonrisa al percibir su perplejidad—. Entiendo que para ti no tiene ningún sentido. ¿Por qué iba a tenerlo? Al fin y al cabo, eres un hombre.

—Si estás intentando decirme que te has hecho sufragista...

—¡Dios mío, no! No me importaría que nos permitieran votar a las mujeres porque me parece ridículo que no podamos hacerlo. Pero no voy a ponerme a marchar por las calles ni a encadenarme a ninguna verja. Sin embargo, quiero que me tomen en serio en las cosas que hago.

—¿Por qué no te basta con actuar? A las buenas actrices se las toma en serio.

—Sí, siempre y cuando representen las obras que productores, inversores y agentes consideren que deben representar —se inclinó hacia delante en la silla—. Henry cenaba con algunos de sus inversores y, a veces, me llevaba con él.

Denys no quería saber nada de ella y de Henry y se movió incómodo en su asiento, pero Lola no captó la indirecta.

—Henry —continuó— siempre me dio la oportunidad de hablar con esos hombres, de expresar mis ideas, pero, si sugería que iba a hacer algo diferente a lo que ya estaba haciendo, la respuesta siempre era no. Esos hombres estaban encantados de respaldar mi espectáculo, pero siempre y cuando fuera el espectáculo de Lola Valentine, enseñando una buena porción de escote y con una notable cantidad de canciones y bromas subidas de tono. Si quería introducir algún elemento dramático o cantar una balada, tenía que olvidarme de ello. ¿Sabes lo cansada que estaba de quitarles el sombrero a los hombres de una patada, Denys? Pero siempre tenía que meter ese elemento en el espectáculo. Nunca me permitieron eliminarlo.

—Porque eso era lo que el público quería ver.

—Sí, pero era mi espectáculo —dijo con una ligera risa, llevándose la mano al pecho—. Lo había creado yo, todo era creación mía. Y, aun así, ninguno de los inversores fue capaz de confiar nunca en que mi próxima idea podía ser tan atractiva como las que había ideado previamente. Llegué a convertirme en víctima de mi propio éxito. Nadie quería que hiciera otra cosa.

—Hay consideraciones económicas para esa clase de restricciones. Tú yo nos las saltamos cuando financié *Casa de muñecas* y mira lo que pasó.

—Y esa es la razón por la que quiero estar en el lugar en el que se decide cuáles son esos límites. No es solo porque quiera actuar, Denys, es mucho más que eso. Si quiero interpretar a lady Macbeth, no quiero esperar sentada e impotente mientras otra persona decide qué traje voy a ponerme, los escenarios a los que me voy a subir y con qué director voy a trabajar. Yo también quiero tomar parte en esas decisiones.

—Quieres mucho.

—Sí —se limitó a decir—, es cierto. Pero también estoy deseando trabajar para ello. Y sé que tengo mucho que aprender.

—¿Y se supone que yo tengo que enseñártelo?

—Creo que podemos enseñarnos el uno al otro. El Imperial es un teatro centrado en Shakespeare y eso implica que tiene un repertorio limitado, de modo que la única manera de mantener vivo el interés es innovar en cada producción. Y yo tengo muchas ideas para ello.

—¿Mantener vivo el interés? —se movió impaciente en su asiento—. Estamos en Inglaterra. Aquí no hacemos las cosas de esa manera.

—Pues a lo mejor deberíais hacerlas.

Denys negó con la cabeza. Estaba claro que no tenía la menor idea de lo que quería el público británico, pero, antes de que pudiera decir nada, ella continuó:

—Soy consciente de que lo que te estoy pidiendo va a ser difícil para ti, para los dos, en realidad, sobre todo al principio, pero esta es la mejor oportunidad que tendré jamás de controlar mi propia carrera y poner en práctica mis ideas, de mostrar mi visión sobre lo que debería ser un buen drama.

Necesito involucrarme en el teatro. La alternativa es estar sentada sin hacer nada mientras tú o algún otro productor de otra compañía de teatro toma esas decisiones por mí. No voy a permitirlo, Denys. No, sabiendo que tengo la oportunidad de hacer mucho más. No puedo.

Claro que no podía. Denys deslizó la mirada por sus labios llenos y pintados de carmín, por su esbelto cuello y por la curva de sus generosos senos. Lola, y lo recordaba perfectamente, nunca había sido una mujer pasiva.

El deseo vibró dentro de él sin que pudiera hacer nada para impedirlo y, furioso consigo mismo, alzó la mirada bruscamente y la fijó en su rostro.

—Teniendo en cuenta nuestro pasado...

—¿No podemos olvidar el pasado?

Sabiendo que él mismo le había pedido a su padre que lo hiciera la noche anterior, no podía negarse, pero, cuando Lola se inclinó hacia él, la esencia a jazmín flotó sobre el escritorio como un intenso recuerdo de lo que en otro tiempo habían compartido y el deseo comenzó a crecer y extenderse por su cuerpo.

—Somos socios de negocios —continuó diciéndole ella, mientras Denys intentaba reprimir el deseo que le abrumaba—. ¿No podemos llevarnos bien? ¿Respetar el talento del otro? ¿Trabajar amistosamente como colegas?

—¿Colegas?

Denys se levantó con tal fuerza que, con aquel movimiento, la silla rodó sobre el suelo de madera y golpeó con estruendo el aparador que tenía tras él.

Aquel sonido la hizo encogerse en la silla, pero no se levantó y Denys comprendió que tenía que ser brutalmente sincero o no le dejaría nunca en paz.

—Ya veo que necesito que seas consciente de cuál es tu situación y de lo que puedes esperar de esta sociedad —se inclinó hacia delante, apoyado las palmas de las manos en el escritorio—. Cuando Henry y mi padre compraron el Imperial, era un teatro destartalado de segunda categoría que en una buena noche llenaba la mitad del aforo. Yo lo convertí en lo que es ahora y conseguí hacerlo solo. No necesité que Henry trabajara conmigo y, desde luego, no te necesito a ti. Y no pienso arruinar todo lo que he logrado ensuciando mi reputación y apostando por las opiniones que tengas tú sobre el teatro cuando no tienes ni la más remota idea de las implicaciones que pueden tener para el negocio. ¿Tienes ideas? Me parece perfecto. Preséntaselas a Jacob. Estoy seguro de que él las sopesará y, si considera que tienen algún valor, me las presentará a mí.

Lola abrió la boca, pero Denys no le dio tiempo a contestar.

—En cuanto a lo demás, tienes todo el derecho del mundo a recibir copias de todos los informes financieros del teatro. Estaré encantado de enviártelas cada mes, como hacía con Henry. Además, también estoy dispuesto a permitir que examines los libros y audites las cuentas cuando quieras. Incluso puedo llevarte a uno de mis empleados para que te haga todas las aclaraciones que requieras y conteste a cualquier duda que se te plantee. Si lo prefieres, puedes traer a un contable que tú misma elijas o hacer que tus abogados las revisen. Eso es todo lo que estoy dispuesto a ofrecerte. Por lo que estipula el testamento de Henry, estamos, por lo menos por el momento, obligados a ser socios, pero nunca seremos colegas. ¿Queda claro?

—Me temo que sí —se levantó lentamente—. Pero eso no cambia mis intenciones. Tienes derecho a desconfiar de mí y la única manera que tengo de vencer tu desconfianza es el tiempo. También sé que estás resentido conmigo, pero no tengo que caerte bien para que trabajemos juntos, y, a pesar de tu animosidad, pretendo continuar intentando conseguir que esta sociedad funcione incluso en el caso de que te niegues a colaborar conmigo.

Calló entonces, pero no se movió para marcharse y, a medida que fue pasando el tiempo, el silencio llegó a hacerse insoportable.

—¿Eso es todo? —preguntó Denys, intentando mostrarse frío cuando lo único que sentía era calor.

El calor del enfado, del resentimiento y del deseo que estaban encendiendo una hoguera dentro de él.

—Solo quiero decir una cosa más —se interrumpió—. Sé que te hice daño, Denys, y lo siento.

—¿Lo sientes? —la recorrió de arriba abajo con la mirada, sin creerla ni por un instante—. Si pudieras volver al pasado, ¿tomarías una decisión diferente?

Lola cuadró los hombros.

—No.

—Entonces, no seas hipócrita. No te disculpes por algo de lo que no te arrepientes.

Se oyó una llamada a la puerta, la puerta se abrió y apareció el señor Dawson con un fajo de documentos en las manos.

—Perdone, milord, pero el señor Swann acaba de enviar los formularios de las audiciones de ayer.

Denys no sabía si recibir con exasperación o alivio aquella interrupción. Tenía muchas más cosas que decirle a Lola, pero probablemente lo mejor fuera dejarlo así.

—Tráigamelos, señor Dawson. La señorita Valentine estaba a punto de marcharse —añadió, dirigiéndole una significativa mirada.

—Esa es precisamente la cuestión. La señorita Valentine es la razón por la que les he interrumpido. Su formulario está incompleto —alzó el formulario en cuestión y, cuando Denys le hizo un gesto para que entrara, Dawson se acercó a su jefe y le puso el documento en la mano—. ¿Lo ve? —añadió, señalando el espacio en blanco del formulario—. Como está aquí, he pensado que podría proporcionarme la información que falta.

—Gracias, Dawson. Yo me encargaré de ello.

El secretario asintió y salió, cerrando de nuevo la puerta tras él.

—No sé qué puedo haberme dejado —dijo Lola, rodeando el escritorio y deteniéndose al lado de Denys para estudiar el papel que tenía en la mano—. Creía que había sido muy cuidadosa a la hora de rellenar el formulario.

Denys le señaló el lugar indicado y, cuando ella se inclinó, volvió la cabeza con un gesto instintivo, inhalando la exquisita esencia que desprendía su pelo. Aquella fue una provocación excesiva para su ya acalorado cuerpo. Denys volvió de nuevo la cabeza y se precipitó a hablar.

—No diste el nombre y la dirección de tu agente londinense.

—¡Ah, es eso!

Se enderezó, pero la infinitesimal distancia que puso entre ellos no bastó para contener las traicioneras sensaciones que experimentaba el cuerpo de Denys. Tenía que alejarse de ella.

—¿No podrías darle a Dawson esa información al salir? —le propuso con cierta desesperación.

Lola hizo un gesto con la mano, descartando aquella sugerencia.

—No es necesario.

—Claro que sí. Para redactar el contrato, nuestros abogados necesitan que tu agente especifique los términos.

—¿Y si un actor no tiene agente? ¿Qué sucede en ese caso?

—¿No tienes agente? —la miró con recelo—. ¿Por qué demonios no tienes un agente?

—Henry se encargaba de todo eso por mí. Desde que murió, no he buscado... —enmudeció y se tensaron las comisuras de sus labios—. Hasta ahora no he visto la necesidad de tener un agente, eso es todo.

El recuerdo de Henry bastó para evitar que las traicioneras sensaciones de su cuerpo le superaran.

—Lola, eso no puede ser. Necesitas un agente.

—¿Por qué? —le sonrió de pronto—. ¿Piensas aprovecharte de mí, Denys?

En la habitación comenzaba a hacer demasiado calor. Denys sentía unas ganas casi irreprimibles de aflojarse la corbata. Pero las dominó.

—No coquetees conmigo —la reprendió en el tono más frío del que fue capaz—. Es una estrategia de distracción, Lola, y la usas cuando no te gusta el rumbo que está tomando una conversación. Lo que no entiendo es por qué estás mintiendo.

Lola suspiró al saberse atrapada, pero no le dio ninguna explicación.

—¿Es Henry la razón de tu reticencia a tener un agente? Tú... —se interrumpió, pero, al cabo de un momento, se obligó a continuar—. Estoy seguro de que le echas de menos, pero ni a ti ni a su memoria os va a servir de nada retrasar el momento de encontrar a una persona que represente tus intereses.

—No lo estoy retrasando —protestó—. Es solo que, en mi actual situación, no necesito un agente. ¿Para qué quiero a nadie que se haga cargo de mí a cambio de cobrarme un porcentaje desorbitado por conseguir un contrato con mi propio socio? A mí me parece una tontería.

—El hecho de que yo esté siendo justo contigo no significa que otros lo vayan a ser. Necesitas un agente para encontrar trabajo, negociar tus contratos...

—Ya tengo trabajo. En cuanto a lo de negociar los contratos, estoy convencida de que tú y yo seremos capaces de arreglárnoslas sin necesidad de meter a una tercera parte en esto.

—Eres demasiado confiada.

—No soy en absoluto confiada, pero te conozco y sé que eres escrupulosamente honesto. No serías más capaz de traicionarme que de traicionar a tu país.

Denys encontró aquella prueba de lo bien que le conocía bastante irritante.

—¿Y si no conservas tu plaza para la próxima temporada?

—Ya me preocuparé por ello cuando ocurra.

—¿Y si quieres conseguir trabajo en otra compañía?

—¿Con un competidor? —emitió un sonido burlón, desdeñando aquella posibilidad—. Como te he dicho, quiero trabajar con mi socio y en mi compañía, no en la compañía de otros. Además —añadió con una sonrisa—, pretendo asegurarme de que solo contratemos a directores que aprecien mi brillante talento dramático.

La opinión de Denys al respecto debió de reflejarse en su rostro, porque la sonrisa de Lola despareció y suspiró.

—Era una broma, Denys.

Pero Denys no parecía tener muchas ganas de reír.

—Si *Otelo* termina siendo un fracaso, es posible que quieras probar suerte en otra compañía.

—No va a ser un fracaso —abrió los ojos como platos—. ¿Cómo va a ser un fracaso si contamos con Arabella Danvers, una de las intérpretes de Shakespeare con más éxito y más populares de Londres para el papel principal?

A pesar de todo, consiguió arrancarle una sonrisa. Hacía falta tener descaro, pensó Denys, para echarle en cara el haber tomado la lógica decisión de contratar a Arabella.

—La inclusión de la señora Danvers, por valiosa que sea, no garantiza el éxito. Sabes también como yo que es imposible predecir cómo van a salir las cosas.

—De algo sí que podemos estar seguros —respondió ella deslumbrándole con una sonrisa—. La noche del estreno el teatro estará hasta arriba, lleno de espectadores que quieren ver si Lola Valentine va a demostrar ser un fracaso tan espectacular como la última vez.

Denys supo ver el dolor que se escondía tras aquellas palabras.

—Razón por la cual es mejor que busques un agente antes del estreno —señaló, aunque él mismo se preguntaba por qué demonios tenía que importarle.

—¿Por si no consigo uno después, quieres decir? —se puso seria y le miró—. Haré todo lo posible para no decepcionarte por segunda vez.

—No es eso lo que pretendo decir. Solo me refería a que una obra fracasada podría perjudicarte durante toda la temporada y entonces te resultaría más difícil encontrar un agente el año que viene si quieres hacer alguna otra cosa. Con un agente todo el proceso sería más fácil.

—Lo dudo —arrugó la nariz con una sonrisa de pesar—. Es evidente que has olvidado que tuve un agente durante la representación de *Casa de muñecas*. Cuando suspendimos la obra, no me resultó de ninguna ayuda. Sugirió que considerara la posibilidad de abandonar el teatro. Me dijo que, en cualquier caso, no importaba, puesto que tenía una carrera mucho más lucrativa.

—¿El baile?

—No —le tembló la sonrisa cuando le miró a los ojos—, tú.

Denys tomó aire, sintiendo que el recuerdo de su antigua relación se le clavaba como un cuchillo en las entrañas. Tiró del cajón que tenía a la izquierda del escritorio, rebuscó entre las tarjetas que tenía allí acumuladas y sacó tres.

—Toma —se las tendió.

—¿Qué es eso? —le preguntó mientras las agarraba, pero, después de mirar la primera tarjeta, sacudió la cabeza.

—Denys, ya te he dicho...

—No me importa lo que me hayas dicho. Esos hombres tienen un gran prestigio como agentes, son tenaces en la negociación y de una ética escrupulosa. Jamison podría ser el más adecuado para ti, pues es el que representa a la mayor variedad de clientes, pero ninguno de ellos intentará empujarte al teatro de variedades o al cabaret si no es eso lo que quieres. Lucharán por ti, no te engañarán ni te abandonarán y, desde luego, no harán insinuaciones desagradables sobre tu vida privada. Hazles una entrevista y elige a alguno de ellos. O puedes buscar tú uno. Sea como sea —añadió, esperando poner fin a aquella reunión—, no pienso firmarte un contrato hasta que no tengas un agente.

Lola se enfureció al oírle.

—Estás siendo muy autoritario con mi carrera.

—Si no te gusta, puedes buscar trabajo en cualquier otra parte —entonces le tocó sonreír a él—. Seguro que en el Gaiety te contratarían.

El enfado de Lola pareció desvanecerse con la misma rapidez con la que había llegado, y, antes de que volviera a sonreír, Denys ya supo que estaba cambiando de táctica. De modo que, cuando habló, sus palabras no le tomaron por sorpresa.

—Lleguemos a un acuerdo. Eso es lo que hacen los socios, ¿no?

Denys volvió a recordar las tardes que había pasado en su cama, pero, en aquella ocasión, consiguió mantener la mirada fija en su rostro.

—¿En qué clase de acuerdo estás pensando?

Lola alzó las tarjetas.

—Yo buscaré un agente si tú aceptas que tengamos una reunión como socios.

Denys tuvo que echarse a reír. Era tan indignante que no pudo evitarlo, a pesar de las imágenes eróticas que abarrotaban su mente y del deseo que bullía por su cuerpo

—Así que para conseguir algo que quieres estás dispuesta a hacer algo que te beneficia.

Lola se mordió el labio y le miró por encima del borde de las tarjetas con un falso gesto de disculpa.

—Supongo que eso es lo que parece.

—Y si acepto, ¿qué consigo yo a cambio?
—¿Qué es lo que deseas?
Aquella provocativa pregunta fue como una ráfaga de viento sobre los rescoldos de una hoguera. Se desvaneció la diversión y el deseo se encendió hasta convertirse en una intensa excitación, proporcionándole la prueba irrefutable, en el caso de que necesitara alguna, de que ser socio de Lola era una tarea imposible.

—Nada —contestó, odiando que, después de todo lo que había pasado, pudiera excitarle en contra de su voluntad—. No quiero nada de ti, excepto que te apartes de mi camino.

—Y eso es algo que no puedo aceptar. De modo que la única alternativa es dividir el Imperial. ¿Es eso lo que quieres?

Denys odiaba las situaciones en las que se encontraba sin posibilidad de elección. Odiaba saberse atrapado en un escenario en el que la única ruta de escape era la aniquilación.

—Si eso sirviera para deshacerme de ti —contestó—, la respuesta es sí.

—Si eso fuera cierto, ni siquiera me habrías permitió presentarme a la audición. Me habrías enseñado la puerta y me habrías dicho que nos veríamos en los tribunales.

—Una opción que voy considerando más plausible con cada segundo que pasas aquí —musitó y la fulminó con la mirada—. Los socios en un negocio no tienen por qué caerse bien, pero tienen que confiar el uno en el otro y mi confianza es algo que no podrás volver a ganarte nunca más.

Lola se encogió, pero no se movió.

—Nunca es mucho tiempo, Denys, y yo pienso ganarme tu confianza. Sé que ahora estás lleno de resentimiento, y es comprensible, pero el resentimiento es algo difícil de mantener día tras día y año tras año.

La mención de los años le recordó a Denys hasta qué punto estaba atrapado.

—Maldita sea, Lola, lo que estás sugiriendo es imposible.
—No entiendo por qué.
—¿No lo entiendes?

Sintiéndose provocado más allá de lo soportable y frustrado por un deseo que continuaba pareciendo ingobernable, le rodeó la cintura con el brazo. El formulario voló hasta el suelo cuando estrechó a Lola con dureza contra él.

—¿Qué haces? —preguntó ella en un jadeo.
—¿Quieres saber por qué esto no puede funcionar, Lola?

Con el deseo palpitando en todo su cuerpo, posó la mano en su mejilla y presionó con el pulgar bajo su mandíbula para hacerla inclinar la cabeza. La piel de Lola era tan suave como la recordaba, la fragancia de su cuerpo resultaba tan embriagadora como siempre e, incluso mientras se decía a sí mismo que estaba cometiendo un error fatal, Denys inclinó la cabeza.

—Este es el por qué —dijo, y la besó.

CAPÍTULO 9

En el instante en el que sus labios se encontraron, el placer penetró a Lola como una flecha. Fue un placer tan agudo y tan hiriente que gimió contra su boca.

Denys respondió al instante. Tensó los brazos a su alrededor y la estrechó todavía más contra él. La mente de Lola retrocedió hasta al pasado, a aquellas tardes de verano en St. John's Wood, al perfume del jazmín y la pimienta de Jamaica, al fuego y el frenesí de sus encuentros amorosos y a la deliciosa languidez que les seguía, a una época y un lugar en los que la felicidad era lo único que importaba, a un momento en el que habían intentado borrar las diferencias sociales entre un vizconde y una bailarina de cabaret.

«Denys», pensó, y el placer se agudizó y se extendió hasta el último rincón de su cuerpo, acompañado de un anhelo que no se había permitido sentir desde hacía años.

Entreabrió lo labios y Denys profundizó el beso, saboreando la lengua con la suya en una carnal caricia que inflamó todos sus sentidos. Mientras su bolso caía al suelo con un golpe sordo, Lola le rodeó a Denys el cuello con los brazos.

Denys emitió un sonido ronco contra su boca y aflojó su abrazo, pero no la apartó. En cambio, posó las manos en su cuerpo, deslizándolas entre las costillas y las caderas. Lola sentía las manos de Denys como lenguas de fuego, parecían abrasar todas las capas de ropa mientras la estrechaba contra ella.

En algún lugar en el fondo de su mente, sabía que debería detenerle porque aquello podría arruinar todo lo que había ido a hacer en Londres, pero tenía miedo de que fuera demasiado tarde. La textura hirsuta de su mejilla, el sabor de su boca y la dura sensación de su cuerpo le resultaban dolorosamente familiares y, cuando Denys tensó las manos alrededor de sus caderas para alzarla, haciéndola ponerse de puntillas y atrayendo sus caderas hacia él, no fue capaz de reunir la fuerza de voluntad que necesitaba para apartarle.

Ella pensaba que había pasado tiempo suficiente. Que, a aquellas alturas, ambos lo habrían superado. Los besos de Denys, sus caricias, sus encuentros amorosos, aquellas tardes que pasaban juntos… Se había esforzado mucho para convertir todo aquello en un recuerdo distante. Pero, en aquel momento, con su cuerpo contra el suyo y la excitación fluyendo en su interior, fue como si no hubiera pasado ni un solo día.

Sin previa advertencia, Denys interrumpió el beso. Tensó las manos en las caderas de Lola, la empujó y retrocedió dejando caer las manos a ambos lados de su cuerpo.

Lola se le quedó mirando fijamente, en silencio, confundida y con los labios ardiendo. Debería, suponía, decir algo, algo intrascendente, recuperar la compostura y fingir que no había pasado nada. Pero, aunque le hubiera ido la vida en ello, no se le habría ocurrido nada. Se llevó los dedos a la boca y permaneció en silencio.

Fue la voz de Denys la que interrumpió el silencio.

—Dios mío —dijo, con la voz rota—, si esto no demuestra que tengo razón, no sé qué podrá hacerlo.

Lola frunció el ceño, intentando pensar.

—¿Razón en qué?

Denys tomó aire y retrocedió un paso frotándose la cara.

—En lo que llevo intentando demostrarte desde que llegaste.

Aquellas palabras fueron con un jarro de agua fría que apagó el fuego que la abrasaba en un instante, dejándola rabiosa como un gato empapado.

—¿Me has besado para demostrarlo?

—No, no. Aunque ha sido una forma condenadamente buena de defender mi argumento. Ojalá se me hubiera ocurrido antes —la fulminó con la mirada. Parecía tan enfadado como ella, aunque Lola no alcanzaba a comprender qué motivos podía tener para ello—. Pero parece que cuando estás cerca mi capacidad para pensar siquiera en retorcidos planes para alejarte de mí me abandona por completo.

—¿Así que lo que ha pasado es culpa mía? —Lola le dirigió una mirada asesina, indignada por el hecho de que la estuviera describiendo como a una especie de perversa seductora—. Claro, por supuesto que sí. Al fin y al cabo, estaba aquí plantada y no se puede esperar que un hombre se comporte de manera honorable cuando tiene a una conocida bailarina con tan mala reputación delante de él. No se le puede pedir tanto a ningún hombre, ni siquiera a un caballero como tú.

Acababa de dar en el blanco, estaba segura, lo supo porque le pareció ver una sombra de arrepentimiento cruzando su rostro. Pero, si pensaba que Denys iba a disculparse, estaba muy confundida.

—Como acabo de decirte, no lo he hecho para demostrar nada, pero aun así ha quedado claro. No podemos ser socios.

—¡Oh, no! —sacudió la cabeza—. ¡No, no y no! Si crees que comportándote de esta manera, haya sido deliberada o no, vas a poder librarte de tus obligaciones en nuestra sociedad, estás confundido.

—¿Obligaciones?

El enfado de Lola se transformó en determinación.

—Voy a convocar una reunión. Según los estatutos del Imperial, tengo derecho a ello y pienso ejercerse ese derecho. Haré todos los arreglos necesarios con tu secretario.

—Haz todos los arreglos que quieras, pero no pienso asistir a esa reunión.

—Como tú quieras —se agachó para recoger el bolso del suelo—. Si faltas, tomaré todas las decisiones que considere necesarias y se te informará inmediatamente de ellas. Creo que empezaré decidiendo el cartel del año que viene.

—Un trabajo inútil. Sin mi consentimiento, no puedes tomar ni esa decisión, ni ninguna otra, por cierto.

—Tampoco tú.

Denys entrecerró los ojos hasta convertirlos apenas en dos rendijas.

—Sí crees que puedes obstruir mi trabajo, Lola, estás cometiendo un triste error.

—Puedes decir lo que quieras, pero continuamos siendo socios a partes iguales y...

—Sí, ¿verdad? —la interrumpió antes de que pudiera terminar—. En un plano legal, supongo que tienes razón. Pero, en una sociedad igualitaria, cada una de las partes aporta algo que puede beneficiar al todo. ¿Qué puedes aportar tú que no tenga yo?

—Muchas cosas. Tengo ideas...

—Cualquier actor que merezca tal nombre tiene ideas. Todas las actrices tienen alguna idea de cómo interpretar su papel y qué traje quiere llevar. Pero eso no los hace valiosos como socios en un negocio. Por eso, Lola, necesitas algo más. ¿Tienes algún contacto al que yo no tenga acceso? ¿Alguna influencia en los círculos teatrales de Londres que yo no posea? ¿Alguna experiencia en el mundo de la producción? ¿En la dirección de un teatro? ¿Tienes visión para los negocios? Diablos, con todas esas ideas que presumes tener, ¿podrías contribuir a aumentar los beneficios del Imperial? ¿O...?

—añadió— ¿tu mayor talento consiste en acostarte con el hombre adecuado en el momento oportuno?

—¡Oh! —exclamó indignada. Era evidente que estaba intentando intimidarla, pero no iba a funcionarle—. En primer lugar —dijo con los dientes apretados—, solo me he acostado con dos hombres en toda mi vida y uno de ellos eres tú. Así que, quizá, en vez de continuar señalando mis supuestas deficiencias, deberías echar un vistazo a las tuyas. La hipocresía podía ser un buen ejemplo, como tu falta de caballerosidad acaba de demostrar.

Se interrumpió, pero solo lo suficiente como para tomar aire antes de continuar.

—En segundo lugar, por mucho que lo niegues, el hecho es que soy tu socia a partes iguales y, aunque es evidente que no puedo esperar que confíes en mí, que me perdones o me respetes, espero que seas capaz de mostrarme la consideración y el respeto que mi posición exige. O tomamos juntos las decisiones, Denys, o no podremos tomarlas en absoluto.

Se volvió, se marchó y se dio la gran satisfacción de salir dando un portazo. Por supuesto, no era un gesto propio de una dama, pero, al fin y al cabo, ella nunca lo había sido.

Denys permaneció con la mirada fija en la puerta cerrada. El resentimiento y la excitación bullían en su interior en igual medida. Durante los últimos seis años, rara vez había experimentado aquellos dos sentimientos al mismo tiempo, pero desde que Lola había vuelto a su vida se encontraba en aquel tumultuoso estado emocional con bastante frecuencia.

«Quizá, en vez de continuar señalando mis supuestas deficiencias, deberías echar un vistazo a las tuyas».

Esbozó una mueca, tristemente consciente de que no estaba en condiciones de negar aquellas palabras. Acusarla de inmoralidad había sido hipócrita, por no decir grosero, y Lola tenía todo el derecho del mundo a indignarse por ello.

«Solo me he acostado con dos hombres en toda mi vida y uno de ellos eres tú».

Frunció el ceño. La incomodidad suplantó al enfado. El otro hombre era Henry, por supuesto, pero, al pensar en ello, dudó. La posibilidad de que Lola fuera virgen cuando se habían hecho amantes no cuadraba con lo que él recordaba. Por supuesto, tenía menos experiencia de la que él esperaba en una joven de su profesión, pero jamás había pensado que fuera virgen. Con lo cual, si acababa de decirle la verdad, Henry y ella no habían sido amantes. Pero eso era ridículo.

¿O no?

Denys musitó un juramento. Dios, ¿estaba intentando buscar la manera de justificar lo que había hecho Lola para creer de nuevo en ella?

Sí. Que el cielo le ayudara, pero era eso lo que estaba haciendo. Y sabía por qué. A pesar de todo lo que había pasado y de todo lo que había hecho, todavía la deseaba, la deseaba tanto que la había estrechado entre sus brazos y la había besado sin pensar en controlarse o en las posibles consecuencias. Durante aquellos minutos, no había sido capaz de pensar en absoluto.

Se presionó la cabeza y rechinó los dientes frustrado, preguntándose qué demonios le pasaba, por qué no había sido capaz de superar todavía aquella relación. Ya no estaba enamorado de Lola y, desde luego, no confiaba en ella. Pero la deseaba tanto como siempre y no sabía qué podía hacer al respecto, aparte de tirarse por un precipicio. Si una cuenta bancaria vacía, un corazón roto y seis años no le habían curado aquella pasión loca e insaciable, ¿qué podría hacerlo?

Sintiendo la necesidad de moverse, bajó las manos, rodeó el escritorio y comenzó a caminar por su despacho, pero, si pensaba que aquello le enfriaría y le ayudaría a recobrar la cordura, estaba confundido. Se acercó a la ventana y miró hacia la calle justo a tiempo de ver al objeto de sus turbulentos pensamientos en la acera.

Al verla se detuvo en seco. Cuando Lola paró en la esquina, esperando a que se despejara el tráfico, se dijo a sí mismo que debía apartar la mirada. Pero, a pesar de que su cerebro dio la orden, su traicionero cuerpo se negó a cumplirla. No se movió y el deseo que había estado intentando reprimir se inflamó con la misma fuerza e intensidad de siempre.

«No ha cambiado nada», pensó sombrío. Alargó la mano como si quisiera tocarla, presionando las yemas de los dedos en el cristal mientras se clavaban en él las garras del deseo y la frustración.

«Ocho años y medio desde la primera vez que la vi y no ha cambiado nada».

Lola se inclinó sobre la acera intentando ver si aminoraba el tráfico con un movimiento que realzó la curva de sus caderas y Denys se alejó de la ventana con un juramento. Volver a sentir todo aquello después de seis años de paz y cordura era como para volverse loco. Ser consciente de que su capacidad de control y su fuerza de voluntad podían abandonarle en cuanto estaba cerca de ella le resultaba insoportable.

Era impensable que un hombre soportara una situación como aquella. Tenía que haber una manera de salir de aquello, por el amor de Dios, e iba a encontrarla, porque no tenía intención de arruinar su vida por segunda vez por culpa de Lola.

Lola se alejó a grandes zancadas del despacho de Denys, hecha un basilisco. Estaba tan enfadada que ni siquiera le importaba a dónde iba. Lo único que quería era alejarse de él. En aquel momento, ni siquiera podía recordar cómo había respondido a su exasperante argumento, pero lo de menos era lo que había dicho porque no había palabras en el mundo para expresar su cólera. Debería haberle lanzado un tintero.

«¿O tu mayor talento consiste en acostarte con el hombre adecuado en el momento oportuno?».

No podía haber un argumento más hipócrita, despiadado, injusto...

Pero no del todo inmerecido.

Se detuvo de manera tan brusca en la acera que estuvo a punto de chocar con el hombre que iba tras ella. Este la esquivó para evitar una colisión y la rodeó mientras ella permanecía inmóvil, enfrentándose a la verdad brutal de que, si bien la acusación de Denys no era cierta, era bastante razonable. No tenía ningún derecho a enfadarse con él cuando lo que pensaba de ella era, exactamente, lo que ella había querido que pensara.

Denys creía que le había dejado por Henry Latham y que parte de su trato con este consistía en conseguirle una carrera más lucrativa en Nueva York. Cuando había decidido volver, sabía que iba a tener que enfrentarse a su hostilidad, de modo que, ¿por qué se enfadaba por el hecho de que la hubiera expresado?

Porque hasta entonces no había sido consciente de lo mucho que le iba a doler.

Aquella era la verdadera la razón por la que estaba tan furiosa que echaba fuego por la boca. Estaba enfadada consigo misma. Oír a Denys decir lo que pensaba de ella había abierto una antigua herida, una herida cuya existencia no había tenido la honestidad de admitir.

Hacía mucho tiempo que había dejado de importarle lo que la gente pensara de ella, pero Denys era diferente. Siempre había sido capaz de meterse bajo su piel, de abrirse paso entre sus defensas.

Y aquel sentimiento parecía mutuo, en caso contrario, no la habría besado. Había fingido que lo había hecho para demostrar la naturaleza insostenible de su sociedad, pero solo era insostenible porque él la deseaba.

Estaba resentido con ella, quizá, incluso, la despreciaba. Desde luego, no la había perdonado y no le tenía el menor respeto. Pero, en medio de todo aquello, permanecía el deseo que en otro tiempo había sentido por ella.

Aquella era una posibilidad que Lola se había negado a considerar hasta entonces. Durante las semanas que habían seguido a la muerte de Henry, cada vez que se le pasaba por la cabeza la posibilidad de que Denys todavía pudiera desearla, la había descartado y se había regañado a sí misma por su arrogancia. A lo largo de todo aquel proceso, aquel era el único escenario para el que no se había preparado, la única contingencia para la que no tenía ningún plan. Incluso la noche anterior, cuando Kitty le había advertido, había conseguido convencerse a sí misma de que aquello era tan probable como ver volar a una vaca. Sin embargo, en aquel momento, con el cuerpo todavía ardiendo después de aquel beso, no podía permitirse el lujo de seguir engañándose. El deseo que Denys había sentido por ella todavía continuaba allí. Y, como aquel beso había demostrado con tanta crudeza, también su deseo por él.

Mortificada, Lola gimió y enterró su sonrojado rostro entre las manos, ajena a la corriente de peatones que pasaba por su lado. Durante toda su vida, había vivido con la convicción de que, si quería algo, iba a tener que conseguirlo por sus propios medios. Cuando el testamento de Henry le había ofrecido aquella oportunidad, había sabido que tendría que ser ella la que la hiciera funcionar y se había atrevido a pensar que era posible. Tenía la esperanza, estúpida, quizá, de poder eliminar el pasado y comenzar de nuevo. De poder borrar a aquella chica que se quitaba la ropa delante de los hombres en las tabernas de Brooklyn y a la cabaretera que se había rebajado a convertirse en la mantenida de un aristócrata. Había llegado a creer que ella, que había perfeccionado el arte de la seducción sexual como espectáculo, podía llegar a convertirse en una actriz y productora merecedora de respeto. Y, sin embargo, acababa de comportarse como la mujer disoluta que todo el mundo, Denys incluido, creía que era.

En el instante en el que la había rodeado con sus brazos, debería haberle empujado, haberle abofeteado y haberle exigido que mantuviera las manos quietas. Pero Denys la había besado, la había tratado con brusquedad, incluso, y ella no solo se lo había permitido, sino que había disfrutado de cada segundo y no había pensado durante un solo instante ni en la sociedad ni en sus aspiraciones ni en su futuro.

—¿Está usted bien, señorita?

Lola alzó la cabeza, se volvió y descubrió a un joven a su lado, un joven con un traje de rayas y los manguitos manchados de tinta de un oficinista que la observaba con educada preocupación.

Esbozó al instante una sonrisa.

—Sí, por supuesto. Gracias.

Él continuó caminando y Lola tomó aire, controló su respiración y se esforzó en pensar con frialdad.

Al optar por regresar a Londres, había ignorado algunas de las posibles consecuencias, era cierto, pero, incluso en el caso de que se hubiera permitido prever los acontecimientos de aquel día, ¿habría preferido quedarse en Nueva York y permitir que aquella oportunidad se le deslizara de entre los dedos?

Imposible.

Había pasado años contoneándose sobre un escenario y enseñando su cuerpo, pero quería demostrar al mundo que sabía actuar de verdad. Quería que los críticos que la habían desdeñado por su actuación en *Casa de muñecas* tuvieran que comerse lo que habían escrito de ella. Quería respeto, el respeto profesional que habían conquistado actrices como Ellen

Terry y Sarah Bernhardt, un respeto que se les escatimaba a las intérpretes como ella. Y quería aprender sobre el negocio del teatro. Quería producir sus propias obras, ver que sus ideas cobraban vida y no solo eran satisfactorias desde una perspectiva creativa, sino también rentables.

El Imperial era su oportunidad de hacer todas aquellas cosas y no iba a permitir que un estúpido beso se interpusiera en su camino. Podía haberse negado a ver que aquello podía suceder, pero siempre había sabido que el pilotaje de aquella sociedad no iba a ser plácido, así que no tenía sentido ponerse a llorar en cuanto surgía el primer incidente. Lo que Denys y ella habían tenido en otro tiempo había terminado y no podía permitir que se interpusieran en su futuro los vestigios del deseo del pasado.

Debía hacer ver a Denys que ya no era su antigua amante, ni su antigua querida, ni la mujer que le había hecho sufrir. Tenía que conseguir que la viera como a un igual.

«¿Y cómo piensas hacerlo?», le preguntó una desafiante vocecilla en su interior.

Como si estuviera respondiendo a una pregunta, la voz de Denys llegó de nuevo hasta ella.

«Con todas esas ideas que presumes tener, ¿podrías contribuir a aumentar los beneficios del Imperial?».

De todos los desafíos que le había lanzado, solo podía estar a la altura de aquel, por lo menos a corto plazo. Todavía no tenía contactos en Londres, no tenía experiencia alguna en el mundo de los negocios y no había visto un informe financiero en su vida. Pero tenía inteligencia, coraje e imaginación. Aquellas cualidades la habían llevado de los corrales de Kansas City a los cabarés de París y desde allí a un exitoso espectáculo en Nueva York en el que ella era la única artista. De modo que podía confiar en ellas otra vez.

Y con eso, regresaron la determinación y el optimismo innato de Lola. Convocaría una reunión de la sociedad, tal y como le había dicho a Denys que haría, y esperaba que apareciera porque pensaba llevar una idea relacionada con las finanzas absolutamente brillante. Lo único que tenía que hacer era averiguar cuál.

Pensó en ello durante unos segundos, tomó el bolso que llevaba bajo el brazo, lo abrió y sacó las tarjetas que le había dado Denys. Lo primero que tenía que hacer era mantener la parte del acuerdo que ella había propuesto y buscar un agente. Y quizá obtuviera alguna información de valor y se le ocurrirían algunas ideas en el proceso, pensó, mientras golpeaba la tarjeta blanca contra la suave piel de cabritillo de su mano enguantada.

CAPÍTULO 10

Denys pensaba que le había dejado bien claro a Lola que jamás podrían ser socios y aquel beso, aunque involuntario, había proporcionado la mejor prueba del porqué. Descubrió sin embargo que, a pesar de todo, no había conseguido disuadirla.

El lunes a primera hora de la mañana recibió una petición formal para que asistiera a una reunión, haciendo que estuviera más decidido que nunca a acabar con todo aquello. Pero las opciones eran limitadas. Las únicas maneras de escapar eran vender la parte de su familia, comprar la de Lola o buscar alguna manera de romper aquel acuerdo. La primera opción se negaba a considerarla y la segunda ya la había intentado. De modo que la tercera era su única esperanza. Habló del asunto largo y tendido con sus abogados y pasó dos días leyendo atentamente el acuerdo de sociedad sin ningún resultado. Comenzó a temer que iba a estar unido a Lola para siempre.

Pero entonces recibió una nota de su amigo Nick invitándole a una cena en el White's con Jack Featherstone y el resto de sus amigos íntimos y se le levantó un poco el ánimo. Sus cuatro amigos, que ya conocían a Lola, sabían que aquella mujer era el caos dentro de un corsé. Y habían sido testigos de la evolución de la desastrosa aventura de Denys, de modo que comprenderían los motivos por los que quería mantener a aquella mujer tan lejos de su familia y de él como fuera posible. Todos ellos eran hombres de negocios, de modo que seguro que podían darle algún consejo valioso. Aceptó la invitación de Nick con celeridad.

A la noche siguiente, esperó hasta terminar la cena y la primera ronda de oporto para abordar el tema que tanto espacio ocupaba en su mente.

—Lola ha vuelto a Londres.

Aquellas palabras habrían impulsado a beber a cualquier hombre y él vació su copa de oporto de un solo trago.

La respuesta inicial de sus amigos fue variada. Nick asintió sin mostrarse en absoluto sorprendido. Era probable que su esposa, Belinda, una de las mujeres más influyentes de la alta sociedad londinense, hubiera estado al tanto de la noticia casi desde el primer momento. Stuart, duque de Margrave, arqueó una ceja con ducal imperturbabilidad y no dijo nada. James, conde de Hayward, soltó un silbido. Y Jack, siempre irrefrenable, tuvo el valor de echarse a reír.

—Pareces un poco nervioso con todo esto, amigo mío —le dijo—. ¿Supone algún problema para ti?

Denys se quedó mirando al hombre que tenía sentado a su lado, incapaz de creer que Jack le hubiera hecho aquella pregunta.

—Lola ha vuelto —añadió mientras su amigo sonreía de oreja a oreja—, está aquí, en Londres.

—Ya te oído, no necesitas repetírmelo —Jack le miró y se reclinó contra el brazo de su silla copa en mano—. Pero no estoy seguro de lo que eso significa.

Denys procedió a explicárselo, pero ni siquiera después de haber contado los acontecimientos de la semana anterior, evitando algunos detalles, por supuesto, la diversión de Jack disminuyó un ápice.

—¡Por Júpiter, Denys! Eres un hombre afortunado.
—¿Afortunado?
—Sí, estás soltero y tienes un negocio con una mujer bella y deseable. ¿Qué hombre soltero no se consideraría afortunado en tales circunstancias?
—Este —le aseguró Denys, y tomó el decantador de oporto para rellenar su copa—. Preferiría al diablo por socio. Aunque no creo que haya mucha diferencia —añadió con aire sombrío.
—Al principio el cambio será difícil, sin duda —comentó Nick, que estaba sentado también a su lado, mientras Denys le pasaba el decantador—. Tendrás que tratar con alguien que no está en el otro extremo del mundo y permite que seas tú el que tome todas las decisiones.
—No es esa mi objeción.
—¿Entonces cuál es?
—Lola cree que deberíamos hacer las paces, enterrar el pasado y trabajar juntos. Como colegas —se interrumpió para beber un sorbo de vino—. Dios mío, ¡menuda idea!
Nick se encogió de hombros.
—¿Tan absurdo te parece?
James evitó que Denys tuviera que responder quitándole el decantador de la mano. Como si junto al oporto se le pasara también la oportunidad de ofrecer una opinión, dio la suya.
—¿Por qué no podéis trabajar juntos? —preguntó mientras se servía el vino—. El planteamiento de Lola me parece bastante sensato.
—¿Sensato? —Denys no se podía creer lo que estaba oyendo—. ¿Sensato?
—Sí, lo es —intervino Stuart mientras le quitaba el oporto a James—. Sois socios en una empresa muy lucrativa y no puedes dirigir ese negocio sin ella, por lo menos no sin tácticas agresivas y disputas legales. Ha pasado mucho tiem-

po desde que ocurrió lo vuestro. Los dos habéis continuado vuestras vidas y lo habéis superado —Stuart se interrumpió, volvió a llenar su copa y buscó con sus ojos grises los de Denys al otro lado de la mesa—. ¿O no?

—Claro que lo hemos superado.

Se esforzó en mantener una expresión neutral mientras hablaba. Lo último que necesitaba era que sus amigos se dieran cuenta de que aquello no estaba tan superado como él había querido creer.

—Aquí no hay consideraciones románticas que valgan —añadió.

—Bueno, pues ya lo tienes —Stuart dejó el oporto al lado de Jack y se reclinó en la silla—. ¿Alguien piensa ir a Ascot en junio?

Se comentaron los nombres de algunos asistentes y de un par de caballos antes de que Denys pudiera meter baza.

—Maldita sea, caballeros. No quiero hablar de Ascot. Estoy metido en un lío endemoniado y apreciaría cualquier sugerencia sobre cómo salir de él.

—No sé lo que puedes hacer —reiteró Stuart—, a menos que vendas tu parte. No estoy seguro de que tengas ninguna manera de salir de esto y tampoco entiendo por qué deberías hacerlo. ¿Qué más te da?

Denys no tuvo oportunidad de responder.

—Parece que hemos vuelto a la pregunta inicial —dijo Jack—. ¿Dónde está el problema?

—Lola es el problema —Denys miró alrededor de la mesa, reparando perplejo en sus miradas de incomprensión—. Lola, la mujer de la que todos nosotros, excepto Stuart, estuvimos enamorados. La mujer por la que Nick enloqueció de tal manera que intentó robármela en un una ocasión, si mal no recuerdo.

—Querrás decir que intenté recuperarla —aclaró Nick con una enorme sonrisa—, puesto que, para empezar, fui yo el que te la presentó.

—Los dos se la presentamos —le corrigió Jack.

—Sea como esa —continuó Nick—, fracasé. A pesar de todas mis invitaciones a cenar, mis ofrecimientos de champán caro y mi más ingeniosa y encantadora labia, no conseguí nada. Por alguna razón inexplicable, te eligió a ti. Pero Jack y yo la conocimos antes, así que, si alguien se la robó a alguien, Denys, fuiste tú.

—Eso es una tontería —negó Denys, poniéndose de pronto a la defensiva—. Acabas de admitir que no conseguiste nada con ella. Y tampoco Jack. Así que no me digas que te la robé porque nunca fue tuya.

—No estoy seguro de que Lola pueda pertenecer a ningún hombre —intervino Jack con una risa—. Por lo que yo recuerdo, siempre fue dueña de su corazón y su cabeza. Sospecho que eso es lo que la hace tan fascinante.

—Una característica que también la convierte en una pésima socia para un negocio —apuntó Denys, esperando que fueran capaces de evitar cualquier conversación sobre los aspectos más fascinantes de Lola.

—¿Y por qué? —preguntó Nick—. ¿Porque tendréis opiniones diferentes? ¿Porque no seréis capaces de poneros de acuerdo? ¿Porque crees que os pelearéis?

—Sí, exactamente. Los socios tienen que estar de acuerdo.

—No necesariamente. Diferentes opiniones y puntos de vista pueden fortalecer una sociedad.

—Tú y yo ahora somos socios en la cervecería, Nick. Si nos hubiéramos pasado todo el tiempo discutiendo, jamás habríamos llegado a nada. Y ya que estamos hablando de peleas —añadió, intentando remarcar el hecho de que tener a Lola cerca sería un desastre para cualquier proyecto—, ¿cuál fue el resultado final de tu relación con Lola? Un tiro, eso fue. Y te lo disparó Pongo.

—No me llamo Pongo —replicó James al instante. Aquella era su respuesta habitual cada vez que utilizaban el odiado apodo de su infancia—. Me llamo James. James Edward Fitzhugh, conde Hayward, hijo del marqués de Wetherford. Sinceramente, después de veinte años de amistad, ¿no podéis llamarme por mi verdadero nombre?

—No —contestaron todos al unísono.

—Pongo me disparó porque me interpuse en su camino —replicó Nick, volviendo al tema que tenían entre manos—. Te estaba apuntando a ti, Denys, y yo, como un idiota, me interpuse entre vosotros.

—¿Y podemos recordar por qué estaba intentando disparar a Denys? —preguntó James, uniéndose a Nick en aquella inconveniente inclinación al recuerdo—. ¡Porque le estaba haciendo una proposición a mi chica! Y, además, delante de mí.

Al recordar su estúpida conducta de aquella noche en cuestión, Denys comenzó a desear no haber sacado el tema.

—En aquel momento, no sabía que aquella chica estaba con Pongo —musitó—. Pensaba que estaba con Nick.

—Fue un acto de pura venganza por tu parte —señaló Nick—. Sé que te sentías herido y estabas endemoniadamente enfadado porque Lola acababa de dejarte, además de que ibas haciendo eses. Pero, aun así, en aquella ocasión te pasaste de la raya, viejo amigo.

—¿Ah, sí? —replicó, poniéndose cada vez más a la defensiva porque sabía que aquella acusación era cierta—. Permitiste que Lola viviera contigo cuando volvió a París.

—Yo también estaba allí —intervino Jack, pero fue ignorado.

—Vino a buscarme como amigo —se defendió Nick—. Se presentó en la puerta de mi casa y me dijo que la obra había fracasado, que ya no conseguía encontrar trabajo en Londres, no tenía dinero y necesitaba un lugar en el que vivir hasta que tuviera medios para pagárselo ella. ¿Qué se suponía que tenía que hacer yo? ¿Dejarla en la calle?

—Eres mi amigo, maldita sea. Deberías haberle aconsejado que recurriera a mí y permitiera que me hiciera cargo de ella. ¿Pero fue eso lo que hiciste? No. Y cuando Henry fue a buscarla, ¿le dijiste que se fuera al infierno? No, le dijiste dónde trabajaba.

—¿Cómo podía haber imaginado que pretendía llevársela a Nueva York? Era un amigo de tu familia, por el amor de Dios, y tenía años suficientes como para ser su padre.

—Gracias, Nick —musitó Denys—. Es un recuerdo muy reconfortante.

—Por favor, caballeros —les interrumpió Stuart—, no discutamos. Estoy disfrutando de esta velada y no pienso permitir que unos cuantos pecadillos de nuestra loca juventud la estropeen —levantó su copa—. Es endiabladamente bueno poder veros a todo, algo que, para mi gusto, no sucede con la frecuencia que debería.

Todos ellos alzaron su copa en sincero acuerdo con aquel sentimiento, dejaron de lado la tentación de discutir y se reafirmaron en aquella amistad que había durado la mayor parte de sus vidas.

—Lo siento, Nick —se disculpó Denys, frotándose la frente—. Todo eso es agua la pasada, y, de verdad, no te culpo por lo que pasó.

—Disculpa aceptada —contestó Nick al instante.

—¿Y yo? —exigió Pongo de buen humor—. ¿Yo no tengo derecho a recibir una disculpa? Denys intentó quitarme a mi chica después de que Lola se marchara.

—¿Tu chica? —Denys soltó un sonido burlón—. Era una tabernera a la que habías conocido la noche anterior. Y el hecho de que agarraras la pistola del camarero, me apuntaras con ella cuando acababa de invitarla a cenar y, accidentalmente, dispararas a Nick en el proceso anula todos tus derechos a una disculpa. Estábamos los dos borrachos y perdimos la cabeza. Y, con respecto a esto último —añadió, considerando que aquella era la oportunidad perfecta para ilustrar su preocupación por la situación en la que se encontraba—, lo que pasó aquella noche en París es un buen ejemplo de lo que estoy intentando decir, ¿no?

—¿Por qué? —preguntó Jack con una enorme sonrisa—. ¿Porque demuestra que Pongo y tú sois capaces de comportaros como un par de estúpidos?

Denys emitió un sonido de impaciencia.

—Demuestra que allí donde va Lola se instala la anarquía.

—¿Pero por qué va a tener que ocurrir esto ahora? —preguntó Nick—. Sigo sin comprender por qué te parece una situación tan difícil.

—¿No lo entiendes? —Denys se volvió hacia Nick—. Si estuvieras tú en esta situación, ¿cómo lo verías? Y, lo más importante, ¿cómo lo vería Belinda? Tú también estuviste loco por Lola en una ocasión.

—Eso es diferente. Belinda es mi esposa. Tú no estás casado.

—Yo tampoco entiendo dónde está el problema —dijo James—. Lola es una mujer inteligente y, desde luego, sabe cómo moverse en un escenario. Henry se aseguró de que tuviera la cantidad de dinero suficiente como para afrontar cualquier pérdida en el caso de que alguna de las obras sea un fracaso. A mí me parce que es una socia más que adecuada para un teatro.

Denys esbozó una mueca, recordando que la descripción que le había hecho a Lola sobre sus cualidades había sido bastante menos que elogiosa.

—Supongo que tendrá algo que ofrecer —musitó.

—Una elegante concesión —dijo James—. Creo que será una socia fantástica. ¿Stuart? —añadió, volviéndose hacia el hombre que tenía a su lado.

—Lo que yo piense, lo que piense cualquiera de nosotros, no tiene ninguna importancia —señaló el duque—. Es Denys el que tiene que trabajar con ella y fue a él al que Lola abandonó por otro hombre.

Denys sintió un principio de alivio.

—Por fin alguien ve las cosas desde mi punto de vista. Gracias, Stuart.

—De nada. Pero tengo que decir que tus preocupaciones me parecen prematuras. ¿Por qué no esperas un poco para ver cómo funciona ese acuerdo antes de juzgarlo?

Denys consideró aquella posibilidad al tiempo que intentaba encontrar una manera de explicarse sin revelar sus propias vulnerabilidades.

—La situación es de lo más incómoda.

—Es lógico —admitió Stuart—. Pero me atrevo a decir que eso se pasará con el tiempo.

—Provocará todo tipo de rumores.

—Algo que, siendo tú un vizconde y al no ser Lola una dama, no afectará apenas a tu reputación, ni a la suya, por cierto. Lo peor que puede pasar es que la gente piense que has retomado tu relación con ella.

Alegrándose de que al menos hubiera alguien que comprendiera sus dificultades, Denys asintió.

—Exacto.

—Estás pensando en tu padre —apuntó James.

—Por supuesto que sí. Mi padre es un buen hombre, le tengo un gran aprecio. Pero también estoy pensando en mi madre, en Susan y en el resto de mi familia. Cuando la prensa sensacionalista se entere, este asunto será aireado y discutido *ad nauseam*. Correrán todo tipo de especulaciones absurdas sobre que Lola y yo hemos retomado nuestra aventura. Seremos la comidilla de la alta sociedad.

—Solo hasta que la gente se dé cuenta de que no hay nada de lo que hablar.

Denys pensó en el maldito beso que se habían dado en el despacho y resistió el impulso de cambiar de postura impulsado por la culpabilidad.

—Sí, claro —farfulló—, pero, hasta entonces, pondré a mi

familia en una situación lastimosa y complicada. Ya fue bastante difícil para ellos soportarlo la primera vez…

—¡Oh, por el amor de Dios! —le interrumpió Nick con un gemido—. Hiciste el ridículo por una mujer. Eso nos ha pasado a todos. ¿Cuándo vas a dejar de flagelarte por no haber sido siempre un hijo perfecto?

—Sé que a ti no te importan ese tipo de cosas, Nick —le espetó—. Renunciaste a ser el hijo perfecto de Landsdowne antes de que dejáramos de llevar pantalones cortos.

Nick sonrió imperturbable.

—Conoces a Landsdowne. Si tu padre fuera como él, ¿te importaría algo lo que pudiera pensar?

Denys suspiró.

—Supongo que no —admitió—. Pero no puedo tomarme a la ligera el efecto que ese tipo de rumores tendrá sobre mi familia. Me importan. Me importa cómo se sienten y también lo que puedan pensar. Y, en cualquier caso, no solo tengo que pensar en ellos. Está también Georgiana.

Los otros cuatro hombres se le quedaron mirando de hito en hito. Denys reaccionó a su sorpresa adoptando un aire despreocupado.

—Nos hemos estado viendo durante esta temporada. Bueno, como ya sabéis, ya tengo treinta y dos años —añadió, empujado por su silencio—. El tiempo pasa. Tengo que empezar a pensar en el futuro.

Jack soltó una carcajada y Denys se volvió hacia el hombre que estaba a su lado con el ceño fruncido.

—En serio, Jack, pareces encontrar mi situación de lo más divertida.

—Bueno… —comenzó a decir Jack.

Pero Denys le interrumpió.

—Todos tenemos títulos de nobleza y sabemos que tenemos la obligación de casarnos y hacer un buen matrimonio. Hasta tú lo has aceptado por fin.

—No lo habría hecho si Linnet no hubiera sido la esposa perfecta para mí.

Denys pensó en Georgiana, en su elegancia, su contención y su trabajo benéfico. En su reputación y su pasado intachables, en su refinada naturaleza y su feliz infancia.

—Y Georgiana sería la mujer perfecta para mí.

—Sin embargo, no tanto como para haberle propuesto matrimonio.

Denys frunció el ceño al enfrentarse a aquella irrefutable verdad.

—El que no lo haya hecho no significa... que no lo vaya a hacer. Lo estoy... considerando.

—Es probable que ya sea demasiado tarde. Conoces a Georgiana desde que nació. Si tiene la mitad de cerebro que creo, habrá renunciado a cualquier esperanza de casarse contigo hace siglos. Yo lo habría hecho.

Denys abrió la boca para soltar una respuesta ingeniosa sobre el cerebro de Jack, pero Nick no le dio oportunidad.

—Por supuesto, tanto Georgiana como tu familia comprenderán que este acuerdo con Lola es un acuerdo de negocios que te has visto forzado a aceptar. Tu aventura con Lola ya es historia y así se lo has asegurado a tu familia. Una vez le hayas explicado todo a Georgiana, no tendrías por qué tener más motivos de preocupación.

—En teoría, parece razonable —Denys bebió otro sorbo de oporto—. Pero me temo que, en realidad, no lo será tanto.

—¿Por qué? —quiso saber Nick—. ¿No confían en ti?

—Claro que confían en mí. Es solo que... —se interrumpió.

La brutal verdad le golpeó con fuerza en el pecho: no confiaba en sí mismo.

Aquella silenciosa admisión le enfadó hasta lo indecible y, cuando miró alrededor de la mesa, los rostros de sus amigos le indicaron que podría haberlo dicho en voz alta.

—¡Por el amor de Dios! —musitó—. Olvidémonos de este maldito asunto. No sé por qué se me ha ocurrido pensar siquiera que alguno de vosotros podría hacer alguna sugerencia que me ayudara.

—Nuestro trabajo no consiste en ayudarte —respondió Jack con alegría, dándole una palmada cariñosa en la espalda—. Somos tus amigos. Nuestro trabajo consiste en burlarnos de ti sin piedad, burlarnos de tu honesta y honorable naturaleza y avisarte cuando estás siendo un absoluto memo.

—Gracias, Jack —bebió un sorbo de oporto—. Ahora me siento mucho mejor.

Stuart habló antes de que Jack pudiera contestar.

—Si lo que quieres es un consejo, yo tengo uno —se interrumpió y se inclinó hacia delante en la silla—. Deja de darte golpes contra la pared.

Denys se tensó.

—Quieres decir que acepte lo inevitable. Algo muy fácil de decir, pero no tan fácil de hacer.

—Solo si no has superado lo que sentías por Lola.

Aquella era la clave. A lo largo de todos aquellos años, se había convencido a sí mismo de que había olvidado a Lola, pero aquel beso había disipado tal ilusión. No la había olvidado, no del todo, y no sabía si lo haría algún día.

Solo había una manera de averiguarlo.

De pronto, Denys supo lo que tenía que hacer. El tiempo y la distancia no habían acabado con su deseo por Lola, de modo que tomarse tantas molestias para evitarla no iba a servirle de nada. Trabajar con ella era la única manera de demostrar su determinación, de reafirmarse en sus decisiones y demostrarse a sí mismo que la aparición de Lola en su vida no representaba ninguna diferencia en absoluto.

No sería fácil. Tal y como estaban las cosas, tendría que poner en juego toda su fortaleza para poder estar en la misma habitación que ella sin desear besarla o retorcerle el cuello.

Pero con el tiempo y una buena dosis de fuerza de voluntad, seguramente lo superaría. Quizá, con aquella situación consiguiera lo que no habían logrado el tiempo y la distancia y terminara siendo inmune a sus encantos de una vez por todas.

—Tienes razón, Stuart. El cielo sabe que no fui yo el que decidió ser su socio, pero supongo que ahora no me queda más remedio que aceptarlo —se irguió en la silla—. Al fin y al cabo, cuando un hombre se encuentra en medio de un huracán, es mejor ser un junco que un roble.

—Un buen principio —aprobó Jack, alzando su copa—, y una analogía apta para Lola Valentine, que no es otra cosa que un endiablado huracán.

Denys no podía negarlo. Junco o roble, sabía que iba a tener que enfrentarse a un fuerte viento de cara durante los días que tenía por delante. Solo esperaba poder soportar la tormenta sin terminar destrozado otra vez.

Lola pensaba que, si de él dependía, Denys continuaría evitando reunirse con ella durante todo el mes de enero. Pero cuatro días después de haber ido a visitarle recibió una nota de su secretario en la que accedía a su petición y preguntaba si consideraría aceptable reunirse con él en su despacho al cabo de una semana y a las cinco de la tarde.

Tan inesperada capitulación por parte de Denys fue toda una sorpresa, pero, aunque tenía muy poco tiempo para prepararse, su determinación de probar su valía permaneció inalterable.

Ya había estado con el señor Lloyd Jamison, como pretendía, y, ya fuera por el éxito que había cosechado en Nueva York con Henry, por el papel que había jugado en el pasado de lord Somerton o por su nueva condición como socia del vizconde, el agente teatral se había mostrado encantado de aceptarla como clienta, a pesar de la negativa de Lola a considerar siquiera cualquier papel que implicara enseñar las piernas o cantar canciones picantes.

Por su parte, había descubierto que el señor Jamison era un hombre interesante y agradable y, aunque ella no tenía el menor deseo de contratar un agente, había aceptado que fuera él el que representara sus intereses como actriz. También había aprovechado la oportunidad para servirse del vasto conocimiento del señor Jamison sobre el teatro londinense.

Gracias a aquella entrevista y a los informes que le habían enviado del despacho de Denys, además de lo que había aprendido sobre las hojas de balance y los estadillos de pérdidas y ganancias con un contable que había contratado, Lola comprendía mucho mejor que antes los aspectos financieros del teatro en general y del Imperial en particular. Pero dos noches antes de la reunión con Denys todavía no se le había ocurrido una sola idea para incrementar las ganancias del Imperial.

Nunca le habían faltado las ideas. Había montado todo un espectáculo basándose en sus propias ideas. Sabía que, si le daban una oportunidad, podría introducir innovaciones en Shakespeare, pero, aunque confiaba en su instinto creativo, no podía esperar que Denys también lo hiciera. Él nunca estaría de acuerdo en situar *Los dos caballeros de Verona* en el Oeste americano, o en permitir que Catalina estuviera en el ajo cuando Petruchio hacía su famosa apuesta, a menos que pudiera convencerle de que la perspicacia que tenía para los negocios era tan sólida como su creatividad.

Lola dejó los últimos informes financieros del banco y se reclinó en la butaca, apoyándose en los brazos y clavando frustrada la mirada en los documentos que tenía extendidos a su alrededor en el suelo de la suite. Había albergado la esperanza de encontrar algún punto débil en la contabilidad del teatro que pudiera explotar, pero no parecía haber ninguno.

No, en lo relativo a debilidades, la única que podía ver era la suya. Cuando Denys la había abrazado y la había besado, ella se había rendido de forma vergonzosa. Y cada vez que recordaba aquellos apasionados momentos en su despacho, su cuerpo comenzaba a arder, pero no con la indignación que una mujer debería sentir en tales circunstancias. No, cuando recordaba la boca de Denys sobre la suya y sus brazos a su alrededor, sentía el fuego inconfundible del deseo.

Echó la cabeza hacia atrás y cerró los ojos. Los recuerdos fluyeron a borbotones en su mente, recuerdos de los apasionados besos que habían compartido, besos muy lejanos durante aquel breve y dichoso periodo de tiempo en el que se había permitido enamorarse, en el que había abierto su corazón, había entregado su cuerpo y había elegido creer en los cuentos de hadas.

Lola se irguió, dejando de lado el pasado y recordándose a sí misma que aquella era la vida real. Denys no solo la había besado, sino que había utilizado aquel beso como prueba de que no podían trabajar juntos y había despreciado sus capacidades. Si ella no encontraba la manera de cuestionar su criterio, si no conseguía que comenzara a verla como a una igual, como a una colega, en vez de como a una antigua amante, él demostraría que tenía razón y su sociedad estaría condenada a desaparecer.

Lola miró con el ceño fruncido los documentos que tenía a su alrededor, esforzándose en pensar. El Imperial obtenía considerables beneficios. Era un teatro con prestigio y dirigido de manera eficiente. Estando así las cosas, no parecía quedar mucho espacio para ninguna operación de mejora. Y cualquier intervención que pudiera incrementar los beneficios tendría que implicar alguna clase de cambio radical.

Cambio radical.

Algo se movió en su interior. Estaba relacionado con los documentos que tenía extendidos a sus pies, su entrevista con Jamison y un comentario casual que había hecho Kitty durante la cena. Repentinamente alerta, se esforzó en consolidar aquella vaga intuición y convertirla en una idea y, cuando lo consiguió, recibió un soplo de alegría y esperanza.

Rebuscó entre los papeles, sacó varios informes y extendió ante ella las hojas que había seleccionado para estudiarlas. Unos minutos de lenta lectura le confirmaron que su idea no solo funcionaría, sino que también podría suponer unos beneficios significativos para el Imperial. Solo había un problema.

Denys jamás estaría de acuerdo. Él nunca había sido un hombre de cambios radicales.

Aquel hecho irrefutable la desinfló, pero solo un instante. Su intención de demostrar que estaría a la altura como socia y su idea, debidamente presentada, le permitirían conseguir sus objetivos. No hacía falta que él estuviera de acuerdo en implementarla, pero le obligaría a admitir que estaba equivocado sobre su capacidad para aportar ideas relativas al negocio. Lola se permitió a sí misma unos segundos para saborear la dulzura de aquella posibilidad, después, tomó la pluma y alargó la mano para agarrar una hoja de papel en blanco. Todavía tenía mucho trabajo pendiente.

CAPÍTULO 11

Dos días después, gracias a otra sesión con el contable y tras haber contratado los servicios de un mecanógrafo en el Houghton's Secretarial Service, Lola llegó a la reunión con Denys preparada para dar la batalla. Tenía un sustancioso plan de negocios en su cartera y se sentía confiada, preparada y dispuesta a defender su idea y a luchar por ella. Ni siquiera estaba nerviosa.

Hasta que le vio.

Denys no estaba sentado detrás de su escritorio cuando entró en el despacho sino en un sofá tapizado en pelo de caballo situado al final de la habitación, tomando el té. Cuando dejó a un lado la taza y se levantó para recibirla, Lola advirtió con sorpresa que iba en mangas de camisa. Se había quitado la chaqueta y remangado la camisa. Aquel atuendo informal le hacía parecerse menos al despiadado hombre de negocios que esperaba y mucho más al Denys que ella conocía. La pilló tan de sorpresa que se detuvo bruscamente nada más entrar, tensando la mano alrededor del asa de la cartera de cuero.

—Buenas tardes —la saludó Denys, y miró tras ella—. Gracias, Dawson. Puede marcharse.

El secretario salió y Lola sintió un absurdo ataque de nerviosismo cuando oyó que la puerta se cerraba tras ella.

Denys señaló la bandeja que tenía a su lado.

—¿Te apetece un té?

Lola había llegado preparada para la batalla. No esperaba un té. Respiró hondo y comenzó a avanzar, pero con cada paso, aumentaba la sensación de incomodidad. Se detuvo de nuevo a varios metros de distancia.

Denys inclinó la cabeza y la miró con expresión de extrañeza.

—¿Ocurre algo?

—De verdad, Denys, ¿té?

—Bueno, estamos en Inglaterra, Lola. El té no es nada extraordinario.

—No, pero sí es algo... —se interrumpió para pensar en la palabra adecuada— inesperado.

—Me lo imagino —señaló el sofá que tenía tras él—. ¿Nos sentamos?

Lola miró el confortable sofá de cuero y la bandeja del té cargada de sándwiches y pasteles y cruzó su mente un poema que había aprendido de pequeña.

—«¿Quieres entrar en mi salón? Le dijo la araña a la mosca» —citó con ironía, devolviéndole la mirada mientras reemprendía el paso—. ¿Es eso?

Denys esbozó una fugaz sonrisa.

—Fuiste tú la que pidió entrar en este salón en particular —le recordó—. Pero no tienes por qué preocuparte. No muerdo.

—¿No? Pues me temo que me has engañado —adoptó una expresión de pesar mientras se sentaba y dejaba la cartera a sus pies—. Has estado enseñando los dientes desde que llegué a Londres.

—Sí, acerca de eso... —se interrumpió y se sentó a su lado—. Siempre me he enorgullecido de ser un caballero, pero, desde que has llegado, mi conducta ha sido de todo menos caballerosa. Y mis comentarios del otro día y mi conducta... —se detuvo y adoptó un gesto contrito—. Ambas fueron del todo inaceptables. Te pido disculpas.

Aquellas palabras deberían haberla tranquilizado, pero tuvieron el curioso efecto de aumentar su aprensión. Lola intentó sacudirse aquella sensación diciéndose que a caballo regalado no había que mirarle el diente.

—Disculpas aceptadas. ¿Entonces esto es una tregua?

—Eso espero. Y esa es la razón por la que pedí que nos reuniéramos a las cinco en punto.

Lola frunció el ceño, sin terminar de comprenderle.

—¿Qué tiene que ver la hora del día con todo esto?

—Los indios americanos fuman la pipa de la paz con sus enemigos cuando quieren simbolizar un acuerdo de paz, ¿no? Los británicos tomamos el té. Y hablando de té... —se inclinó hacia la bandeja que tenía al lado de su asiento—, si no recuerdo mal, lo tomabas con mucha azúcar. Y prefieres el limón a la leche.

Estupefacta, Lola clavó la mirada en su espalda mientras Denys añadía los ingredientes a la taza.

—Me parece increíble que te acuerdes de cómo tomo el té.

Denys se volvió, sosteniendo la taza con el plato y una servilleta.

—Claro que me acuerdo.

Aquellas palabras y la intensidad con las que las pronunció la dejaron petrificada. Cuando alzó la mirada, pudo ver en sus ojos oscuros una sombra del hombre y tierno y apasionado que había sido capaz de derrumbar todas sus defensas años atrás. Se le secó la garganta.

—¿Te apetece un sándwich? —preguntó Denys, rompiendo el hechizo, porque su voz había vuelto a ser fría y educada—. ¿O prefieres la tarta de nueces?

Lola aceptó la taza, esforzándose en recobrar la compostura mientras se colocaba la servilleta en el regazo.

—La tarta, por favor. ¿Qué pasa? —añadió al verle reír.

—No sé ni por qué lo he preguntado —contestó mientras partía una ración de la tarta glaseada que tenía en la bandeja. Le colocó un pedazo en un plato y se volvió hacia ella mientras se lo tendía—. Siempre te ha gustado el dulce.

Lola tomó el plato y, en el instante en el que lo hizo, afloró otro recuerdo de la infancia a su mente. Se vio sentada en la mesa de la cocina con el vestido de los domingos. La combinación de tul le arañaba las piernas y su madre estaba enfrente, con el servicio de té de porcelana china entre ellas. Recordó las palabras de su madre: «No, no, Charlotte. Has vuelto a olvidarte de quitarte los guantes. ¡Oh, Dios mío! Me temo que nunca aprenderás a hacerlo bien».

El calor incendió sus mejillas al percatarse de su error y miró a su alrededor, pero no tenía una mesa cerca en la que dejar la taza.

Denys se percató de su problema al instante.

—Déjame ayudarte —le dijo, y tomó la taza y el pastel.

—Gracias —farfulló mientras se quitaba los guantes con las mejillas ardiendo. Jamás le habían parecido tan acusadas las diferencias de clase entre ellos—. No estoy acostumbrada a la ceremonia del té —añadió, aunque se preguntaba por qué habría sentido la necesidad de excusarse—. Ni siquiera cuando vivía aquí terminé de pillarle el tranquillo.

Aquello le hizo reír y Lola frunció el ceño, de nuevo sorprendida.

—¿De qué te ríes?

—No me río de ti —se precipitó a asegurarle—. Es solo tu manera de hablar, esas expresiones tan americanas. «Pillarle el tranquillo», por ejemplo. Es encantador —se interrumpió y dejó de sonreír—. Lo había olvidado.

Lola temió ser ella la única que estaba siendo encantada en aquel despacho. ¡Maldita fuera! Ella había ido preparada para la pelea, no para aquello.

—¿Por qué te estás comportando así? —susurró dolida—. ¿Por qué estás siendo tan amable?

—¿Eso no es bueno?

Debería serlo, pero no lo era. Y aquel era el problema, un problema que había percibido en cuanto había cruzado la puerta del despacho. Desde que había decidido regresar, se había preparado para enfrentarse a un Denys enfadado y resentido. A un hombre así podía enfrentarse en cualquier momento. Pero, cuando Denys era amable, ella era mucho más vulnerable.

—Claro que es bueno —contestó, obligándose a imprimir una seguridad a su voz que no sentía en absoluto—. Pero me gustaría saber qué ha inspirado este giro tan radical por tu parte.

—Nada en especial. Estuve quejándome de la situación con mis amigos. ¿Te acuerdas de Stuart, Jack, Nick y James? El caso es —continuó cuando ella asintió— que estuve expresando mi punto de vista sobre nuestra sociedad.

—Y seguro que removiendo el pasado en el proceso.

La mirada irónica que Denys le dirigió le indicó que no se había equivocado en eso.

—Estoy convencido de que te complacerá saber que mis amigos encontraron muy gracioso mi dilema.

Lola no pudo evitar una sonrisa al oírlo.

—¿Ah, sí?

—Pues sí. Me hicieron saber que estaba siendo bastante idiota.

—¿Y cuál fue tu respuesta? ¿Les dijiste que se colgaran del árbol que tuvieran más cerca?

Denys apretó los labios.

—Pues la verdad es que no. Yo... —se interrumpió y alzó las manos en un gesto de rendición—, me vi obligado a mostrarme de acuerdo con ellos. Y contigo. Ninguno de nosotros quiere vender —siguió diciendo antes de que ella pudiera expresar su opinión ante aquel inesperado cambio de parecer—, de modo que trabajar juntos es la única alternativa viable.

—¿Crees que podrás?

—Tendré que hacerlo.

—¿No me...? —se interrumpió antes de formular la pregunta. No estaba muy segura de que quisiera oír la respuesta—. ¿Ya no me odias?

—Nunca te he odiado —desvió la mirada y respiró hondo—. A pesar de lo mucho que he deseado hacerlo. Y —siguió, desviando la mirada hacia su rostro—, al intentar decidir lo que iba a hacer, me di cuenta de que estar resentido contigo, de que luchar contra ti, ya fuera por nuestro pasado como amantes o por nuestro futuro como socios, es un ejercicio inútil. Lo único que hay que hacer es aceptar la situación y aprender a vivir con ella.

Era justo lo que ella había esperado y, sin embargo, no conseguía tranquilizarla lo más mínimo.

—¿Estás seguro de que es así como quieres hacerlo? —le preguntó—. ¿No preferirías sacarme la piel a tiras?

—Una idea interesante —bajó los párpados y abrió de nuevo los ojos—. ¿Quieres que empiece por alguna parte de tu cuerpo en particular?

El corazón de Lola le dio un golpe en las costillas y la taza tintineó en el plato.

Desconsolada por tan obvia exhibición de nerviosismo, alzó la taza y bebió el resto del té de un trago, pero, aunque estaba dulce, fuerte y caliente, no se sintió fortificada por él. Al contrario, estaba tan nerviosa como un potro.

Tenía sentado a su lado al hombre que recordaba desde hacía tantos años, el único hombre que le había hecho romper la norma de mantener a sus admiradores a distancia. El hombre capaz de hacer que se le debilitaran las rodillas y le diera vueltas la cabeza con un beso, el hombre cuya ternura había ablandado la dura armadura de cinismo con la que se protegía, el hombre del que se había enamorado. Y aquel había sido su gran error.

Posó la mirada en su boca y el beso que habían compartido una semana atrás regresó con repentina vitalidad a su mente. Sintió un cosquilleo en los labios. Su cuerpo se cubrió de un cálido rubor y el corazón comenzó a palpitarle en el pecho con tanta fuerza que cuando Denys habló tuvo que esforzarse para oír lo que estaba diciendo.

—¿Quieres más té?

Lola se tensó en la silla.

—No, gracias. Preferiría que habláramos de negocios.

Esbozó una mueca al advertir la aspereza de su voz, consciente de lo maleducada que debía de parecer a la luz de su hospitalidad, pero no sabía cuánta dosis de aquel Denys amable podía soportar en un solo día.

—Siento meterte prisa —añadió, empujando la taza mientras se devanaba los sesos desesperada por encontrar una razón verosímil para apresurarle y poder salir pronto de allí—. Es que… tengo planes para esta noche.

Denys tomó la taza y el plato de la mano extendida de Lola.

—Por supuesto. Supongo que irás al teatro —aventuró, volviéndose para dejar la taza de té—. ¿O a la ópera, quizá?

Solo tenía un segundo para decidirse. Cualquier vacilación haría sospechar que era mentira.

—A la ópera. Por cierto —se precipitó a añadir antes de que pudiera preguntarle qué representaban en el Covent Garden aquella noche—, recibí los informes financieros de tu despacho. Gracias por enviármelos.

—No tienes por qué dármelas —contestó.

Para alivio de Lola, habló en un tono enérgico y profesional, sin expresar mayor curiosidad por los planes que tenía para la velada.

—¿Deseas preguntarme algo más sobre la situación de las finanzas del Imperial?

—No, parece que todo está en orden. Tengo muchas preguntas que hacer, por supuesto, pero creo que podemos dejarlas para otro día. Hay otro tema del que me gustaría hablar contigo. Creo que es importante.

—Por supuesto.

Denys se apoyó en el brazo del sofá y, por primera vez desde que Lola había vuelto a entrar en su vida, se mostró dispuesto a escuchar. Lola no podía prever cuánto duraría aquella voluntad de cooperar, por supuesto, pero sabía que aquella quizá fuera su única oportunidad de demostrar su valía como socia.

Tomó aire.

—El otro día me preguntaste que qué podía aportar a nuestra sociedad. Me gustaría utilizar esta reunión para contestar a esa pregunta.

Una sombra de arrepentimiento cruzó el rostro de Denys.

—Me gustaría pedirte que olvidaras lo que dije. Estaba frustrado y me dejé llevar por el enfado.

—Pero lo dijiste en serio. No pasa nada —añadió antes de que pudiera responder—. Era una pregunta justa. Soy consciente de que, en circunstancias normales, jamás te habrías planteado la posibilidad de compartir un negocio conmigo y, ciertamente, tampoco tu padre. Pero, aunque no tengo ni la experiencia ni los contactos de Henry y sé que todavía me queda mucho por aprender sobre este negocio, tengo una de las cosas sobre las que me preguntaste.

Alargó la mano hacia la cartera que tenía a su lado, sacó la propuesta en la que llevaba dos días trabajando y se la tendió.

—¿Qué es esto? —preguntó Denys mientras la tomaba.

—Una propuesta para conseguir que el Imperial sea más rentable.

Sirviéndose del pulgar, Denys fue revisando aquel fajo de documentos recopilados con gran esmero.

—Has trabajado mucho —dijo despacio.

Hubo algo en su voz que Lola no fue capaz de definir. Desazón, quizá, o sorpresa. Pero, cuando alzó los ojos hacia ella, su mirada era atenta, como si estuviera analizándola. Lola solo esperaba que aquello significara que estaba comenzando a verla desde una perspectiva diferente.

—No me esperaba esto. Estoy... —se interrumpió y rio un poco, como si estuviera cambiando su opinión sobre ella—. Estoy impresionado, Lola, lo admito.

El orgullo y un dulce sentimiento de satisfacción crecieron dentro de ella, pero Denys no le dio tiempo de disfrutarlo.

—Por desgracia —añadió mientras dejaba el fajo de documentos en la mesa, al lado de la bandeja del té—, hoy no tenemos tiempo para una conversación en profundidad. Solo había asignado una hora para esta reunión porque, al igual que tú, yo también voy a la ópera. Sin embargo, a diferencia de ti, yo tengo que ir hasta el otro extremo de la ciudad para cambiarme.

Lola le miró desconcertada.

—¿Vas al Covent Garden?

—Sí. Siento no poder dedicarle más tiempo a nuestra reunión, pero todas las decisiones relativas a esta temporada ya están tomadas. No imaginaba que desearías plantear una propuesta y, menos aún, tan compleja como lo parece esta.

—Lo entiendo.

Denys debió de advertir su desilusión, porque se movió incómodo en su asiento y miró el reloj.

—Supongo que todavía me queda algo de tiempo antes de volver a West End. ¿Por qué no me ofreces una visión global de tu propuesta? Leeré los detalles más adelante y podremos hablar sobre ellos en la próxima reunión.

—Por supuesto —Lola tomó aire y decidió arriesgarse—. Si de verdad queremos aumentar los beneficios del teatro, lo que deberíamos hacer es alargar las actuaciones de la compañía, alargar la temporada y convertir el Imperial en un teatro de repertorio.

Denys parpadeó. Parecía sorprendido y Lola temió que fuera a decirle que había perdido el juicio. Pero no lo hizo. Permaneció en silencio tanto tiempo que Lola no alcanzaba a imaginar qué podía estar pensando.

—¡Por el amor de Dios, Denys, di algo!

Denys sacudió la cabeza como si Lola acabara de noquearle.

—No sé qué decir. Acabas de presentarte ante mí con una idea muy valiosa.

Lola estaba tan aliviada porque no se había burlado de ella ni había despreciado la idea calificándola de ridícula que no pudo evitar bromear.

—No hace falta que parezcas tan sorprendido —le dijo, haciendo una mueca—. A veces tengo ideas buenas.

Denys inclinó la cabeza y la miró con atención.

—Te tomaste muy en serio mis dudas, ¿verdad?

—Me las tomé como un desafío.

—Sigo olvidándome de que a ti los desafíos no te detienen. Solo sirven para espolearte.

Parecía pesaroso y Lola sonrió de oreja a oreja.

—En ese sentido puedo llegar a ser hasta irritante. ¿Entonces crees que mi idea podría funcionar?

—Podría. De hecho, yo mismo he considerado esa posibilidad. Pero hay ciertas dificultades.

Se interrumpió y se inclinó hacia delante, como si estuviera deseando analizar más a fondo el tema, pero, cuando apoyó los antebrazos en las rodillas, rozó con sus manos entrelazadas el muslo de Lola. Ella se apartó ante aquel contacto con un movimiento reflejo que lanzó el plato con la porción de tarta fuera de su regazo. El plato aterrizó sobre la alfombra con un golpe sordo y, por supuesto, la tarta cayó del lado glaseado.

Lola esbozó una mueca.

—Lo siento, ha sido una torpeza por mi parte.

Se inclinó hacia delante, pero en el momento en el que alcanzó el plato y el dulce, también Denys se inclinó y cerró la mano sobre la suya para detenerla.

—No pasa nada —le dijo con una extraña violencia en la voz—. Déjalo.

Lola le miró a los ojos, petrificada, mientras el contacto de su mano parecía irradiar calor a todo su cuerpo, desde la columna vertebral hasta las puntas de los pies pasando por cada una de las yemas de los dedos y lo más alto de su cabeza. Le miró con impotencia mientras el calor se arremolinaba en su vientre convertido en deseo. Él también lo sentía. Lola lo veía en sus ojos.

«¡Ay, no!», pensó. «¡No, no, no! Apártate, Lola».

Pero no se movió.

Denys le acarició con el pulgar el dorso de la muñeca y ella recordó su último beso, y otros muchos besos anteriores, y recordó lo que había sido ser su amante. Un mes atrás tenía miedo de que aquella sociedad no funcionara por lo mucho que Denys la odiaba, pero, en aquel momento, temía que no pudiera funcionar porque no parecía odiarla en absoluto.

—Junco —musitó Denys para sí, y la soltó—, no roble.

Lola frunció el ceño, sin estar muy segura de si había oído bien. Estaba tan aturdida que no era capaz de comprender qué tenían que ver los juncos y los robles con nada de aquello.

—¿Perdón?

—Nada —Denys se frotó la cara y miró el reloj—. Vamos mal de tiempo.

—Sí, por supuesto.

Lola se levantó de un salto, aliviada y feliz de poder poner fin a aquella reunión antes de terminar cometiendo alguna estupidez.

Él también se levantó, pero, curiosamente, ninguno de ellos se movió. Denys ya no la tocaba, pero podría haber estado haciéndolo, porque Lola continuaba sintiendo la presión de la palma de su mano sobre el dorso de la suya.

—Espero que disfrutes de la ópera esta noche.

¿La ópera? Por un instante, Lola se le quedó mirando desconcertada, hasta que se acordó.

—¡Ah, sí, la ópera! —exclamó con una risa forzada—. Por supuesto.

Denys frunció el ceño y escrutó su rostro con excesiva atención para la paz mental de Lola, pero cuando habló, su voz sonó de lo más natural.

—¿Has estado alguna vez en la ópera?

«Contigo, no».

Lola estuvo a punto de decirlo en voz alta, pero se reprimió a tiempo. Era cierto que Denys no la había llevado nunca a la ópera, ni al teatro, ni a ningún otro lugar en el que su familia o sus amigos pudieran verlos juntos, pero no tenía sentido sacarlo a relucir en aquel momento.

«Ya no importa», se dijo a sí misma. Pero no era cierto. Importaba. Incluso después de tantos años, seguía importando. Y dolía.

Sintió frío de pronto y, temiendo que Denys se hubiera dado cuenta, se obligó a fingir una sonrisa.

—Claro que he estado en la ópera. Ya sé que América todavía es un país muy primitivo, Denys —añadió, adoptando un tono de voz tan frívolo como pudo—, pero allí también tenemos ópera, ¿sabes?

Denys sonrió, respondiendo a su broma.

—No hace falta que saltes en defensa de tu país, Lola. No quería parecer pretencioso. Sé que tenéis ópera porque, cuando estuve allí hace dos años, fui a un concierto. En el Metropolitan.

—Sí, me enteré de que estabas en Nueva York.

Quiso tragarse aquellas palabras en cuanto salieron de su boca, porque Denys iba a pensar que había estado pendiente de todo lo que hacía y no había sido así, realmente no.

—Recuerdo que Jack estaba viviendo allí en esa época. No llegué a verle nunca —añadió al instante—, pero solía ver su nombre en las columnas de sociedad. Y también vi el tuyo, por supuesto. El tuyo, el de James, el de Nick y el de ese miembro de la alta sociedad neoyorquina que os defraudó. Lo publicaron todo en los periódicos, así que no pude evitar enterarme.

Se interrumpió, consciente de que aquellas explicaciones, del todo innecesarias, solo estaban confirmando el miedo que tenía a lo que Denys pudiera pensar. Esperando poder escapar de una vez por todas, agarró los guantes y se agachó a por su cartera.

—Espero que tu familia y tú disfrutéis esta noche.

—No voy a ir con mi familia —se interrumpió para tomar aire—. Voy a ir con... otra persona.

Una persona que era una mujer. Su vacilación lo había dejado claro y Lola fue de pronto asaltada por un nuevo y diferente dolor, el dolor vertiginoso y punzante de los celos.

Intentó sofocarlo inmediatamente, porque no tenía derecho. No tenía ningún derecho en absoluto. Siempre había sabido que no tenía derecho a Denys. Siempre había sido consciente de la enorme diferencia de clase que había entre ellos. Al final, le había dejado por eso. No tenía por qué sentir celos en aquel momento.

Y tampoco podía culparle por la acompañante que había elegido. A diferencia de ella, lady Georgiana había nacido y crecido en el mundo en el que él se desenvolvía, era justo la clase de mujer que Lola había esperado que encontrara cuando se había marchado, la clase de mujer que podía sentarse a su lado en la ópera sin que su presencia supusiera una bofetada en el rostro para su familia. Se alegraba por él. Se alegraba, sí, maldita fuera.

Se dirigió hasta la puerta sin perder la sonrisa.

—Espero que os divirtáis.

—Gracias —contestó Denys mientras la acompañaba—. ¿Te veré paseando con tu acompañante en el vestíbulo durante el intermedio?

Lola se alarmó al oírle.

—¡Ah! Pero seguro que tú y tu amiga no querréis bajar a por ningún refrigerio. Los puestos están siempre abarrotados y las colas son larguísimas.

—Es cierto, pero me gusta estirar las piernas durante el intermedio. Y a mi amiga le entretiene pasear por el vestíbulo.

—Así que a tu amiga le gusta pasear, ¿eh?

Aquella pregunta formulada en tono mordaz salió de sus labios antes de que pudiera hacer nada para impedirlo y al instante deseó haberse mordido la lengua.

—Pues sí —contestó mirándola con demasiada atención como para que pudiera permanecer tranquila. Cuando comenzó a sonreír, Lola sintió un intenso calor en las mejillas y se supo tan transparente como el cristal. Maldiciendo aquella condenada inclinación a los celos, se obligó una vez más a alejarlos mientras él continuaba explicando:

—Disfruta viendo quién es quién, los vestidos que llevan las damas... ese tipo de cosas. Yo pensaba que a todas las mujeres les gustaba, ¿a ti no?

—No —respondió con firmeza—. A mí no me gusta pasearme por el vestíbulo. Prefiero quedarme en mi asiento.

—Ya veo.

Se adelantó para abrirle la puerta y Lola suspiró aliviada al saber que por fin podía escapar. Sin embargo, el alivio demostró ser prematuro, porque Denys se detuvo con la puerta a medio abrir.

—Espero entonces que estés en un palco. Así podrás pedir que te lleven un refrigerio.

Lola tuvo que reprimir un suspiro de exasperación. Se le

había ocurrido decir una mentira inofensiva y de pronto se veía envuelta en toda una maraña de falsedades.

—No, no —contestó—. Un palco es demasiado grande. Estaremos en la platea. Ya sabes —añadió, forzando una risa—, donde se sientan los plebeyos.

Denys no rio con ella. Al contrario, su sonrisa se desvaneció e inclinó la cabeza para escrutarla con la mirada.

—Siempre te molestó mucho nuestra diferencia de clase —musitó

—¿Ah, sí? —su propia sonrisa flaqueó a pesar de los esfuerzos que estaba haciendo para mantenerla—. ¿No será que, sencillamente, yo tenía una visión mucho más realista de cuál era mi lugar en el mundo?

No esperó a que Denys contestara.

—Gracias, Denys —le tendió la mano—. Sé que no tenías ganas ni de asistir a esta reunión ni de llegar a ningún acuerdo.

—No —admitió. Le estrechó la mano y, con la propiedad debida, se la soltó—. Pero intentaré llevarme bien contigo. Aprecio el esfuerzo que has hecho para demostrar tus capacidades como socia y estoy interesado en oír tu propuesta.

—¿No lo dices solo para tranquilizarme y quitarme del medio?

—Todo lo contrario. Como ya te he dicho, has hecho una propuesta que yo mismo había considerado. Podremos hablar de ella en profundidad la semana que viene. Espero verte a ti y a tu acompañante esta noche —inclinó la cabeza—, pero si no espero que disfrutes de la velada.

Y, tras aquella formal despedida, se apartó para dejarla salir. En cuanto Lola cruzó el umbral, Denys cerró la puerta tras ella, dejándola desconcertada por aquel cambio de actitud, perpleja por su renovado espíritu de amistosa cooperación y exasperada consigo misma por haber cometido tamaña insensatez.

¿Por qué se le habría ocurrido decirle que iba a ir a la ópera? Denys adoraba la ópera. Debería haberse acordado y haber elegido el teatro en cambio. En cualquier caso, el mal ya estaba hecho.

Tendría que acarrear con las consecuencias. Durante las actuaciones en el Covent Garden siempre encendían las luces para que la gente de postín pudiera ver y ser vista. Si Denys la buscaba entre el público y descubría que no estaba allí, podría llegar a la conclusión de que los celos le habían impedido ir y aquella era una posibilidad demasiado humillante como para contemplarla siquiera. Y, además, si ambos aparecían en público con otros acompañantes, podrían disipar los rumores que Kitty habría predicho despertaría su presencia.

Con aquella, quizá en excesivo optimista, posibilidad en mente, Lola se colocó la cartera bajo el brazo, se puso los guantes y puso su mente a trabajar.

Si pensaba ir al Covent Garden era evidente que necesitaba un acompañante y si, asistiendo a la ópera, quería acallar cualquier posible rumor sobre Denys y ella su acompañante tendría que ser un hombre. Pero, cuando repasó el número de hombres solteros a los que conocía lo bastante bien como para semejante invitación, comprendió que no iba a ser fácil encontrar quien la acompañara. Conocía a muy poca gente en Londres, aunque, si hubiera estado en Nueva York, el problema habría sido idéntico. A ambos lados del Atlántico había vivido como una monja.

Lola fijó la mirada en los paneles de la puerta cerrada mientras pensaba frenéticamente. ¿Qué tal James? Era posible que estuviera en Londres, estaba soltero y, desde luego, le conocía lo suficiente como para invitarle a la ópera. Pero en cuanto pensó en él supo que no podía pedírselo. No podía aparecer en Londres con uno de los amigos de Denys, aunque en otro tiempo también hubiera sido amigo suyo. No estaría bien. Pero no había nadie más. Absolutamente nadie.

Podría insistir en que había ido, incluso en el caso de que Denys comentara que la había estado buscando y no la había localizado. Pero, aun así, él no dudaría en preguntarle si a su acompañante y a ella les había gustado la actuación. Quizá incluso le preguntara por ella, y eso implicaría inventar más mentiras y, la verdad, no quería tener que mentir a Denys sobre algo tan inocuo.

—¿Señorita Valentine?

Aquella voz la sacó de sus contemplaciones. Se volvió y encontró al señor Dawson tras su escritorio, observándola con cierta perplejidad, y comprendió que debía de llevar un buen rato intentando decidirse.

—¿Puedo ayudarla en algo? —se ofreció el secretario.

Lola recorrió rápidamente con la mirada a aquel joven secretario de pelo rubio que de pronto pareció la respuesta a sus ruegos.

—Pues sí, señor Dawson, creo que sí. Dígame... —se interrumpió para dirigirle la más atractiva de sus sonrisas—, ¿le gusta la ópera?

CAPÍTULO 12

Si inclinarse como un junco al viento era la estrategia para sobrevivir a la tormenta que era Lola Valentine, Denys sabía que iba a tener que ser muy flexible durante los días que tenía por delante.

Su reunión había sido un necesario primer paso y, por suerte, no había sido tan tortuosa como había previsto. Habían tomado el té, habían hablado de negocios, habían mantenido una conversación ligera durante casi una hora y la idea de hacer el amor con ella en el sofá solo se le había pasado tres veces por la cabeza. Teniendo todas las circunstancias en cuenta, no era demasiado.

Aun así, por flexible que estuviera dispuesto a ser con respecto a Lola, había una sola norma a la que sabía tendría que ceñirse en todo momento: no podía tocarla.

Ningún caballero tendría por qué encontrar difícil aquella máxima en particular, pensó desazonado mientras se sentaba en su asiento de la Royal Opera House. Pero cuando, de manera inconsciente, había puesto la mano sobre la de Lola aquella tarde, el efecto que había tenido en su cuerpo había sido instantáneo y había estado a punto de destrozar su capacidad de control antes de que pudiera siquiera demostrar que tenía alguna. Tocar la mano desnuda de una mujer soltera era una de aquellas cosas que un caballero, simplemente, no hacía, pero con Lola todas las normas de conducta con las que había sido educado no parecían tener la menor importancia.

Como si fuera una prueba de su escasa capacidad de contención, Denys comprendió de pronto que ya no estaba enfocando con los binoculares el escenario sino los asientos que tenía debajo. Había comenzado a buscar a Lola sin ser siquiera consciente de ello.

«Así que a tu amiga le gusta pasear, ¿eh?».

La pregunta y el tono quisquilloso de su voz al formularla volvieron a él y no pudo evitar sentir cierta satisfacción al apreciar su causa.

Estaba celosa.

Ensanchó la sonrisa mientras saboreaba aquel giro inesperado de la situación. Durante su enamoramiento juvenil, había estado paseando fuera del camerino del Théâtre Latin incontables veces, al igual que otros muchos de sus admiradores, y había estado a punto de volverse loco preguntándose si alguna vez permitiría cruzar la puerta a alguno de ellos. Cada vez que había vuelto a París, había visto los rostros arrebatados de sus amigos mientras la veían bailar o la escuchaban hablar. Diablos, Henry se la había robado delante de sus propias narices. En lo que se refería a Lola, los celos eran un sentimiento que había experimentado en muchas ocasiones.

De modo que la idea de que se hubieran girado las tornas le resultaba muy dulce de contemplar.

No había ningún motivo para que Lola estuviera celosa, por supuesto, al menos, aquella noche en particular. Bajó los binoculares y desvió la mirada hacia su acompañante. No había ninguna duda de que Belinda, la marquesa de Trubridge, era una mujer muy bella, pero también era la esposa del mejor amigo de Denys.

Sin embargo, Lola, que nunca la había visto, no lo sabría, y lamentó que hubiera declarado su intención de permanecer en su asiento. Aun así, quizá fuera lo mejor.

Alzó de nuevo los binoculares, pero la visión de los binoculares fue reemplazada casi al instante por la imagen mental que tenía del rostro de Lola, alzando la barbilla orgullosa y con las mejillas ardiendo. ¿Lola celosa? Todavía le resultaba difícil de creer, pero aun así...

Incapaz de resistir la atracción, volvió a bajar los binoculares y comenzó a estudiar los asientos de platea. Solo había revisado dos filas cuando la vio en uno de los asientos, poniendo a prueba su teoría.

Desde aquel ángulo no podía ver gran cosa porque estaba mucho más alto y casi justo detrás de ella. Pero una mirada a aquel pelo castaño rojizo recogido en lo alto de la cabeza, a la piel pálida y cremosa de su cuello que asomaba por la pronunciada espalda en uve del vestido de noche bastó para confirmar su identidad. Su cuerpo, el muy traidor, respondió al instante, excitándose, una prueba más para su nueva resolución.

Se esforzó en reprimir su deseo. No intentó negar su existencia porque no tenía sentido. En cambio, luchó para encontrar un equilibrio dentro de su deseo, sabiendo que aquella era la única manea de dominarlo.

Lola estaba de cara al escenario, no miraba a su alrededor, pero, incluso en el caso de que así hubiera sido, habría tenido que girar por completo en el asiento y estirar el cuello para poder verle con un muy poco sutil movimiento que le habría hecho llamar la atención. Denys, sintiéndose seguro por ello, decidió poner su resolución a prueba, pero bastaron unos segundos para comprender que iba a ser una dulce agonía.

Su cabello rojo oscuro resplandecía como un fuego incandescente bajo las lámparas de araña, despertando un intenso calor en su interior. La piel de Lola contra la tela rosa oscuro del vestido era como la nata y evocaba en su recuerdo la textura del terciopelo.

—¿Estás buscando a alguien?

La voz de Belinda se filtró en sus pensamientos y Denys se vio obligado a bajar los binoculares y prestar atención a su acompañante. Lo hizo despacio, dándose tiempo para adoptar una expresión de indiferencia, porque Belinda tenía unos ojos muy astutos y una afinada intuición.

—No —contestó.

Se alegraba de que su pregunta le permitiera contestar con sinceridad. Ya había encontrado a la persona que había estado buscando.

Belinda mantuvo la mirada firme y la expresión impasible.

—Muy sensato por tu parte —le dijo—. Hay demasiada gente pendiente de los otros en la ópera, ¿no te parece? Y yo diría que, en este momento, estás siendo objeto de muchos escrutinios y chismorreos.

—Es cierto.

Decidiendo atender a aquella delicada indirecta, apuntó hacia el escenario, pero, solo unos segundos después, tuvo lugar el intermedio y no pudo resistirse a regresar a la platea.

Le resultó fácil volver a localizarla. En medio de aquellos caballeros con chaquetas oscuras, matronas vestidas de terciopelo azul marino y debutantes con colores pastel, era como un pájaro exótico entre cuervos, palomas y gorriones. En cuanto a su acompañante…

Denys desvió la mirada justo en el momento en el que el hombre rubio que estaba al lado de Lola volvió la cabeza para decirle algo, un movimiento con el que reveló un perfil que Denys conocía muy bien. Se reclinó en el asiento en estado de shock, incapaz de creer lo que veían sus ojos.

¿Dawson? ¿Con todos los hombres que había en Londres Lola tenía que estar socializando con su secretario?

Le golpearon una miríada de emociones, una tras otra.

Enfado, celos, frustración, dolor... Cada golpe era como una descarga eléctrica que arrasó con la razón, la propiedad y la contención. Ya no era un junco inclinándose en la tormenta. Era un roble fulminado por un rayo y resquebrajándose desde el corazón del tronco.

De todos los hombres de Londres a los que podía haber seleccionado tenía que haber elegido a uno al que Denys conocía, un hombre con el que trabajaba y al que apreciaba. Se repetía lo que había pasado con Henry. ¡Maldita fuera! ¿No podía tener al menos la decencia de hacer buenas migas con alguien a quien él no conociera?

Les observó mientras la pareja se levantaba y se unía a la multitud que se dirigía hacia las salidas, desmintiendo su declaración de que prefería quedarse sentada durante los intermedios.

Les siguió hasta las puertas y, en el momento en el que desaparecieron de su vista, bajó los binoculares y se levantó.

—Creo que voy a estirar un poco las piernas —anunció mientras dejaba los binoculares con meticuloso cuidado sobre la mesita que había entre ellos.

—¿Te parece...? —Belinda se interrumpió e inclinó la cabeza para mirarle a los ojos con expresión seria—. ¿Te parece sensato?

Denys se encontraba en un estado mental en el que nada podía disuadirlo.

—No —contestó.

Y, tras aquella tensa admisión, abandonó el palco. No era sensato en absoluto, pero pensaba hacerlo de todas formas. Porque ya era demasiado tarde como para inclinarse como un junco en el viento.

Invitar al señor Dawson podía haber sido un acto de pura desesperación por su parte, pero, mientras le observaba abriéndose camino hacia ella entre la multitud después de haberle conseguido una copa de champán, Lola se alegró de que las cosas se hubieran resuelto de aquella manera. El secretario de Denys era un hombre inteligente, considerado y una muy agradable compañía.

Se había mostrado un poco reacio a aceptar su invitación. Había expresado su preocupación porque a su jefe no le gustara, pero Lola esperaba que Denys se sintiera aliviado por el hecho de que estuviera frecuentando a alguien. Al fin y al cabo, si la veían por la ciudad con un hombre mucho más cercano a su clase, sus círculos descartarían la idea de que Denys y ella estaban retomando su aventura. Las probabilidades eran mínimas, eso era cierto, pero Lola siempre había sido una optimista. Siempre había elegido esperar lo mejor.

—Ya estoy aquí —dijo el señor Dawson, deteniéndose ante ella.

Le mostró sendas copas de coñac y champán con una inclinación de cabeza.

—Gracias —contestó Lola mientras aceptaba la copa—. Ha sido muy galante al enfrentarse a toda esa cola por mí.

—En absoluto. Ha sido un placer —miró a su alrededor—. El teatro está muy concurrido esta noche, ¿verdad?

A Lola no le pasó desapercibida la ansiedad de su mirada.

—No debe preocuparse. Esto no le va a causar ningún problema, se lo prometo.

—Incluso en el caso de que perdiera mi trabajo —respondió Dawson, mirándola de nuevo—, merecería la pena.

¡Ay, Dios!, pensó Lola, advirtiendo con desazón la admiración de su mirada. De pronto, el hecho de que el secretario hubiera aceptado su invitación le pareció, más que un golpe de suerte, un serio problema. Y cuando miró por encima del hombro del señor Dawson, la imagen de la alta figura de Denys en el otro extremo de la habitación le confirmó su teoría, porque este no parecía aliviado en lo más mínimo.

Parecía furioso. Aunque él no tenía ningún derecho a dictar dónde y con quién iba, mientras le observaba caminar hacia ellos a paso decidido y con expresión sombría, decidió que era preferible evitar recordarle aquel hecho en particular.

—¿Le gustaría ir detrás del escenario? —preguntó.

Agarró al secretario del brazo y, dando a la espalda a Denys, se dirigió con él hacia un pasillo cercano.

—Me encantaría, señorita Valentine —contestó, siguiendo el ritmo de sus precipitados pasos mientras ella caminaba a grandes zancadas por el pasillo—. ¿Pero nos lo permitirán?

—Claro que sí —contestó, cruzando los dedos para encontrarse con algún conocido en medio de todos los tramoyistas que revoloteaban por allí que les permitiera entrar—, pero tendremos que darnos prisa —añadió, acelerando el paso todavía más.

Tiró de él para doblar una esquina y escapar por otro pasillo. Sin embargo, unos segundos después, cuando oyó la voz de Denys tras ella, supo que no habían sido suficientemente rápidos.

—¿Señorita Valentine? —la llamó.

Y, aunque Lola tuvo ganas de ignorarle, su tono incisivo hizo que su acompañante se detuviera, obligándola a pararse también a ella.

Pero Lola no iba a permitir que Dawson recibiera una reprimenda por haber aceptado su invitación, así que dio media vuelta y se precipitó a hablar.

—Vaya, es lord Somerton —dijo alegremente, intentando parecer sorprendida—. Buenas noches, milord. ¿Qué hace usted perdido por los pasillos del Covent Garden?

—Necesito hablar con usted, señorita Valentine. Es importante. ¿Dawson? —añadió antes de que ella pudiera poner alguna objeción—, ¿nos perdona, por favor?

El joven vaciló un instante y miró a Lola, que asintió, dando su consentimiento. La expresión implacable de Denys le indicó que no había escapatoria. Por lo menos, de aquella manera, le evitaría problemas a Dawson.

—Buenas noches, señor —dijo el secretario, inclinando la cabeza—. Señorita Valentine.

Denys esperó a que Dawson cruzara el pasillo y doblara la esquina antes de volver a dirigirse a ella.

—¿Qué demonios crees que estás haciendo?

Aunque hablaba con calma, sus ojos oscuros traslucían enfado, dejando claro que habían destruido todos los progresos que habían hecho aquella tarde hacia una tregua permanente. ¿Pero por qué? Él sabía que pensaba ir a la ópera aquella noche. Seguramente, sabía que no iría sola. Y, además, podía haberse quedado en su palco. Pero, en cambio, había decidido ir a buscarla. ¿Por qué?

Fuera cual fuera la razón, un Denys enfadado no era alguien a quien pudiera tomarse a la ligera. Al igual que todos los hombres buenos, cuando perdía la calma, lo hacía a conciencia.

—No deberías estar hablando conmigo —señaló, esperando atemperar su enfado recordándole la necesidad de una conducta adecuada—. Si alguien de tu círculo descubre que nos has seguido hasta aquí, la noticia aparecerá en la prensa en un abrir y cerrar de ojos.

Denys tensó los labios, mostrando así que era consciente de ello, pero, si Lola esperaba que aquello le llevara a marcharse, aquella esperanza no tardó en desvanecerse.

—No puedes pasearte con Londres con mi secretario. Es sumamente inadecuado.

—Dawson me dijo que no te iba a gustar y veo que tenía razón. Pero, de verdad, Denys, ¿por qué te importa tanto?

—Es comprensible que tú te saltes las normas —continuó él sin responder a su pregunta—. Pero Dawson no tiene ninguna excusa.

—¿Qué norma me he saltado? ¿La que dice que una mujer soltera no puede salir con un hombre sin carabina? Es muy amable por tu parte preocuparte por mi reputación —añadió, aunque estaba convencida de que lo último que tenía Denys en aquel momento en la cabeza era su consideración hacia ella—, pero no es necesario. En cuanto al señor Dawson, no debes censurarle por su conducta. No puedo venir sola a la ópera. Ni siquiera yo me atrevería a desafiar a la alta sociedad hasta ese punto. Por eso le pedí al señor Dawson que me acompañara. Como te he dicho, el me advirtió que no iba a gustarte, pero, aun así, conseguí convencerle de que lo hiciera. La única culpable de esto soy yo.

Denys estudió su rostro durante unos segundos y después exhaló un hondo suspiro.

—Supongo que soy el último hombre sobre la tierra que puede condenar a otro por sucumbir a tus encantos —musitó—. Que el cielo ayude a cualquier hombre que intente resistirse cuando decides ser persuasiva, con independencia de quién invite a quién—. En cuanto termine la ópera, le darás las buenas noches y te alejarás de él.

—Espera un momento —respondió Lola, exasperada ante aquella injusta arrogancia—. No tienes ningún derecho a decidir con quién puedo pasar una velada.

—Lo tengo cuando se están violando las normas de la compañía. No puedes confraternizar con un empleado. No está permitido.

—¿Confraternizar? —repitió Lola, entornando los ojos—. Eso es ridículo. Es solo una noche en la ópera. Y, en cualquier caso, no es mi empleado, sino el tuyo.

—De hecho, Dawson también es tu empleado. Eres mi socia en el Imperial y el Imperial paga una parte del salario del señor Dawson.

—¿Y por eso estás tan enfadado? —bebió un sorbo de champán observando a Denys por encima del borde de la copa—. ¿No crees que estás siendo demasiado puntilloso?

—¿Tú crees? Si mi secretario fuera una mujer, ¿sería aceptable que la convirtiera en mi acompañante y la llevara a la ópera?

Lola hizo un sonido de desdén ante una idea tan ridícula.

—¡Como si fueras a contratar a una secretaria! Y, desde luego, jamás la llevarías a la ópera. Si una bailarina de cancán no fue lo bastante digna como para ser vista en tu compañía, tampoco lo sería una secretaria. Y, como te he dicho antes, no podemos permitir que nos vean juntos. De modo que, si me perdonas...

Comenzó a rodearle para regresar a su asiento, pero Denys también se movió, bloqueándole el paso.

—Espera —le ordenó—. ¿Qué quieres decir con que no eras lo bastante digna? Es eso... —se interrumpió y en su rostro se reflejó el momento en el que lo comprendía—. ¡Dios mío! ¿Era eso lo que pensabas?

—No importa —se precipitó a decir—. Siempre fui consciente de cuáles eran las condiciones de nuestra relación.

—Es evidente que no entendías una maldita cosa —respondió él con voz tensa—. Maldita sea, yo estaba...

Se interrumpió cuando aparecieron un par de tramoyistas empujando un carrito de utilería. Espero a que terminaran de pasar y desaparecieran y alargó la mano hacia el picaporte de una puerta que tenía a su lado y la abrió.

Lola le observó frunciendo el ceño perpleja al ver que Denys se inclinaba para mirar la habitación que había tras la puerta.

—¿Qué haces?

Denys se enderezó, pero no contestó a su pregunta. En cambio, la agarró del brazo.

—Ven conmigo —le ordenó.

Lola sintió que el estómago le daba un vuelco.

—Pero, ¿y el señor Dawson? —preguntó, mirando desesperada por encima del hombro mientras Denys comenzaba a tirar de ella para llevarla a una habitación a oscuras—. No podemos dejarle...

—Al infierno con Dawson. Ese tipo es consciente de que eres mi socia y debería habérselo pensado dos veces antes de aceptar esa invitación. Deja que vuelva a su butaca y disfrute de la actuación. Tú y yo vamos a acabar con esto cuanto antes.

Aquello iba a ser como ser arrojada a los tiburones, pero Denys no le dio oportunidad de escapar a aquel encuentro. Tiró de ella y la metió en lo que parecía un almacén. Gracias a la luz que se filtraba desde el pasillo, Lola pudo ver las sombras del atrezo, de los lienzos de los decorados y las filas de trajes. Era un espacio demasiado íntimo, más aún cuando Denys cerró la puerta tras ellos, así que decidió pasar a la ofensiva antes de que él la obligara a ponerse a la defensiva.

—¿Por qué me has arrastrado hasta aquí? —exigió saber, volviéndose hacia él en medio de la oscuridad—. No tienes ningún derecho a maltratarme de esta manera...

—¿Qué pasó hace seis años? —la interrumpió Denys, acabando con cualquier intento de imponerse por parte de Lola—. ¿Por qué me dejaste en realidad?

CAPÍTULO 13

Allí estaba, la pregunta que había estado temiendo, arrojada como un guante. Tendría que contestarla, por supuesto, pero no allí, en una habitación tan oscura que no podía verle la cara y estando Denys tan cerca que podía sentir el calor de su cuerpo.

—No voy a darte explicaciones estando encerrados en un almacén del Convent Garden —le dijo, y se volvió para agarrar el picaporte de la puerta.

Sin embargo, apenas había conseguido abrirla una rendija cuando Denys posó la mano sobre la puerta y la cerró de un portazo.

—Sí, claro que sí vas a darme explicaciones —le susurró al oído—, porque no pienso salir de aquí hasta que lo hagas.

—¡Por el amor de Dios, Denys! —farfulló ella, volviéndose con cuidado en aquel reducido espacio—. Esto está negro como la boca del lobo.

—Eso puedo remediarlo.

Afortunadamente, retrocedió un paso, lo que le permitió a Lola respirar. Pero su alivio tuvo corta vida porque, un segundo después, oyó el chasquido de una cerilla, la luz penetró la oscuridad y Denys volvió a acercarse a ella y alargó la mano para girar la perilla de la lámpara de gas que había en la pared junto a la puerta.

—Hazlo ahora entonces —dijo tras encender la lámpara y apagar la cerilla—. Contesta a mi pregunta. ¿Por qué me dejaste?

No había nada que Lola deseara más que salir corriendo de allí, pero, sabiendo que era imposible, alzó la barbilla y contestó a su pregunta con otra.

—¿Por qué nunca me llevaste a la ópera?

Denys frunció el ceño. Era evidente que no entendía el paralelismo.

—Ya sabes por qué. Habría provocado un escándalo. Los dos estuvimos de acuerdo en ser discretos.

—Sí, porque no soy la clase de mujer con la que un hombre como tú pueda ser visto en público, en medio de sus amigos y familiares.

—¿Era a eso a lo que te referías hace un momento, cuando has dicho que no eras digna de mí? —la miró con recelo, como si fuera algo sorprendente—. No me digas que se te ha metido en la cabeza que te consideraba inferior a mí.

—Bueno, el otro día dijiste que yo no aportaba nada de valor a la sociedad. Que solo tenía un talento en particular.

Denys esbozó una mueca al recordar la dureza de sus palabras.

—Como te he dicho esta tarde, estaba enfado y frustrado cuando te dije eso y, aunque mi estado emocional no es excusa, me gustaría volver a pedirte que lo olvidaras. En cualquier caso, me refería a los negocios. En cuanto a nuestra aventura, jamás te he considerado inferior a mí, y me cuesta creer que tú lo pienses.

—El problema no es lo que yo piense. Es un hecho.

—Supongo que lo dices por mi título. Lola, eres la última persona de la que podría haber esperado que aludiera a las diferencias de clase.

—¿Y por qué te sorprende tanto? Esas diferencias existen. Es un hecho y yo nunca niego los hechos por injustos que puedan ser. A los ojos del mundo, soy inferior a ti. Nadie, y menos en tu preciada alta sociedad británica, me llevaría la contraria.

—¡Yo te llevaría la contraria! Por el amor de Dios, Lola. Quería casarme contigo. ¿Crees que habría contemplado siquiera esa posibilidad si pensara que eres inferior a mí?

—Sí —se interrumpió un instante—, porque no podías retenerme de otra manera.

Denys respiró hondo, confirmando que sabía que, al menos, había una parte de verdad en sus palabras. Sin embargo, decidió discutir aquel punto.

—No estaba interesado en retenerte, como tú dices. Estaba interesado en convertirte en mi esposa.

—Y yo no podía permitir que lo hicieras. No podía arruinar tu futuro, así que…

—Espera un momento —la interrumpió, alzando la mano para evitar que continuara hablando—. Me dejaste por otro hombre, me rompiste el corazón, me destrozaste la vida, ¿y ahora pretendes decirme que lo hiciste por mi bien?

—Sí —le observó arquear una ceja con expresión escéptica—. En gran parte —se corrigió.

Denys soltó una breve y dura carcajada y se frotó la cara con las manos.

—Perdona que no te agradezca que me hicieras tal favor.

—No espero que lo hagas. Pero esta noche has venido con una mujer elegante y bella que, obviamente, es una dama. Si te casas con ella, no tendrás que preocuparte de que nadie te dé la espalda. Lady Georgiana es la mujer perfecta para ti.

Denys parpadeó sorprendido.

—¿Lady Georgiana?

—Os he visto juntos. Y no es que haya sido fácil localizarte, por cierto —añadió, esperando aligerar la tensión del momento confesando que había estado buscándole—. Prácticamente he tenido que girarme del todo en el asiento para verte con ella.

—En realidad...

—Es una auténtica dama. Forma parte de tu mundo. Yo no soy una dama y jamás podré llegar a serlo. ¿Y por qué sonríes? —le exigió al verle curvar los labios—. ¿Estoy desnudando mi alma ante ti y tú sonríes?

—Lo siento —a pesar de su disculpa, no hizo ningún esfuerzo por borrar la sonrisa de su rostro—. Es solo que esta noche no estoy con lady Georgiana.

Aquello la sorprendió un poco.

—¿La mujer que estaba sentada a tu lado no era lady Georgiana Prescott? Una mujer de pelo negro —añadió cuando él negó con la cabeza—, con un collar de perlas en el cuello y un vestido azul noche. Bueno, ¿quién es esa mujer entonces? —pidió saber cuando él continuó negando con la cabeza.

—¿Estás celosa? —su leve sonrisa se transformó en una sonrisa radiante. El único motivo por el que Lola no la encontró insufrible fue que significaba que se le había pasado el enfado—. No tienes por qué.

—Maldita sea, Denys, ¿quién es esa mujer?

—No es lady Georgiana. Pero la próxima vez que vea a Nick —añadió antes de que ella pudiera contestar—, me aseguraré de decirle que piensas que su esposa es la mujer perfecta para mí.

—¿Su esposa? —sintió una oleada de alivio seguida por otra de irritación, porque sabía que debería resultarle indiferente—. Bueno, ¿y cómo se supone que voy a saberlo? No la conozco. Y, en cualquier caso, la cuestión sigue siendo la misma.

—¿La cuestión? —se burló Denys. Su sonrisa se esfumó—. ¿Qué cuestión? ¿Que se te ocurrió la descabellada idea de sacrificarte? No —añadió al instante—, me resulta imposible creerte. El sacrificio nunca ha sido tu fuerte.

—No lo hice solo por ti —le recordó—. También lo hice por mí.

—Porque Henry te hizo... ¿cómo era? Una oferta mejor.

Lola se encogió por dentro. Aquellas palabras sonaban tan brutales como ella había pretendido que lo fueran cuando las había pronunciado.

—Sé que soy un idiota por preguntarlo —musitó Denys—. ¿Pero por qué la oferta de Henry de convertirte en su querida era mejor que mi honorable propuesta de matrimonio?

—En realidad, lo que Henry me ofreció no era convertirme en su querida. No tenía el menor interés en que lo fuera, y yo tampoco. Henry ya tenía una amante, una mujer muy respetable. Quería proteger su buen nombre.

Denys se la quedó mirando de hito en hito. Parecía comprensiblemente escéptico.

—¿Quieres decir que todo fue una farsa? ¿Que dejaste que te utilizara como pantalla para proteger la reputación de otra mujer?

—Sí. Se llama Alice van Deusen. Es la directora de uno de los más elegantes colegios de élite para señoritas de la ciudad de Nueva York. Henry la conoció cuando estaba viviendo aquí y ella estaba haciendo un tour por Europa con algunas de sus alumnas. Se enamoraron y esa es la razón por la que él decidió regresar a Nueva York. Pero, como era un hombre casado, tenían que mantener su relación en secreto. Si alguien descubría que Henry y ella eran amantes, el colegio de Alice se habría arruinado. Sé que puedo confiar en que no se lo contarás a nadie.

—Por supuesto, ¿pero por qué aceptaste un acuerdo de ese tipo? ¿Por qué permitiste que Henry te utilizara de esa manera?

—Fue un acuerdo que nos convino tanto a Henry como a mí. Él pudo proteger la reputación de Alice y él me hizo ganar una gran cantidad de dinero subvencionando mi espectáculo. Además, a mí también me protegió, porque ningún hombre se atrevió a hacerme insinuaciones ni intentó aprovecharse de mí sabiendo que tendría que enfrentarse a Henry. Y aprendí a actuar. Pero lo más importante para mí fue que tuve la oportunidad de empezar desde cero, de alejarme...

—De alejarte de mí —terminó por ella cuando Lola enmudeció.

Lola tragó con fuerza.

—Sí, irme con él me permitió vivir en un mundo al que realmente pertenecía. ¡Oh, Denys! —añadió con un suspiro al verle apretar los labios—. Tanto tú como yo sabemos lo que pensaba tu familia de mí. Para ellos, era una cazafortunas.

—¿Y tanto te importaba lo que pensara mi familia?

—¡Me importaba! Me importaba porque me importabas tú. Ya había abierto una brecha entre tu familia y tú y no quería hacerla más grande. ¿Qué habría pasado si hubieras empezado a culparme por ello?

—No lo habría hecho.

—Eso es fácil de decir, pero con tu familia menospreciándome a la menor oportunidad, y después de pasar meses y años viendo que tus amigos te hacen el vacío...

—Mis amigos jamás me harían algo así. ¿De verdad crees que a Nick, Jack, James o Stuart les importaría tu pasado?

—A sus esposas les habría importado.

Denys tomó aire y echó la cabeza hacia atrás, demostrando así que Lola acababa de decir otra cruda verdad.

—Ninguno de mis amigos estaba casado entonces —musitó.

Pero no la miró, con lo que dejó claro que era consciente de la debilidad de su argumento.

—Sabía que, en algún momento, se casarían, y son las mujeres las que marcan las normas en la alta sociedad, Denys. Los sabes tan bien como yo. ¿Crees que me habrían aceptado? A mí, una cabaretera, una mujer de la que la mayoría de sus maridos han estado encaprichados en uno u otro momento. Y, en el caso de que lo hubieran aceptado por tu bien, conmigo jamás habrían sido nada más que correctas. Ninguna otra mujer de tu círculo habría ido más allá.

Denys negó con la cabeza y volvió a mirarla, luchando contra lo que estaba diciendo.

—Eso no lo sabes.

—¡Ahí es donde te equivocas! —gritó—. Lo sé. Lo sé mucho mejor de lo que puedas imaginarte. ¿Alguna vez te has parado a pensar en cómo habría sido tu vida? Nada de invitaciones a cenar, ni a tomar el té, ni fiestas en Arcady. Todas las personas a las que conoces dándote la espalda, una a una...

—Creía que no te importaban ese tipo de cosas.

—Te importan a ti, Denys. Y a tu familia. Y a tus amigos. Y cualquiera que decidiera no darte la espalda, sufriría la misma marginación. No podía hacerte una cosa así.

Denys no parecía muy impresionado tras haberse enterado de que le había dejado por su propio bien. Puso los brazos en jarras y la miró con el ceño fruncido.

—¿Y no se supone que deberías haberme dicho todo eso entonces?

La culpa la aguijoneó y tragó con fuerza.

—No.

—¿Y por qué demonios no?

«Enfréntate a la verdad, Lola».

—Temía miedo de perder el valor si empezaba a explicártelo.

—¿El valor? A ti nunca te ha faltado el valor. De hecho, yo diría que hace falta mucho valor para hacer lo que hiciste.

Lola percibió el filo de amargura en su voz y le dolió en lo más profundo. Fue como presionar una herida.

—Si hubiera intentando explicártelo, no lo habrías aceptado. Habrías encontrado la manera de persuadirme para que cediera, así que... —se interrumpió, tomó aire y se obligó a terminar—, así que hice que me odiaras. Sabía que, de esa forma, no irías a buscarme.

—Bueno, pues en eso tienes razón —musitó—. ¿Y hay una sola razón por la que deba creerte?

—No te culparía si no lo hicieras, pero es la verdad.

Denys la recorrió de arriba abajo con la mirada, con una mirada dura y escrutadora, y Lola se descubrió conteniendo la respiración porque no tenía la menor idea de si Denys aceptaría sus explicaciones. Pero, justo cuando estaba empezando a pensar que aquella conversación había sido una pérdida de tiempo, él asintió.

—De acuerdo —dijo con brusquedad—. Es posible que sea un estúpido al creer que te marchaste por mi bien, pero estoy dispuesto a creerte. Aun así —le aclaró antes de que pudiera sentir alivio alguno— continúo resentido porque no fuiste honesta conmigo. No me merecía ni lo que me hiciste ni cómo lo hiciste.

—No —se mostró de acuerdo—. No te lo merecías. Y, aunque esto no es excusa, tampoco lo planeé. Mi único plan era recuperar la vida que tenía en París para poder pensar en el futuro sin tenerte cerca, impidiéndome pensar con claridad. Henry vino y me dijo que pensabas proponerme matrimonio. Acababa de ofrecerse a llevarme a Nueva York cuando apareciste tú. Entonces supe que tenía que marcharme. Te estaba arruinando la vida. Pero, por muy segura que estuviera de que sería un error casarme contigo, sabía que, con el tiempo, habrías conseguido hacerme cambiar de opinión.

Se mordió el labio y le miró.

—Nunca has sido capaz de aceptar un no por respuesta y yo nunca he sabido resistirme a ti.

Denys curvó los labios en una sonrisa irónica.

—Si mal no recuerdo, pasaste la mayor parte de aquellos dos años resistiéndote. ¡Diablos, tardé un año en poder entrar en tu camerino!

Lola le contestó con una sonrisa de pesar.

—Tenía la esperanza de que renunciaras y te fueras, pero, al mismo tiempo, esperaba que no lo hicieras. Fuiste muy bueno conmigo y esa siempre ha sido mi debilidad.

Denys dejó de sonreír.

—Pero, a pesar de lo bueno que fui contigo, jamás habrías considerado la posibilidad de casarte conmigo.

—No, la verdad es... —se interrumpió y tragó con fuerza—. No te merecía. Y —añadió cuando él abrió la boca para protestar—, desde luego, no te merecías el tener que cargar conmigo, porque yo habría sido una vizcondesa terrible. No tengo la menor idea de lo que hacen las damas de la alta sociedad en todo el día. Tomar el té, supongo, ir a fiestas, comprar. Y hacen visitas, aunque sobre sus temas de conversación... —tomó aire, se interrumpió y decidió ir al grano—. El matrimonio no funciona con dos personas como nosotros, Denys. Dos personas tan distintas. El matrimonio tiene que ser un acuerdo entre iguales.

—¿No crees que el amor nos habría ayudado a superar esas diferencias?

El anhelo le oprimía el corazón, pero lo rechazó sin piedad. No había lugar para la autocompasión.

—No, no lo creo.

—Qué cínica eres.

—¿Por qué? —le espetó, poniéndose de pronto a la defensiva—. ¿Porque no creo en los cuentos de hadas?

—A veces, los cuentos de hadas se hacen realidad.

—¿Y el amor todo lo puede?

—A veces.

Lola pensó en su propio padre, encorvado sobre la mesa de la cocina, con la cabeza entre las manos y una botella vacía a su lado.

—Yo no lo creo. El amor puede ser algo terrible.

—O maravilloso.

—Sea como sea, el amor no tuvo nada que ver con lo que pasó.

—Tuvo que verlo todo. ¡Te amaba, maldita sea!

Aquel era el quid de la cuestión. La parte inevitable, que Lola había estado temiendo, de aquella conversación.

—Pero ese es el problema, Denys —le dijo con suavidad—. No me amabas, Denys, en realidad, no.

—¿Qué? ¡Dios mío! ¿Es eso lo que piensas? ¿No dejé mis sentimientos suficientemente claros? Estaba loco por ti…

—Te habías encaprichado conmigo, sí. Sentías pasión por mí. Si cualquiera te lo hubiera preguntado, le habrías dicho que estabas enamorado de mí. Y, arrebatado por la pasión, me declaraste tu amor en muchas ocasiones. Pero solo era eso, pasión. No era amor. No era un amor perdurable. ¿Cómo iba a serlo? —negó con la cabeza—. Ni siquiera me conocías. Y sigues sin conocerme.

Denys se la quedó mirando como si le resultara imposible creer lo que estaba oyendo.

—Claro que te conozco, Lola. Te conozco desde hace casi nueve años.

—La cantidad de tiempo no importa, Denys. ¿Qué sabes de mí? ¿Qué sabes de mi vida, de lo que pienso, de mis pensamientos, de mis experiencias… de mi pasado antes de conocerte?

—Es curioso que los dos veamos la situación de forma tan diferente.

Se detuvo y la recorrió con la mirada en un largo y lento escrutinio con el que parecía estar viendo a través de su ropa y que la hizo desear correr hacia la puerta.

—Es posible que eso sea cierto si hablamos de cuando vivías en París, puesto que yo estaba en Londres e iba a verte cada vez que podía, que no era muy a menudo. Pero aquí en Londres fue diferente. Aquí tú y yo pasamos mucho tiempo juntos. Para eso te traje aquí.

—Sí, y así estuvimos, encontrándonos en secreto y manteniendo una relación ilícita cuando podías escaparte a escondidas a la casita de St. John's Wood.

Al hablar de su relación, intentó adoptar un tono despectivo, pero con la ardiente mirada de Denys sobre ella, sus palabras salieron apresuradas y casi sin aliento. Avergonzada y temiendo que pudiera imaginar lo que estaba sintiendo, se obligó a soltar una risita, esperando que pareciera todo más frívolo.

—Hacíamos todo lo posible por ser discretos. Pero no entiendo por qué nos molestábamos, cuando todo el mundo sabía lo nuestro.

—¿Y dices que casi no hemos pasado tiempo juntos? Pasábamos casi todas las tardes en esa casa, Lola —se movió para acercarse a ella—. Solos, juntos.

—Sí, pero...

Se interrumpió. Sentía el rostro cada vez más caliente, pero no eran los confines de aquel abarrotado y agobiante almacén los que la hacían sentirse como si estuviera a punto de derretirse y terminar convertida en un charco. Era el ardor de su conocedora mirada.

—Si mal no recuerdo, no pasábamos mucho tiempo hablando.

Denys rio con sarcasmo, consciente de la verdad de sus palabras.

—No —musitó, posando la mirada en su boca y poniendo fin a toda diversión—, supongo que no.

Sonó el gong señalando que el intermedio estaba a punto de terminar, pero ninguno de ellos se movió.

Sus miradas se encontraron, se fundieron. De pronto, los últimos seis años parecieron desvanecerse como si nunca hubieran existido y las eróticas tardes de verano que habían compartido aparecieron tan vivas en la mente de Lola como lo habían sido.

Denys estaba a cerca de medio metro de distancia, sin tocarla en absoluto, pero, aun así, en su imaginación, podía sentir sus manos sobre ella, desatando cordeles y desabrochando botones, deslizándose por sus brazos desnudos, por sus caderas, y estrechándola contra él. Podía sentir sus brazos envolviéndola y sosteniéndola contra él. Podía saborear su boca abierta sobre la suya, excitándola.

Lola retrocedió con brusquedad, apoyándose contra la puerta y luchando contra deseos que deberían haberse apagado mucho tiempo atrás, deseos que habían estado a punto de arruinarles la vida a los dos.

Pero estando ahí, con Denys delante de ella, con toda la cruda pasión del pasado reflejada en sus ojos, aquellos deseos parecían imposibles de reprimir. Aun así, Lola lo consiguió, utilizando recuerdos mucho más crueles, recuerdos de lo que aquella relación les había costado a los dos y de los daños que había provocado. Sus sueños y las finanzas de Denys arruinados, su corazón y su orgullo hechos trizas, su amor propio por los suelos, y también el de Denys. ¿Y todo por qué?

Denys se acercó a ella.

—Lola —comenzó a decir.

Pero ella le detuvo porque sabía que, fuera lo que fuera lo que había estado a punto de decir, no iba a ser bueno para ninguno de ellos.

—Será mejor que volvamos o nuestros acompañantes pensarán que hemos desaparecido de la faz de la tierra. Y solo Dios sabe lo que dirá la gente si se dan cuenta de que hemos estado ilocalizables durante todo el intermedio.

Las palabras de Lola fueron como la caída del telón sobre el escenario. El deseo se desvaneció, pero ella sabía que seguía estando allí, oculto bajo las maneras educadas de un caballero.

—Probablemente ya sea demasiado tarde para preocuparse por eso —se lamentó Denys en tono resignado—. No tengo la menor duda de que ya habrán notado nuestra mutua ausencia y de que, mientras hablamos, estarán inventando todo tipo de historias sobre nosotros. La culpa ha sido mía —añadió—. He sido yo el que te ha encerrado aquí. No... no estaba pensando en lo que hacía.

—Por mí no hace falta que te disculpes. Hace ya tiempo que perdí mi reputación, así que lo que puedan decir sobre nosotros no me afecta. Pero tu caso es diferente —vaciló un instante, hizo un gesto con la mano y terminó diciendo—: Deberías hablarle a lady Georgiana de esta conversación antes de que le lleguen rumores sobre nuestra mutua desaparición por boca de otros. Si de verdad te importa lo que siente y lo que piensa de ti, y si tú... —le falló de pronto la voz, pero tomó aire y se obligó a continuar—. Si pretendes casarte con ella, no querrás que le lleguen rumores maliciosos sobre nosotros y termine pensando lo peor. La nuestra es una relación de negocios, nada más.

Mientras hablaba, Lola se sentía hundida. Se suponía que el hacer las cosas como era debido debería hacerla sentir bien, ¿no? Entonces, ¿por qué estaba tan mal?

Desesperada por marcharse y poner fin a la conversación, se volvió hacia Denys.

—En cuanto al señor Dawson —añadió por encima del hombro mientras alargaba la mano hacia el picaporte—, tienes razón al decir que es inapropiado. No volveré a salir con él.

Sabía que era una promesa fácil de cumplir. Con el cuerpo ardiendo de deseo por Denys, la idea de buscar la compañía de otro hombre había quedado reducida a polvo y cenizas.

Abrió la puerta, pero la voz de Denys la detuvo antes de que hubiera podido salir.

—Estás equivocada, ¿sabes?

Lola se quedó paralizada, con la mano sobre el picaporte.

—¿Sobre qué?

—Te amaba.

El corazón se le retorcía en el pecho, presa de la alegría, de dolor y de una tristeza sobrecogedora. Apretó los ojos con fuerza. Un sollozo le subió a la garganta, pero lo sofocó antes de que Denys pudiera oírlo pensando en la joven que se desnudaba y hacía cabriolas en corsé y medias de rejilla para los hombres en una taberna de Brooklyn. En París, había conseguido salir completamente vestida, los hombres para los que actuaba eran más ricos y bebían vino y absenta en vez de whiskey irlandés y whiskey de centeno, y las canciones las cantaba en francés, en vez de en inglés. Pero ella siempre era la misma: una desvergonzada mujer fatal haciendo mohínes con la boca, con voz tórrida y unas piernas magníficas que, con un guiño y una sonrisa, conseguía que le metieran dinero en la liga. Denys creía lo que estaba diciendo, Lola lo sabía, pero, aun así, también sabía que estaba creyendo una mentira. Abrió los ojos lentamente y volvió la cabeza para mirarle por encima del hombro.

—Lo que tú amabas era una ilusión, una ilusión que inventé muchos años antes de conocerte. Sin embargo, a mí no me conoces en absoluto. Diablos, Denys —añadió con una enérgica risa mientras abría la puerta y salía—, ni siquiera sabes mi verdadero nombre.

CAPÍTULO 14

Durante los días que siguieron, Lola dedicó una gran cantidad de tiempo a reflexionar sobre la conversación que había mantenido con Denys en la ópera, pero, por mucho que pensara en ella, no conseguía comprender su arranque de franqueza. Cuando había decidido volver a Londres, sabía que tendría que explicarle a Denys por qué le había dejado, pero, desde luego, no tenía intención de contarle nada de la vida que había llevado antes de que se conocieran.

«Ni siquiera sabes mi verdadero nombre».

¿Qué la había impulsado a señalarlo? Probablemente, aquello había azuzado la curiosidad de Denys y tenía miedo de haber agitado un avispero. Después de aquello, Denys seguiría haciendo preguntas, investigando su pasado y, quizá, llegaría descubrir a la mujer que se escondía bajo la atrevida y llamativa fachada de Lola Valentine. Ella no quería que encontrara a aquella mujer. De hecho, a veces ni siquiera quería acordarse de que aquella mujer había existido.

Durante los días siguientes, pasó mucho tiempo deseando haber mantenido la boca cerrada y se alegró de que el lunes llegara el primer ensayo, porque demostró ser una fuente excelente de distracción. Aunque tuviera que soportar a Arabella Danvers.

—De verdad, Jacob, ¿es necesario que la señorita Valentine se muestre tan entusiasta en la lectura?

La voz de la actriz, que estaba sentada en el otro extremo de la mesa, volvió a superponerse a la lectura de Lola. Esta se interrumpió y consiguió reprimir un suspiro de exasperación mientras bajaba el texto que tenía entre las manos.

—Aprecio que, a la luz de los acontecimientos del pasado, la señorita Valentine quiera tranquilizarnos respecto a su talento —continuó la otra actriz, y Lola no supo qué encontraba más irritante, si la tendencia de Arabella a hablar de ella como si no estuviera presente o aquella constante mención a su falta de experiencia—. Pero ya llevamos aquí todo el día y, si insiste en recitar su parte con tan meticuloso histrionismo, su minúsculo papel va a retenernos aquí durante toda la noche.

Lola tuvo que morderse el labio con fuerza para no señalar que las casi continuas interrupciones de Arabella para hablar de los matices de la trama y sus críticas al resto de los actores eran la verdadera razón de que siguieran allí bien entrada la tarde. Pero no quería crearse fama de difícil y no podía permitirse el lujo de ser considerada una mujer arrogante. A diferencia de Arabella, ella no tenía una larga lista de éxitos bajo el brazo con la que mitigar tal conducta.

Su única esperanza era que Jacob se encargara de Arabella, pero, o bien el director era un hombre muy discreto, o no quería que su estrella principal saliera enfadada del primer día de ensayo, o había trabajado con Arabella lo bastante a menudo como para que su conducta no le resultara irritante. En cualquier caso, llevaba todo el día ignorando los comentarios de aquella mujer y también lo hizo entonces. Sin decir nada, le hizo un gesto a Lola para que continuara.

Pero Arabella no le dio oportunidad de hacerlo.

—La entrega entusiasta de la señorita Valentine es encomiable, estoy segura, pero del todo innecesaria. Al fin y al cabo, hoy solo estamos haciendo una primera lectura del texto.

—Si solo es una primera lectura —la contradijo Lola sin poder contenerse—, ¿por qué no paras de protestar?

A su lado, Blackie Cowell reprimió una risita y, cuando Lola le miró de reojo, le guiñó el ojo. Blackie era un hombre enigmático e ingenioso, cien por cien irlandés, y también un actor de talento. Lola se había alegrado cuando le habían elegido para encarnar a Casio, el amor de Blanca. Era una de las pocas personas que había allí a las que no parecía importarle que formara parte del elenco. Agradeciendo el tenerle como aliado, Lola le respondió guiñándole el ojo, pero, antes de que hubieran retomado la lectura, volvieron a interrumpirles.

—Buenas noches a todo el mundo.

Al oír la voz de Denys, las sillas se arrastraron sobre la tarima y todos cuantos estaban sentados se levantaron.

—Lord Somerton —le saludó Jacob ceremonioso cuando Denys entró en la sala de ensayo—. Buenas noches.

—Jacob —se detuvo a su lado y miró a su alrededor sin detenerse en Lola—. Veo que aquí se trabaja hasta muy tarde.

—También usted, por lo que parece.

—Desgraciadamente, sí. Desde mi ventana he visto que estaban las luces encendidas y me preguntaba por qué se estaba tratando como esclavos a nuestros pobres actores durante su primer día de trabajo.

Jacob no se lo explicó, se limitó a sonreír.

—Es para que puedan descubrir lo agradable que soy a última hora de la tarde. Aun así —dijo mientras sacaba el reloj de bolsillo—, ya son casi las ocho. Será mejor que lo dejemos por hoy. Retomaremos mañana la lectura.

Aquella decisión fue recibida con suspiros de alivio, aunque Lola sospechaba, por la expresión de Arabella, que ella no estaba entre los que se alegraban de poner fin a la jornada.

Comenzó a unirse a los que abandonaban la habitación, pero Denys no se lo permitió.

—¿Señorita Valentine? Si Jacob y usted tuvieran la amabilidad de quedarse, hay algo de lo que me gustaría que habláramos.

Lola permaneció en su asiento mientras Denys hablaba con Jacob y los demás actores comenzaban a dirigirse hacia la puerta. Todos, excepto una.

—Vaya, vaya —musitó Arabella, deteniéndose al lado de Lola mientras el resto del reparto iba pasando por delante de ella—, no pierdes el tiempo, ¿verdad, querida?

Lola contempló el duro y bello semblante de Arabella, vio el desprecio que reflejaba y comprendió que la actriz era consciente de cuál era su verdadera posición en el teatro.

—Veo que estás al tanto de mi buena fortuna.

—Todo el mundo lo está.

Lola tomó aire, sintiéndose como si acabaran de darle un puñetazo en el estómago.

—¿Tan pronto?

Arabella sonrió como si hubiera sentido su desazón.

—Hay una palabra que se aplica a las mujeres que acumulan una fortuna de la manera que tú lo haces, ¿sabes?

Lola reprimió cualquier manifestación de sus sentimientos, porque se negaba a darle a Arabella aquella clase de satisfacción.

—Por supuesto que sí —musitó, encogiéndose de hombros.

Aquella demostración de indiferencia fue recompensada por la frustración que cruzó el semblante de la otra mujer. Afortunadamente, abandonó el tema, la rodeó y salió de la sala sin decir una sola palabra.

—¡Uf! —musitó Lola, estremeciéndose mientras se volvía—. Qué mujer tan venenosa.

Apenas habían salido aquellas palabras de su boca cuando

se dio cuenta de que Denys y Jacob habían interrumpido su conversación y estaban de pie, esperándola junto a sus respectivas sillas, y de que debían de haber oído al menos parte de la conversación. Recordando que era preferible no expresar su expresión en voz alta, volvió a sentarse.

—¿Sobre qué tema deseaba hablar, milord?

Denys se sentó enfrente de ella y esperó a que Jacob ocupara su asiento en la cabecera de la mesa antes de hablar.

—Tengo que tomar una decisión —dijo por fin—, y, sinceramente, no estoy seguro de cómo debo proceder. Jacob ya está al tanto de su participación en el Imperial, señorita Valentine. Se lo dije el día que coincidimos en el Savoy.

—Me temo que mucha gente lo está —contestó ella con un suspiro.

Denys no pareció sorprendido por aquel anuncio, pero Lola no sabía si era porque Jacob y él habían oído su conversación con Arabella o porque era consciente de las habladurías que corrían sobre ella.

—La pregunta es si debería hacer un anuncio formal —les miró alternativamente—. Y me gustaría conocer su opinión.

Sin embargo, antes de que ninguno de ellos pudiera contestar, se oyó abrirse una puerta en la distancia y un ruido de pasos en el pasillo.

—Debe de ser Dawson —les aclaró Denys—. Le pedí que nos trajera unos sándwiches antes de venir. Teniendo en cuenta la tardanza de la hora, decidí que era absurdo retenerles sin proveerles al menos algún sustento. Buenas noches, Dawson —añadió, mirando hacia la puerta mientras el secretario entraba con una cesta en las manos—. No has tardado mucho.

Dawson inclinó la cabeza mirando a Lola mientras rodeaba la mesa para acercarse a Denys, pero no le dirigió su habitual sonrisa de saludo.

—Señorita Valentine —dijo, y desvió la mirada.

Aquel distanciamiento no la sorprendió. Cuando se habían despedido después de la ópera, habían acordado que sería preferible no confraternizar, como Denys había dicho, en el futuro.

—En Rosseti's solo quedaban sándwiches de jamón y de lengua de ternera, señor. No había ni de pollo ni de berros. Y es comprensible, puesto que es bastante tarde. ¿Querrá algo más?

—Asegúrate de apagar todas las luces del teatro y después puedes marcharte a casa. Deja una encendida en la puerta. Yo la apagaré cuando nos vayamos.

—Muy bien, milord.

El secretario se fue y Denys abrió la cesta.

—Entonces —retomó la conversación mientras sacaba dos sándwiches envueltos en papel de la cesta y le tendía uno a Lola—, ¿la compañía debería ser informada formalmente de la posición de la señorita Valentine, Jacob? —preguntó, tendiéndole un sándwich con la otra mano al director.

Jacob hizo un gesto con la mano, rechazándolo, y sacudió la cabeza.

—Gracias, milord, pero voy a cenar con unos amigos —le explicó—. En cuanto a su pregunta, creo que es mejor dejar las cosas tal y como están. Si la señorita Valentine va a limitarse a ser una socia en la sombra...

—La señorita Valentine no tiene ninguna intención de asumir un papel tan limitado, Jacob —respondió Denys con un deje inconfundible de ironía—. Todo lo contrario, pretende involucrarse en todos los asuntos relacionados con la gestión del teatro.

El director arqueó sus pobladas cejas negras y las dejó caer después.

—¡Ah! —exclamó.

Hubo todo un mundo de insinuaciones en aquella interjección y en la significativa mirada que intercambiaron los dos hombres. Era evidente que la tarde del Savoy ambos habían pensado que, a esas alturas, Lola ya estaría fuera o, al menos, habrían podido hacerla a un lado. Lola no pudo evitar sentir cierta satisfacción al saber que había desbaratado sus planes.

—¿Qué piensa usted, señorita Valentine? —preguntó Denys, volviéndose hacia ella—. ¿Deberíamos anunciar su posición en la compañía o no?

—Puesto que todo el mundo parece estar al tanto —replicó—, ¿por qué molestarse en hacer un anuncio formal?

—Podría detener las especulaciones.

—O agravarlas, quizá —intervino Jacob—. Debo confesar que he estado preocupado por la posibilidad de que empezaran a correr rumores desde que lord Somerton me informó de la corriente situación. Un anuncio formal podría empeorar y quizá exacerbar una situación ya de por sí delicada.

—Probablemente, será algo temporal —apuntó Denys—. Al fin y al cabo, nuestra situación tiene otros precedentes. Henry Irving gestiona el Lyceum, por ejemplo, y actúa en muchas de sus producciones.

—Pero estamos hablando de Henry Irving —dijo Jacob y, como si temiera que pudiera sentirse ofendida, se volvió hacia Lola—. No dudo de su talento como actriz, señorita Valentine —dijo al instante—. Si lo hiciera, jamás la habría elegido para una de mis obras. Pero no sería una sorpresa que entre los de su gremio tuvieran la percepción de que ha recibido un trato de favor por ser una de las propietarias. Y por…

Se interrumpió, pero la mirada que le dirigió a Denys le indicó a Lola lo que estaba silenciando. De pronto, su antigua relación con Denys pareció ocupar el volumen de un elefante en la habitación.

Jacob también lo sintió, porque tosió incómodo.

—Adonde quiero llegar —se precipitó a añadir— es a

que la señorita Valentine necesita estar preparada para ser recibida con cierta hostilidad.

—Lo comprendo, señor Roth —contestó ella—, pero he llegado hasta aquí siendo del todo consciente de en qué me estaba metiendo. La noticia de que Henry me había dejado parte de su herencia ya estaba empezando a circular por Nueva York cuando me fui y sabía que tenía que llegar aquí antes o después. Incluso en el caso de que no pretendiera involucrarme de forma activa en la gestión del teatro, no podríamos esperar que esta sociedad permaneciera en secreto. Soy consciente de que me convertiré en blanco de habladurías y especulaciones, pero poco puedo hacer al respecto, aparte de intentar actuar con el máximo talento. Solo espero… —se interrumpió y tragó saliva—. Solo espero que mi actuación sea lo bastante digna como para que el público comprenda que estoy aquí por algo más que mi posición o mi pasado.

—Sea como sea —dijo Denys—, ¿nadie considera necesario que se haga un anuncio formal?

Cuando ambos negaron con la cabeza, él asintió mostrando su acuerdo.

—De acuerdo entonces. Dejaremos las cosas tal y como están.

—Si eso es todo, milord —dijo Jacob. Empujó la silla hacia atrás y se levantó—, yo me iré.

—Sí, eso es todo. Gracias, Jacob.

El director de teatro marchó y con su partida, la situación se tornó de pronto demasiado íntima para la tranquilidad de Lola.

—Yo también debería marcharme —anunció.

Pero Denys la detuvo antes de que pudiera levantarse.

—Por lo menos quédate a cenar. Al fin y al cabo —añadió, tuteándola en cuanto se quedaron a solas. Señaló la cesta—, no voy a poder con todo.

Lola vaciló. Si se quedaba a cenar con él, le daría la oportunidad de seguir indagando en su pasado. Ella había dejado su verdadero nombre tras ella, junto a aquella sórdida taberna de Brooklyn, y lo último que le apetecía era hablar sobre todo aquello, y menos con él.

—Teniendo en cuenta el peligro que corremos de convertirnos en el blanco de todo tipo de cotilleos... —comenzó a decir.

Pero Denys interrumpió aquella excusa.

—Ya es un poco tarde para eso, como acabamos de decir. Siendo socios, tendremos que hablar del Imperial de vez en cuando, ya sea a solas o delante de otros. No podemos llevar juntos un negocio y, al mismo tiempo, evitarnos.

Aquello la hizo sonreír un poco.

—Desde luego, la situación ha dado un giro radical desde hace dos semanas. Ahora eres tú el que está dispuesto a afrontar nuestra situación.

—Y tú pareces querer evitarla, ¿por qué? —le preguntó antes de que ella pudiera contestar—. ¿Porque no quieres confesar tu verdadero nombre?

—Lo que dije se me escapó —farfulló—. No pretendía hablar sobre ello.

—Una afirmación que no va a ayudarte a recuperar mi confianza —replicó Denys secamente.

Lola no estaba en condiciones de negarlo.

—¿Y si hablamos de mi propuesta? —le propuso en tono ligero.

Estaba claro que esperaba eludir cualquier pregunta inconveniente cambiado de tema, pero Denys no tenía intención de dejarlo pasar.

La analizó en silencio, estudiando sus opciones. Un caballero no debería inmiscuirse en la vida privada de una mujer, sobre todo cuando era tan evidente que no quería hablar de ella. Pero, por otra parte, después del inesperado anuncio que había hecho en el Covent Garden, Lola no podía esperar que lo ignorara. Llevaba tres días intentando olvidarlo sin ningún éxito y, cuando minutos antes se había asomado a la ventana y había visto que todavía tenían las luces encendidas, había decidido aprovechar aquella oportunidad para averiguar algo más sin un solo segundo de vacilación.

—Antes de que hablemos de tu propuesta —dijo por fin—, es necesario que nos presentemos. Al fin y al cabo, no podemos cenar juntos si no nos conocemos —añadió sonriente cuando Lola emitió un sonido de exasperación—. Cuanto más eludes la respuesta, más curiosidad siento.

—¡Oh, por el amor de Dios! —musitó—. No entiendo por qué puede importar. No va a haber ningún tipo de consecuencias legales, si es eso lo que te preocupa. Me cambié el nombre legalmente hace diez años.

Denys no contestó. Se limitó a alargar la mano hacia la cesta y sacó el documento de la propuesta que había hecho Lola. Le había pedido a Dawson que lo llevara junto a los sándwiches. Lo alzó al tiempo que le dirigía a Lola una mirada interrogante.

Ella le miró con el ceño fruncido y, por un momento, Denys pensó que iba a negarse a contestar, pero, al cabo de unos segundos, le sorprendió, diciendo con un suspiro:

—Charlotte. Me llamo Charlotte Valinsky.

Lola, por supuesto, era el nombre abreviado de Charlotte y la primera sílaba de su apellido era la misma que la de su nombre artístico, pero allí acababa todo el parecido.

—Es un placer conocerla, señorita Valinsky —le dijo, e inclinó la cabeza desde el otro lado de la mesa—. Vizconde Somerton a su servicio.

Aquello la hizo sonreír un poco.

—No estoy segura de que se haga así —musitó mientras desenvolvía un sándwich—. ¿No se requiere siempre de un tercero para que haga las presentaciones?

—En este caso, creo que podemos cambiar un poco las normas.
—¿Con qué fin?
—Con el de poder comenzar desde cero.
—Comenzar desde cero —musitó Lola, y le tembló la sonrisa—. Parece que necesito hacerlo muchas veces.
—Dos veces no son muchas, Lola.
—Me temo que ha habido más de dos —no dio más explicaciones, sino que señaló la cesta—. ¿Hay algo de beber para acompañar los sándwiches? Estoy sedienta.
Otra táctica de distracción, advirtió Denys.
—Sí, señorita Valinsky —contestó mientras abría la cesta y sacaba una botella de cerveza—. Y ahora que nos hemos presentado, ¿por qué no me cuenta algo más sobre usted?
Lola se humedeció los labios, parecía un tanto desesperada.
—¿Por qué quieres saber más cosas de mí? No entiendo qué interés puedes tener a estas alturas.
—Siempre me has interesado —sostuvo la botella de cerveza con una mano y rebuscó en la cesta hasta encontrar un sacacorchos—. Pero después de nuestra conversación de la otra noche, he llegado a darme cuenta de que tenías razón. En muchos aspectos, no te conozco. Y cuando pienso en el tiempo que pasamos juntos, soy consciente de que siempre estuviste dispuesta a oírme hablar de mi vida, de mi familia y de mis amigos, pero, de alguna manera, te las arreglabas para evitar contarme nada sobre ti. No compartiste casi nada conmigo sobre la vida que llevabas antes de que nos conociéramos.
—A lo mejor porque no quería hacerlo —sugirió.
Pero, aunque utilizó un tono ligero, Denys no se dejó engañar.
—Sí, me lo imagino —se interrumpió con una mano en la cesta y la observó expectante.

Aquel silencioso escrutinio pareció provocarla.

—Para ser un hombre tan bien educado, eres terriblemente entrometido —gruñó— ¿No se supone que los británicos consideran que es de mala educación fisgonear en la vida privada de los demás de esa manera?

—De muy mala educación —le confirmó, y sacó un sacacorchos de la cesta—. Pero en este caso creo que es necesario —continuó mientras abría la cerveza—. La confianza es importante en cualquier compañía.

Lola se echó a reír, pero no parecía en absoluto divertida.

—Si crees que conocer mi pasado te va a ayudar a confiar en mí no podrías estar más equivocado. Es más probable que ocurra lo contrario.

—No estoy de acuerdo. Lo importante no es lo que puedas decirme, sino el hecho de que me lo digas.

—No entiendo lo que quieres decir.

—Claro que lo entiendes —respondió—. Pero estaré encantado de explicártelo. Quiero que, ¿cómo es esa expresión que utilizáis en América? Que te la juegues. Asume un riesgo. Muestra tu vulnerabilidad. Si quieres que esta sea una verdadera sociedad tendrás que ganarte mi confianza —se detuvo y la miró mientras descorchaba la botella—. Eso significa que tendrás que ofrecerme la tuya.

—¿Quieres que te cuente algo sobre mí? De acuerdo, lo haré —alzó la barbilla furiosa, con rebeldía, y buscó su mirada al otro lado de la mesa—. Me quitaba la ropa delante de los hombres para los que bailaba a cambio de dinero. ¿Te parece que ya me la he jugado bastante? Marineros, sobre todo —continuó mientras él permanecía en silencio—. Lo hacía en las tabernas de los muelles de Brooklyn antes de mudarme a París. Cantaba, me quitaba el vestido y los marineros me tiraban dinero —se interrumpió y le sostuvo la mirada con firmeza—. Cuantas más prendas me quitaba, más dinero ganaba.

Denys consiguió sostenerle la mirada porque vio el desafío en sus ojos, retándole a expresar su repulsa. Pero no era repulsión lo que sentía, sentía enfado, enfado contra aquellos marineros, contra el tabernero y contra todos los parientes de Lola. ¡Dios santo! En aquel entonces no podía tener más de dieciséis años. ¿Dónde estaba su familia? ¿Cómo podían haber permitido que diera un paso así? ¿Por qué no la habían cuidado mejor?

Pensó en lo que tenía que haber sido para ella, ser tan joven y estar tan sola y desesperada, y le dolió imaginarla rodeada de hombres lujuriosos. Aun así, no iba a darse por vencido porque Lola acabara de contarle algo que resultaba tan duro de oír.

—¿Y bien? —le apremió Lola al ver que no decía nada.

—¿Y bien qué?

Dejó de lado su enfado, consciente de que lo peor que podía hacer en aquel momento era mostrarlo porque Lola lo interpretaría de forma equivocada. En cambio, le sostuvo la mirada.

—¿Se supone que tengo que mostrarme escandalizado?

—¡No lo sé! Eres tú el que viene de un mundo de rectitud y corrección.

—No estoy escandalizado, así que acepta la pipa da la paz y fuma, Lola —le tendió la botella—. ¿Quieres cerveza?

Lola no se movió para aceptarla. Le miró con el ceño fruncido, casi molesta por el hecho de que se hubiera tomado aquella descarnada confesión con tanta tranquilidad.

—De acuerdo, a lo mejor no estás escandalizado, pero es imposible que lo apruebes.

—No, ¿pero eso qué puede importar?

Lola le quitó la cerveza.

—No importa.

—Claro que importa —dijo, fijándose en la orgullosa inclinación de su cabeza y sorprendido por su descubrimiento al darse cuenta de la verdad—. ¿Por eso sonsacarte respuestas hasta ahora ha sido tan difícil como abrir una ostra? —le preguntó—. ¿Porque pensabas que no aprobaría tu pasado?

—No —contestó al instante, y le vio enarcar una ceja—. De acuerdo, sí, un poco. ¡Maldita sea, Denys! —añadió al ver que empezaba a sonreír—. No sé dónde le encuentras la gracia a todo esto.

—Te importa lo que piense —respondió él, riendo ante su incredulidad—. Otro cambio inesperado. La vida está llena de sorpresas.

—No entiendo por qué te parece una revelación —bajó la cabeza y fijó la mirada en la botella que tenía en la mano—. Siempre me ha importado lo que pensaras de mí. ¿Por qué crees que nunca te conté nada?

Denys estudió su cabeza inclinada y su momentánea diversión se desvaneció ante aquella delicada confesión. No supo qué decir. Siempre había habido una parte de Lola que le había parecido fuera de su alcance, algo intocable. Quizá era aquella parte inaccesible la que había motivado su determinación de tenerla y retenerla. Y, aun así, al final, se le había escapado.

—En cualquier caso —dijo Lola antes de que Denys pudiera pensar una respuesta—, lo que he dicho debería haber afectado a tu civilizada sensibilidad británica. No alcanzo a entender por qué no lo ha hecho.

—Supongo —se interrumpió para considerar su respuesta mientras desenvolvía el sándwich y comenzaba a comer— que, en el fondo, sospechaba que podías haber tenido alguna experiencia de ese tipo —dijo al final, lamiendo una pizca de paté de lengua que se le había quedado en el pulgar—. Pero nunca profundicé en ello.

—Querrás decir que nunca quisiste profundizar en ello.

—No —admitió—. En cualquier caso, estoy seguro de que tuviste buenas razones para aceptar ese trabajo.

—Quizá. O a lo mejor es que me gustaba hacerlo.

Denys advirtió el desafío en su voz, pero se negó a aceptarlo.

—Es posible, pero lo dudo.

—¿Qué te hace pensar eso?

—Simple lógica. Si te gustara, supongo que seguirías haciéndolo —señaló la botella que tenía en la mano—. ¿No quieres cerveza?

—¿Cerveza?

Lola giró la botella para leer la etiqueta y, cuando lo hizo, su expresión de disgusto provocó de nuevo la risa en Denys.

—De verdad, Lola, por lo menos deberías probarla antes de arrugar la nariz. Es de mi cervecería.

—¿Tu familia tiene una cervecería?

Era otro intento de desviar la conversación, lo sabía, pero Denys no presionó para que retomara el tema anterior. No, todavía no. Era preferible dejar que respirara un poco.

—No es de mi familia. Nick y yo somos los propietarios. Empezamos con ella hace tres años. Mi padre puso el capital inicial, pero ya se lo hemos devuelto.

Lola miró de nuevo la etiqueta y sonrió.

—«Lirio del Campo» —leyó, y alzó la mirada—. ¿Por qué ese nombre? ¿Tiene que ver con el nombre de algún socio?

—No, no tiene nada que ver. En realidad, esconde toda una historia. Un guiño y un gesto de reconocimiento al verdadero amor.

—¿Al verdadero amor? —le miró con expresión dubitativa—. ¿Con una cerveza?

—Parece incongruente, ¿verdad? Nick estaba cortejando a Belinda en aquel momento y ella le dijo que jamás saldría con él porque era como los lirios del campo y que, si quería demostrar que se la merecía, tenía que encontrar alguna ocupación.

—¿Una mujer de la alta sociedad pidiendo a su pareja que se ganara la vida trabajando?

—Belinda es americana. Pero no fue solo por eso. Nick era un irresponsable en aquella época, bueno, todos lo éramos, como muy bien sabes. Estaba sin blanca y pensaba que la única manera de salir de aquel desastre era casarse con una rica heredera. Así que contrató a Belinda para que le buscara una esposa y terminó casándose con ella. No sé si lo sabes, pero Belinda es una famosa casamentera.

—Lo sé. Como te dije, leo las columnas de sociedad —se echó a reír—. Así que Nick y Jack ahora no solo son amigos sino también cuñados. Las fiestas de la familia deben de ser salvajes.

—Al contrario, los dos han sentado cabeza y están felizmente casados. Pero cuando la estaba cortejando, Nick quiso demostrarle a Belinda que no vivía como los lirios del campo, así que decidió fundar una compañía cervecera y ponerse a fabricar cerveza. En su propiedad, Honeywood, se cultiva el lúpulo, ya ves. Y también en Arcady, la mía. Esa es la razón por la que me empujó a convertirme en su socio. Dirigimos juntos la empresa.

—Ya entiendo.

Se llevó la botella a los labios, bebió un sorbo, esbozó una mueca y dejó la botella a un lado.

Denys se echó a reír.

—¿Tan terrible es?

Lola respondió con una mirada de disculpa.

—No soy muy aficionada a la cerveza, así que no soy quién para juzgarla, pero debe de ser buena.

—Si no te gusta la cerveza, ¿cómo lo sabes?

—Belinda terminó casándose con Nick, ¿no? Así que doy por sentado que tuvisteis éxito con la cervecería.

—Pues sí, la verdad. Nick no fue el único al que le cambió la vida. A mí también. La cervecería me permitió pagar todas mis deudas. Además, fue entonces cuando comencé a hacerme responsable de mi vida. Mi padre comprendió que estaba comenzando una nueva etapa y comenzó a cederme el control de los negocios de la familia, uno a uno. Durante aquel proceso fui descubriendo, para mi sorpresa, que tenía auténtico talento para los negocios. La mayor parte de los nobles no lo tienen, mi padre incluido. De modo que estuvo encantado, y aliviado, al poder encargarme a mí de todas las inversiones de la familia. Ahora está orgulloso del giro que di a mi vida.

—No lo dudo. Eres la niña de sus ojos.

—No. Me temo que es mi hermana Susan la que detenta ese honor.

Se recostó en la silla con la cerveza y el sándwich, estudió a Lola un momento y decidió intentar satisfacer su curiosidad una vez más.

—Pero no crea que no soy consciente de su último intento de distraerme, señorita Valinsky —bromeó con delicadeza—. Estábamos hablando de usted.

—Supongo que querrás saber cómo llegué a dar ese paso —musitó—. Al de quitarme la ropa, quiero decir.

—Solo si tú quieres contármelo.

—Lo hice por la misma razón que la mayoría de las chicas. Necesitaba dinero.

—¿Y tu familia? —le preguntó, y volvió a darle un mordisco a su sándwich.

—Mi familia... —sonrió un poco—. Mi padre era un inmigrante lituano, un carnicero. Se fue al oeste y terminó viviendo en Kansas City, donde estableció su tienda.

Aquella era la primera vez que Lola mencionaba a su familia, otro tema que siempre había intentado evitar.

—¿Y allí conoció a tu madre?

—No exactamente. Mi madre era de Baltimore, la señorita Elizabeth Breckenridge, de los Breckenridge de Baltimore. Gente muy rica y perteneciente a la alta sociedad.

Denys no pudo evitar una ligera sorpresa, quizá porque

Lola siempre había sido muy tajante al asegurar que los matrimonios entre personas de diferentes clases sociales no funcionaban.

—¿Una chica de la alta sociedad casada con un carnicero? Debía de estar muy enamorada.

—¿Enamorada? —Lola soltó una risa, pero no parecía muy contenta—. Se casó con él sin conocerle siquiera. Él quería una esposa, ya ves, y en las ciudades del Salvaje Oeste no había mucho donde escoger. Así que hizo lo que hacían otros muchos hombres. Puso un anuncio en un periódico del Este pidiendo una esposa. Mi madre contestó al anuncio, se escribieron durante unos cuantos meses, se casaron por poderes y ella fue a reunirse con él.

—He leído historias de ese tipo en algunas noveluchas baratas —musitó Denys—. Creía que no ocurrían en la vida real. ¿Por qué hizo una cosa así tu madre?

—Era muy joven. No tenía ni dieciséis años. Cuando intento imaginar sus motivaciones, pienso que debía de ser muy romántica, muy idealista. Es probable que leyera muchas de esas novelas baratas que acabas de mencionar. Su existencia debía de parecerle aburrida comparada con la vida en el Salvaje Oeste.

—En otras palabras, se escapó de su casa.

—Creo que sí, pero no estoy segura. La verdad es que no me acuerdo muy bien de ella. Se fue cuando yo tenía cinco años.

—¿Se fue?

—Volvió con su familia.

—¿Qué? ¿Te abandonó?

—Supongo que la realidad no era tan romántica como las novelas —se encogió de hombros como si no tuviera ninguna importancia—. El caso es que su padre era un hombre muy poderoso y, de alguna manera, consiguió que anularan el matrimonio. Todo con mucha discreción, por supuesto. Y eso significa que yo… —se interrumpió para mirarle—, que soy una hija ilegítima. Por lo menos legalmente.

—Si temiste alguna vez que pudiera juzgarte por eso, era un miedo absurdo —le aseguró con amabilidad—. No podría importarme menos.

—Sí, bueno, mi madre volvió a casarse con un hombre muy rico, de su clase, un tal Angus Hutchison, y tuvo cinco hijos con él.

—Lo siento —palabras muy fáciles de decir, pero qué cortas se quedaban.

—Fui a verla en una ocasión cuando estaba viviendo en Nueva York, antes de ir a París. Fui en tren hasta Baltimore. Pero no me recibió. Le dijo al mayordomo que me dijera que no tenía ninguna hija, que no sabía quién era ni entendía de lo que estaba hablando. Me sacó para siempre de su vida. Hizo borrón y cuenta nueva.

El enfado de Denys, reprimido durante un rato, regresó con virulencia. Se prometió que, si alguna vez regresaba a los Estados Unidos, haría una visita a la señora de Angus Hutchison de Baltimore.

—En América se pueden hacer ese tipo de cosas, ya ves —dijo Lola, interrumpiendo el curso de sus pensamientos—. Empezar de nuevo, cambiarte el nombre, convertirte en otra persona. Aquí todo es diferente o, al menos, para la gente como tú. Si me hubiera casado contigo, no habría habido manera de poner fin a nuestro matrimonio.

—¿Por qué crees que habría querido ponerle fin? —le preguntó lentamente—. ¿Crees que te habría abandonado?

—Yo… —frunció el ceño y fijó la mirada en la botella de cerveza que había encima de la mesa—. No lo sé, pero, en cualquier caso, no habría podido hacerte feliz.

Denys inclinó la cabeza y la miró con atención.

—Estoy empezando a comprender por qué lo piensas.

Lola se levantó y sacudió la cabeza.

—El caso es que mi padre se quedó destrozado cuando mi madre nos dejó. Comenzó a beber, dejó de trabajar, perdió la tienda y vendió hasta los cuchillos. Quería morirse y, al final, lo consiguió. Bebió hasta morir cuando yo tenía quince años.

—¿Por eso no tenías dinero?

Lola asintió.

—Había estado trabajando como lavandera, cantaba en la taberna local e intentaba ganar dinero para mantenerme. Mi padre no me había servido de mucha ayuda. Cuando murió y tuve que hacerme cargo del alquiler de la casa, no tenía suficiente dinero para pagarlo. Sabía que las chicas que trabajaban en la taberna conseguían propinas si… eran capaces de esbozar una sonrisa bonita y coqueteaban con los clientes. Así que aquella noche, mientras cantaba, me levanté la falda. Un poco, no mucho, solo lo suficiente como para enseñar un tobillo y un vaquero me tiró dos bits.

Denys frunció el ceño.

—¿Dos bits?

—Una moneda de veinticinco centavos. Fue entonces cuando comencé a comprender cómo se hacía.

—¿Cómo se hacía?

Lola le miró a los ojos.

—Como se conseguía que los hombres te desearan.

Denys sintió un dolor en el pecho, como si un puño le estuviera apretando el corazón. Había oído hablar de jóvenes descarriadas, pero ni siquiera en sus días de juventud había pensado mucho en cómo llegaban a aquella situación. Después de aquello lo sabía.

—A la mañana siguiente —continuó Lola—, aprendí que el hacer que los hombres te desearan tenía consecuencias.

—¿Qué ocurrió? —preguntó con la voz convertida en un duro suspiro incluso para sus propios oídos.

Agarraba la cerveza con tanta fuerza que la mano le dolía.

—Uno de los vaqueros que me había visto enseñando los

tobillos se presentó en mi casa. Me dijo que sabía que estaba sola en el mundo y se ofreció a ayudarme. A cuidar de mí, así fue como lo dijo.

«Yo cuidaré de ti».

Llegó el eco de sus propias palabras a sus oídos y la desolación de Denys se hizo más profunda, provocándole una sensación de vergüenza como jamás había sentido hasta entonces.

—¿Y cuál fue tu respuesta?

—Le dije que no. Y no se lo tomó muy bien.

—No —musitó Denys, sintiéndose enfermo. Recordó que Lola le había dicho que solo había estado con dos hombres y se preguntó si aquel sería el otro, si su única experiencia sexual antes de conocerle habría sido una violación—. Puedo imaginármelo.

—Me tiró al suelo —le contó y Denys cerró los ojos con fuerza—. Pero conseguí agarrar la Erie antes de caer y le di un golpe en la cabeza.

El alivio de Denys fue tan grande que le sacudió hasta los huesos y tardó varios segundos en hablar.

—¿Qué es una Erie?

—Una sartén de hierro fundido. Le dejé sin sentido. Tenía diez dólares en el bolsillo y se los quité. Me fui directa a la estación de tren y saqué un billete, pensando en alejarme todo lo que pudiera de Kansas City. Conseguí llegar a Nueva York con esos diez dólares. Pensaba cantar allí, trabajar en alguna revista o algo así. Pero no tenía muy buena voz, así que... —se detuvo y se encogió de hombros—, así es como terminé en las tabernas de los muelles de Brooklyn. Comencé enseñando un tobillo, después, levantándome la falda por detrás de forma coqueta... cada vez me resultaba más fácil y cada vez iba enseñando un poco más. Me parecía algo inofensivo y me permitía ganar dinero. Alquilé un apartamento en Flatbush y me acostumbré a llevar una navaja en la liga. Al cabo de un tiempo, reuní suficiente dinero como para viajar hasta París.

Denys dejó escapar un suspiro profundo. Después, se reclinó en la silla y se pasó la mano por el pelo.

—Diablos —musitó.

Contra todo pronóstico, Lola sonrió.

—Sé que has sido tú el que ha preguntado, pero supongo que todo esto es mucho más de lo que querías saber.

—No, me alegro de que me lo hayas contado. Y me alegró de que todo saliera bien. De que ningún hombre… —se interrumpió y volvió a intentarlo—, de que ningún hombre te forzara.

En realidad, era una pregunta, de modo que Lola la contestó.

—No, Denys —le tranquilizó con voz queda—. Ningún hombre me forzó.

Bajó la mirada y comenzó a girar la botella sobre la mesa con aire ausente.

—¿Denys? ¿Ahora puedo hacerte yo una pregunta?

—Por supuesto.

—Hipotecaste Arcady para financiar esa obra de teatro para mí, ¿verdad?

Lo había formulado como una pregunta, pero la certeza que reflejaba su voz indicaba que ya conocía la respuesta.

—Sí —admitió—. ¿Cómo te enteraste? Supongo que te lo dijo Henry.

—Sí, me lo dijo aquella noche en París. ¿Por qué lo hiciste? —pero no le dio oportunidad de contestar—. ¿Lo hiciste porque de verdad creías que tenía talento? —dejó de girar la botella y le miró—. ¿O solo porque querías acostarte conmigo?

CAPÍTULO 15

Denys no pretendía contestar a ninguna pregunta, y menos a la que acababa de formularle. Pero sabía que la verdad y la confianza tenían que llegar por ambas partes.

—El motivo inicial fue el deseo —admitió—. Pero eso no quiere decir que no pensara que tienes talento—se precipitó a añadir, esperando suavizar la cruda motivación que le había impulsado entonces.

Lola le miró con pesar.

—Lo que quieres decir es que, en aquel momento, no pensaste ni en mi talento ni en mi falta de él.

Denys suspiró.

—No, no pensé en tu talento. La verdad sea dicha, no me importaba en absoluto. Te deseaba y habría hecho cualquier cosa para tenerte. Es... —se detuvo y tragó con fuerza—, cuando pienso en ello, me resulta casi aterrador.

—Siento que la obra fuera un fracaso tan estrepitoso. Ojalá lo hubiera hecho mejor.

—La culpa no fue tuya. No estabas en condiciones de representar ese papel. ¿Cómo ibas a estarlo si no tenías ninguna preparación en absoluto? Supongo que, en el fondo, sabía que no estabas lista para aparecer en una obra, pero, como ya te he dicho, no profundicé mucho en ello. Quería que estuvieras conmigo en Londres, pero cada vez que lo expresaba en voz alta, te reías, lo descartabas y decías algo así como que una chica tenía que ganarse la vida y que no querías arriesgarte a perder un trabajo. Al final, me pareció que la mejor manera de hacerte venir a Londres era ofrecerte lo que más deseabas.

—No era eso lo que más deseaba —protestó, y se mordió el labio como si se arrepintiera de haberlo dicho.

—¿No?

No debería haber hecho esa pregunta, se dijo Denys a sí mismo. No debería abrir viejas heridas.

—¿Y qué era lo que querías?

—A ti —respondió Lola con sencillez—. Pero no quería ser tu amante.

A Denys le habría gustado decir que no era eso lo que él le había ofrecido, que sus intenciones habían sido honestas desde el principio.

Desvió la mirada.

—La otra noche me dijiste que soy cínica —continuó Lola tras aquel silencio—. Y quizá lo sea. La vida que llevé antes de conocerte no es de las que invitan a una chica a creer en los cuentos de hadas. Pero después apareciste tú, y yo seguía diciendo que no, pero tú volvías, y comencé a pensar por primera vez en mi vida que, a lo mejor, los cuentos de hadas podían convertirse en realidad. Me dijiste que me habías conseguido una prueba para una obra de teatro en Londres y, cuando conseguí el papel, me sentí como si aquello que siempre había deseado me estuviera siendo servido en bandeja de plata —se interrumpió y se aclaró la garganta—. Denys, cuando llegué a la audición, ya se sabía de antemano que iba a conseguir el papel.

—Sí —aquella admisión le desgarró por dentro, reabriendo aquellas viejas heridas del pasado.

—Al mirar atrás, me pregunto cómo no fui capaz de darme cuenta —dijo pensativa—. Ahora me parece evidente. Y tampoco puedo decir que entonces fuera una joven inocente e ingenua.

Sacudió la cabeza como si le costara creer su propia falta de perspicacia.

—Es increíble lo ciego que puedes llegar a estar cuando eres feliz —continuó—. Había empezado a creer que tú eras mi caballero andante, ya ves. Que me amarías y te casarías conmigo. Yo me convertiría en una actriz de éxito y seríamos felices por siempre jamás. Pero la vida no es así.

Denys cerró los ojos. Un par de semanas atrás, creía tener muy claro todo sobre su pasado. Según su versión de lo ocurrido, había sido ella la que le había hecho daño. En muchas ocasiones, sobre todo, después de su partida, se había preguntado muchas veces por qué le habría dejado por Henry. Pero nunca había sido capaz de dejar de lado la sensación de traición, su corazón roto y su orgullo herido durante el tiempo suficiente como para analizar las cosas desde el punto de vista de Lola, o para admitir que también él era en gran parte culpable de lo ocurrido. Hasta aquel momento.

Abrió los ojos, forzando una risa.

—Estoy comenzando a entender por qué no te gusta hablar de ti. Al hacerlo, la verdad sobre uno mismo se presenta desnuda, ¿verdad? Y la imagen no siempre es bonita. Yo no fui ningún caballero andante, Lola —buscó sus ojos a través de la mesa—. La verdad es que la idea de casarme contigo no se me pasó por la cabeza hasta que volviste a París. Solo entonces, cuando me di cuenta de que estaba perdiéndote, se me ocurrió proponerte matrimonio. La otra noche dijiste que yo no te amaba y ahora entiendo por qué lo sentías. A pesar de que te repetía muchas veces lo mucho que te quería y te decía que estaba loco por ti, que te deseaba tanto que no podía ni comer ni dormir, hasta que no te fuiste a París no me di cuenta de que te quería tanto que deseaba casarme contigo.

Tomó aire.

—Así que, durante todos aquellos meses en los que estuve persiguiéndote, mientras tú me considerabas como una suerte de figura heroica, mis verdaderas intenciones eran moralmente inaceptables.

—Um.

Lola se comió lo que le quedaba del sándwich, mirándole con atención mientras lo hacía. Denys no tenía la menor idea de lo que estaba pensando, pero, al cabo de un par de minutos, la vio negar con la cabeza.

—No, Denys, no te servirá de nada.

Denys frunció el ceño, perplejo ante aquella enigmática respuesta.

—¿Qué es lo que no me servirá de nada?

—Ese intento de presentarte a ti mismo como una especie de canalla. Lo siento, pero no te creo. No lo he creído nunca y nunca lo creeré. Así que, citándote a ti, toma la pipa de la paz y fuma.

Denys sonrió.

—Una analogía bastante oportuna, ¿verdad? Creo que esta noche de verdad estamos fumando esa pipa de la paz.

Lola le devolvió la sonrisa, aunque un tanto vacilante.

—Es posible que tengas razón —dijo, y levantó la botella—. ¿Por nuestra sociedad?

Denys levantó su botella y la acercó a la de Lola.

—Por nuestra sociedad.

Se miraron a los ojos mientras bebían y la mente de Denys regresó a la primera noche que habían cenado juntos. No sabía por qué. Aparte de por el hecho de haber compartido una cena, aquella noche había tenido muy poco que ver con la que estaban disfrutando en aquel momento. Había sido una cena en uno de los mejores restaurantes de París, no unos simples sándwiches. Habían bebido vino, no cerveza. Y él había pasado la mayor parte de la velada intentando seducir a una chica que bailaba como si estuviera hecha para el pecado, pero que no le dejaba entrar en su camerino.

—Hablando de nuestra sociedad...

Aquella voz le sacó del pasado, recordándole que no estaba en París, que había dejado de ser aquel joven alocado y que la seducción ya no era para él una prioridad. Diablos, ni siquiera estaban sentados en una verdadera mesa.

Tomó aire.

—¿Sí?

—Sé que hemos decidido no anunciar de manera oficial nuestra sociedad a la compañía de teatro, pero me pregunto si podrías hacer algo diferente.

—¿El qué?

—A lo mejor podrías sugerir que ciertos miembros de la compañía interrumpan lo más mínimo posible a sus compañeros durante los ensayos.

Denys sonrió.

—¿Debería ponerme de tu lado y en contra de la señorita Danvers? ¿Es eso lo que quieres que haga como socio?

—No, dicho así, por supuesto que no. Pero esa mujer es de lo más irritante.

—¿Y a mí qué me importa? —ensanchó deliberadamente su sonrisa—. Yo no tengo que trabajar con ella.

Lola aspiró con fuerza.

—Esa es una actitud muy egoísta, socio.

—En cualquier caso, no sé para qué me necesitas. Despliega tu encanto con ella y seguro que terminas ganándotela.

Lola le dirigió una mirada irónica mientras se inclinaba hacia delante y lanzaba la botella vacía y el papel del sándwich a la cesta del picnic.

—Por mucho que aprecie tu fe en mi capacidad para la seducción, en este caso, sería una pérdida de tiempo. No podría ganarme a Arabella aunque le pusiera el papel de lady Macbeth y mil libras delante.

—Te subestimas —se echó a reír—. No sé cómo conseguí conquistarte.

—Porque eres bueno. Y ya te he dicho que ese siempre ha sido mi punto débil.

—¿Soy bueno?

La estudió, recordando otros puntos débiles de Lola. Por ejemplo, cómo se le doblaban las rodillas cuando la besaba en la oreja, o cómo conseguía vencer su resistencia con caricias lentas, y no se sintió bueno en absoluto.

Lola debió de adivinar lo que le estaba pasando por la cabeza.

—Creo que debería marcharme —dijo bruscamente, y se levantó de un salto—. Es tarde.

—Por supuesto —Denys se obligó a apartar de su mente aquellos pensamientos obscenos, se levantó, agarró la cesta y señaló hacia la puerta—. Te acompaño.

—No hemos hablado de mi propuesta —le hizo notar Lola cuando se quedó esperando en el pasillo a que apagara la lámpara de gas de la sala de ensayos.

—No, no hemos hablado de ella.

Se reunió con ella en el pasillo, junto a la lámpara que Dawson había dejado encendida, y caminaron hasta el final, donde se detuvieron al lado de una puerta con salida a un callejón.

—¿Por qué no quedamos el sábado por la tarde, después del ensayo? —sugirió Denys—. Creo que no tengo ningún compromiso para ese día.

—¿El sábado? —negó con la cabeza—. No puedo. Tengo planes para esa tarde.

Denys se preguntó al instante qué planes podrían ser, pero sabía que no podía preguntar. Y también que no debería querer saberlo.

—¿Podemos dejarlo para el siguiente sábado? —propuso Lola.

—Por supuesto. ¿Encargo un té?

—Si tú quieres...

—¿Lo quieres tú? —en cuanto salieron aquellas palabras de su boca, deseó patearse la cabeza—. Lo que quiero decir —aclaró al instante, situándose en un terreno más seguro— es que, en realidad, la del té no es una costumbre americana, así que, si quieres prescindir de él, solo tienes que decirlo.

—Un té será perfecto, Denys, gracias —sonrió con pesar—. Pero recuérdame que me quite antes los guantes. Tengo tendencia a olvidar ese tipo de cosas.

Denys se echó a reír al recordar su aspecto con la mano enguantada, la taza de té y la expresión de disgusto al darse cuenta de su error.

—Procuraré que tu conducta sea correcta —le aseguró.

Le abrió la puerta y sacó la llave del bolsillo mientras ella se marchaba. Pero, cuando apagó la última luz y comenzó a cerrar la puerta con llave, la voz de Lola le detuvo.

—Deberías salir por la otra puerta, la que está en la parte delantera del teatro. Así llegarás antes a las caballerizas.

—¿Y dejarte sola en un callejón de Londres buscando un cabriolé? ¿De noche? No pienso hacer una cosa así.

—Estamos a unos cincuenta metros de la Strand y desde allí al Savoy no hay nada más que unas cuantas manzanas. No me pasará nada.

—No pienso permitir que vayas sola y no me importa que tu hotel esté a solo unas manzanas de distancia. Ni pienso discutirlo —añadió cuando ella empezó a protestar.

—Denys, no puedes acompañarme. La Strand es una calle muy transitada, está llena de carruajes llevando y trayendo a gente del teatro. Y es muy probable que en el Savoy encuentres a algún conocido esperando un taxi. Nos verían juntos.

—Ya es un poco tarde para preocuparse por eso. Estoy seguro de que ya nos vieron el día que te arrastré hasta el ascensor en el Savoy. Y en el Covent Garden. Vivimos en la misma ciudad, trabajamos juntos y frecuentamos a la misma gente. Estoy de acuerdo en que debemos evitar llamar la atención sobre nuestra sociedad, pero es inútil intentar esconderse. Si vamos a trabajar juntos, siempre habrá alguna posibilidad de que alguien nos vea en alguna parte. Tú misma lo dijiste la otra noche. Cuando estábamos juntos, intentábamos ser discretos, pero todo el mundo estaba al corriente de nuestra aventura. Si no hacemos ningún esfuerzo para intentar ocultar esta sociedad desde el principio, no evitaremos que la gente siga pensando lo que quiera pero, a lo mejor, se cansan antes de especular sobre nosotros y se dedican a otros temas.

—Dudo mucho que tu familia pueda verlo de esa manera.

—Déjame a mí mi familia. Pretendo seguir adelante con este acuerdo y, si a mi padre no le gusta, está en pleno derecho de recuperar la gestión del teatro. Ha sido él el que ha elegido no hacerlo porque confía en mí.

Incluso mientras lo decía, Denys sintió cierta incomodidad. Sospechaba que iba a pasar mucho tiempo antes de que fuera merecedor de aquella confianza en lo que a Lola concernía.

Lola aspiró con fuerza.

—Estoy segura de que Conyers no te considera a ti un problema. Es en mí en quien no confía. En cualquier caso, todavía sigo pensando que es preferible que no nos vean paseando juntos por la Strand.

—Muy bien. Pero, al menos, permite que te acompañe hasta la parada de taxis y te vea subirte sana y salva en un cabriolé. Sería muy desconsiderado por mi parte dejar que una dama, aunque no fuera amiga mía, caminara sola por las calles de noche.

—¿Amiga? —Lola inclinó la cabeza y le miró dubitativa, como si no estuviera segura de haberle oído bien—. ¿Ahora somos amigos?

La amistad haría más fácil y más agradable el trabajo en aquella sociedad. Denys bajó la mirada. Pero solo si era capaz de recordar que la suya era una relación platónica.

Alzó la cabeza con un gesto brusco para mirarla a los ojos y se obligó a decir algo.

—No lo sé. Podemos intentarlo, supongo. Al fin y al cabo, ya hemos sido todo lo demás —añadió, esforzándose en demostrar una despreocupación que no sentía en absoluto—. ¿Por qué no intentar ser amigos ahora?

Lola esbozó aquella amplia y luminosa sonrisa que, como siempre, le hizo sentirse a Denys como si estuviera recibiendo el calor del sol.

—Amigos entonces —dijo—. Pero —se interrumpió y frunció el ceño intentado adoptar una expresión de firmeza. Las pecas que cubrían su nariz convirtieron aquel intento en un absoluto fracaso—, si vamos a ser amigos, no puedes volver a llamarme nunca «señorita Valinsky».

Denys se echó a reír.

—Me considero debidamente advertido. ¿Puedo llamarte Charlotte?

El gesto serio de Lola desapareció cuando esta alzó la cabeza.

—No, si quieres que te conteste.

—¿No te gusta ese nombre?

—No es eso. No pretendía decir nada más de lo que he dicho. Llevo tanto tiempo llevando el nombre de Lola que si alguien me llamara Charlotte no sé si sería consciente de que me estuvieran hablando a mí. De hecho —añadió con suavidad, inclinando la cabeza—, ni siquiera sé si me acuerdo de quién era Charlotte.

—Yo creo que sí.

Lola levantó la mirada y le observó, sorprendida por la convicción que reflejaba su voz.

—¿Qué te hace decir eso?

—Si no pensaras que esa niña continúa en alguna parte dentro de ti, no me habrías dicho que, en realidad, no te conozco.

—Quizá —sacudió la cabeza—. No lo sé, pero, en cualquier caso, estoy acostumbrada a que me llamen Lola, así que deberías continuar dirigiéndote a mí por ese nombre.

—Como tú quieras. También a mí me resultará más fácil. Empezar desde cero está muy bien y estoy esforzándome todo lo que puedo para adaptarme a la nueva situación, pero me costaría acostumbrarme a llamarte de forma diferente —señaló el callejón que tenía tras ella—. ¿Vamos?

—¿Por qué no espero aquí mientras llamas a un taxi?

Denys aceptó y, poco tiempo después, estaba de pie en la entrada del callejón, viéndola caminar hacia el cabriolé que había parado en la acera. Todo aquello de empezar de nuevo y ser amigos estaba muy bien, pero al contemplar los destellos de su pelo bajo la farola y el elegante movimiento de sus caderas al andar, Denys sintió su deseo por ella acechando en lo más profundo y no supo si alguna vez sería capaz de ver a Lola Valentine como a una amiga, aunque su verdadero nombre fuera Charlotte Valinsky.

CAPÍTULO 16

Denys sabía que Lola tenía razón acerca de los rumores y que era preferible que se evitaran cuanto pudieran cuando no estuvieran ocupándose de la gestión del teatro.

Teniendo en cuenta su determinación de no permitir que el regreso de Lola supusiera cambio alguno en su vida, evitarla debería haber sido fácil, sobre todo porque lo último que habría deseado solo unas semanas antes era estar cerca de ella. Sin embargo, durante los días que siguieron al picnic que habían compartido en la sala de ensayos, mantenerse lejos de Lola demostró ser una de las cosas más difíciles que había hecho en su vida.

A menudo se descubría mirando por la ventana de su despacho hacia el Imperial, preguntándose cómo estaría. En dos ocasiones, había estado a punto de cambiar sus planes de cenar con amigos para ir a cenar al Savoy, solo por si había alguna probabilidad de verla allí. Era una suerte que St. John's Wood no estuviera cerca de los lugares que frecuentaba a diario, porque si lo hubiera estado, habría sido incapaz de resistir la tentación de pedirle a su cochero que pasara por allí de camino a la oficina.

Inventaba excusas a diario para tener que cruzar la calle: tenía que preguntarle a Jacob cómo iba la obra, o examinar las instalaciones, o hablar con el conserje sobre temas de mantenimiento. Sí, su imaginación se las arreglaba para encontrar cualquier razón por la que el Imperial necesitaba su atención justo en un determinado momento. Pero, por fértil que fuera su imaginación, se obligaba a sí mismo a no acercarse por allí. Era lo mejor que podía hacer por el bien de ambos.

Sin embargo, no podía dejar de pensar en ella. Lola se filtraba en sus pensamientos en incontables ocasiones: en medio de una reunión de negocios, cuando por la calle se cruzaba con una mujer pelirroja, o cuando su carruaje pasaba por delante del Covent Garden.

Era cierto que había llegado a pensar que el estar cerca de ella le ayudaría a superar todo aquello, pero, a medida que iban pasando los días, empezaba a temer que había sido demasiado optimista al confiar en la capacidad de la familiaridad para alimentar un distanciamiento.

«Lo que tú amabas era una ilusión, una ilusión que inventé muchos años antes de conocerte. Sin embargo, a mí no me conoces en absoluto».

¿Sería cierto? Denys bajó la mirada hacia el plato del desayuno y estuvo empujando el beicon y los huevos mientras sopesaba aquella frase a la luz de lo que había descubierto sobre ella. Pero, al analizar lo que Lola había contado sobre sí misma, mucho se temía que cuanto más sabía de ella, más ganas tenía de seguir conociéndola. Cuanto más profundo exploraba, más hondo quería seguir escarbando. Y temía que, si continuaba cavando, terminaría hundiéndose él mismo para siempre.

Fluían a su alrededor las voces de su familia, pero estaba tan absorto en sus pensamientos que no oía una sola palabra. Estaba pensando en un joven imberbe que seis años atrás había hipotecado su propiedad para seducir a una chica.

Cerró los ojos, dejándose arrastrar por los recuerdos de

las tardes que pasaban juntos, por la fragancia de Lola, por su sabor, por el tacto de su piel. Todo tan vívido y erótico como lo había sido en la realidad.

—¿Denys?

La voz apremiante de su madre irrumpió en sus pensamientos. Denys alzó la mirada y comprendió con estupor que acababa de estar teniendo pensamientos eróticos sobre Lola en la mesa del desayuno.

—Perdón, mamá —y preguntó al cabo de un momento—: ¿Qué has dicho?

—Te he preguntado que si pensabas venir mañana con nosotras en la berlina o si vas a llevar tu propio carruaje.

Denys se la quedó mirando perplejo, porque no sabía de qué estaba hablando.

—¿Mañana?

Su madre desvió la mirada hacia su marido y a Denys no le pasó inadvertido el gesto de inquietud que intercambiaron sus progenitores. Comprendió entonces que había olvidado algo importante, alguna obligación social, pero, de momento, no era capaz de recordar cuál.

—No, Denys no vendrá con nosotros —intervino Susan antes de que su madre pudiera contestar—. Se pasa la vida trabajando en su oficina, incluso los sábados. Seguro que llevará su propio carruaje desde Bedford Street a Regent's Park.

—Supongo —lady Conyers suspiró y se volvió hacia él—. Trabajas demasiado, querido. Y durante le temporada, es del todo inapropiado que un caballero sea esclavo de su oficina.

Denys miró a su madre y a su hermana, completamente perdido.

—¿A Regent's Park?

Susan se echó a reír.

—¡Oh, Dios mío! Trabajas tanto que hasta te has olvidado de la exposición floral de mamá. Y eso que Georgiana ha estado ayudándola a organizarlo todo.

¡Dios santo, Georgiana! Se había olvidado de ella.

Consciente de que los otros miembros de su familia tenían la mirara fija en él, se vio obligado a dar una respuesta.

—No lo había olvidado —mintió, teniendo mucho cuidado de que su rostro no reflejara la menor consternación—. Pero en este momento no era capaz de recordar dónde iba a celebrarse. Al fin y al cabo —se precipitó a añadir—, Georgiana sugirió tantos emplazamientos posibles antes de volver a Kent que era imposible recordarlo. Me he hecho un lío con todos esos lugares.

Era una excusa muy pobre y lo sabía. Vio que sus padres intercambiaban una significativa mirada, pero, por suerte, prefirieron aceptarla.

—Sé que todo ha sido muy confuso —señaló su madre—. Estábamos desesperadas por encontrar un lugar adecuado —tomó la taza y bebió un sorbo de té mirándole por encima del borde—. Tengo entendido que el miércoles regresaron de Kent.

Denys no tenía ni idea. Pero la mirada interrogante y clara de su madre sugería que sería más sensato ocultar su ignorancia.

—Eso creo. Todavía no he tenido oportunidad de hacerle una visita.

—Por supuesto —había un deje de reproche en su voz que Denys decidió ignorar—. Como acabo de decirte —continuó mientras dejaba la taza en la mesa—, esta temporada estás trabajando mucho.

Y, sin más, volvió a prestar atención a Susan para preguntarle por el vestido que iba a ponerse para el próximo baile. Pero Denys encontró poco alivio en aquel cambio de tema porque se vio obligado a enfrentarse al hecho de que, durante las tres semanas anteriores, la mujer que estaba considerando como candidata a ser su futura esposa no había ocupado ni un segundo de su atención. No había contestado a sus cartas, ni siquiera las había leído. De hecho, aparte de alguna breve mención durante su conversación con Lola en el Covent Garden, no había dedicado mucho tiempo a pensar en Georgiana durante los días que ella había estado fuera.

Por supuesto, habían pasado muchas cosas en su vida últimamente. Cualquier hombre estaría confundido en su situación.

Dejó de intentar justificar aquel lapsus de caballerosidad porque sabía que no tenía ninguna justificación. Estaba pensando en casarse con Georgiana, por el amor de Dios. ¿Cómo podía haberse olvidado de ella hasta aquel punto?

Incluso mientras se hacía a sí mismo aquella pregunta, conocía la respuesta.

Dejó el cuchillo y el tenedor en el plato, echó la silla hacia atrás y se levantó con intención de remediar aquella negligencia en su conducta.

—Si me perdonáis —dijo, inclinando la cabeza en dirección a su madre y su hermana—, debo irme. Si mañana voy a tener que estar fuera de la oficina, hoy tengo mucho trabajo que hacer.

Se volvió para marcharse, pero se detuvo y miró a su madre.

—Tienes razón, mamá. Paso demasiado tiempo trabajando. ¿Tendrás la bondad de informar a mi secretario de a qué otros eventos quieres que vaya durante las próximas semanas? Haré todo lo que esté en mi mano para satisfacer tus deseos y pasar más tiempo disfrutando de la temporada con mi familia y mis amigos.

Aquel compromiso satisfizo a su madre, estaba seguro, pero a él no le ayudó a sentirse mucho mejor. Mientras salía del comedor, todavía estaba desconcertado por su propio despiste, irritado por lo que lo había motivado y sintiéndose endiabladamente culpable. Se había prometido que no permitiría que su relación con Lola tuviera efecto alguno en su vida íntima pero, hasta entonces, no se le estaba dando muy bien mantener aquella promesa en particular.

—Sé un junco, Denys —musitó, mesándose los cabellos mientras cruzaba el pasillo para dirigirse hacia la parte delantera de la casa—, no un roble.

Cuando se volvió hacia las escaleras, se fijó en el mayordomo, que estaba en el vestíbulo, y se detuvo con la mano apoyada en el pilar de la barandilla y un pie en el primer escalón.

—¿Monckton?

El mayordomo se volvió desde el espejo que estaba intentando enderezar.

—¿Milord?

—¿Podría tener mi carruaje preparado dentro de media hora? —le pidió y comenzó a subir—. Y pídele a Henry que vaya a comprar un ramo de nomeolvides a la florista de la esquina, por favor.

Treinta minutos después, acicalado con un traje de mañana de color gris y un sombrero de copa adecuado para una visita, Denys salió y encontró su carruaje esperándole en la acera con un bonito ramo de nomeolvides en el asiento y el cochero al lado.

—Al número 18 de Berkeley Square —le ordenó, y entró en el carruaje.

Sabía que ya era hora de poner sus prioridades en orden y empezar a organizar su futuro, pero cuando el carruaje le llevó hasta la residencia del marqués de Belsham en Londres, no pudo sacudirse la sensación de que su destino iba a ser tan excitante como observar cómo se secaba la pintura.

Durante la semana que siguió al picnic con Denys, Lola estuvo inmersa en la obra. Debido a la arrogante tendencia de Arabella a ofrecer consejos y sugerencias que nadie le pedía a los demás actores, y a Lola en particular, los ensayos se prolongaron hasta bien entrada la noche durante aquella semana.

Al principio, le había preocupado que la crítica casi constante de Arabella a su talento como actriz pudiera alimentar la idea de que solo estaba allí por los hombres con los que se había acostado, pero, a medida que habían ido pasando los días, había ocurrido todo lo contrario. Cuanto más la criticaba Arabella, más miembros de la compañía se sentían inclinados a concederle el beneficio de la duda, sobre todo desde que la primera actriz no solo se metía con ella, sino también con el resto del reparto.

Era evidente que la conducta de la diva de Jacob estaba erosionando la paciencia del director, un hecho que Lola no podía evitar contemplar con satisfacción. Para cuando llegó el viernes, Jacob ya comenzaba a interrumpir las críticas de Arabella con comentarios cortantes y los actores estaban empezando a especular sobre cuánto tiempo faltaba para que estallara una pelea. Lola no había expresado su opinión en ningún momento, consciente de que lo mejor era mantener la boca cerrada y concentrarse en el trabajo. Ella no solo era una actriz de la compañía, sino también propietaria del teatro, y, como Denys había señalado, los propietarios no tenían favoritos ni se ponían del lado de nadie.

A pesar de su agitación emocional, el trabajo estaba demostrando ser una bendición. Durante los ensayos, cuando estaba recitando el texto y concentrada en la obra, cuando rechinaba los dientes exasperada por la última intervención de Arabella o intentaba aceptar la visión que tenía Jacob sobre su papel en vez de imponer la suya, era capaz de olvidar a Denys y centrarse en el objetivo que la había llevado hasta allí.

Por desgracia, no podía trabajar durante todo el día y, de tanto en tanto, había vacíos, momentos en los que se quedaba sola y no podía hacer nada, salvo pensar.

No estaba acostumbrada a tener tiempo libre. En Nueva York, tenía su propio espectáculo, un espectáculo que exigía buscar constantemente canciones nuevas y cambiar los bailes para que continuara resultando fresco y divertido. El poco tiempo que le sobraba lo había pasado puliendo sus habilidades como actriz dramática, de modo que nunca había tenido demasiado tiempo para asuntos como la reflexión.

Pero allí en Londres, y a pesar de los deseos de Arabella de convertirlos a todos en esclavos de su trabajo, tenía mucho más tiempo libre que en Nueva York y pocos amigos con los que distraerse.

Las noches eran lo peor, porque permanecía despierta en la cama, pensando en las conversaciones que había tenido con Denys en el Covent Garden y en la sala de ensayos del teatro, en los sándwiches y las confidencias que habían compartido y preguntándose que la habría impulsado a ser tan franca. No había hablado tanto sobre sí misma en toda su vida como lo había hecho durante las tres semanas anteriores.

¿Cómo?, se preguntó con la mirada clavaba en las molduras del techo que destacaban en medio de la oscuridad de la habitación. ¿Cómo habría conseguido sonsacarle uno de los detalles más sórdidos de su pasado? Como Denys había hecho notar, ella siempre había desviado cualquier conversación sobre sí misma, sobre todo, estando con él.

«No compartiste casi nada conmigo sobre la vida que llevabas antes de que nos conociéramos».

Lola había dejado a Charlotte Valinsky en el pasado el día que había cumplido dieciocho años, el mismo día que había comprado un billete de barco para viajar de Nueva York a París. Tras abordar aquel barco de vapor con un billete a nombre de Lola Valentine, nunca había vuelto a mirar atrás. Durante el tiempo que había pasado con Denys, había puesto un exquisito cuidado y una gran dosis de ingenio en evitar preguntas y ocultarle su pasado. Bailar el cancán y cantar canciones picantes francesas era algo lo bastante sugerente como para despertar el interés y la curiosidad de un caballero como Denys. Pero aquello estaba muy lejos de quitarse la ropa delante de los marineros rijosos que trabajaban en los barcos de Bay Ridge Channel. Siempre había tenido miedo de que Denys se enterara de lo bajo que había caído Charlotte y se alejara de ella. Cinco noches atrás, por fin le había contado la verdad, o parte de ella al menos, con ese preciso propósito.

Lo había hecho con la esperanza de que, tras contárselo, dejara de mirarla con aquel deseo del pasado en sus ojos oscuros, de que su confesión le asegurara que no iba a volver a intentar besarla, o seducirla, o robarle de nuevo el corazón. Había renunciado a Denys en una ocasión pensando en el bien de este, pero, si tenía que hacerlo por segunda vez, temía que aquello pudiera aniquilarla.

Sin embargo, su intento de alejarle exponiendo parte de su pasado había provocado el efecto contrario. Denys no se había escandalizado ni se había distanciado. Ni tan siquiera había parecido muy sorprendido. Si el objetivo era alejarle de ella, hablarle de su trabajo como bailarina de taberna no había sido muy efectivo. Lola se mordió el labio con la mirada fija en el techo. A lo mejor debería contarle lo que al final la había llevado a dejar de hacerlo.

El corazón se le retorció en el pecho. Cerró los ojos con fuerza. Pero si pensaba que aquello iba a borrar a Denys de su mente estaba muy equivocada porque su imaginación continuó conjurando su rostro y recordando el deseo que reflejaban sus ojos. Todavía podía oír su voz vibrando con masculino deseo.

«¿Soy bueno?»

Un calor anhelante se extendió por sus brazos y sus piernas al recordar aquella pregunta. El deseo comenzó a apoderarse de ella. La mirada que le había dirigido Denys en aquel momento había sido de todo menos bondadosa. Y aquel beso apasionado en su oficina tampoco había estado cargado de bondad. Denys, y ella lo sabía mejor que nadie, también podía ser muy, muy malo.

Su respiración se hizo más profunda a medida que fluían en su mente los recuerdos de las tardes pasadas en St. John's Wood. Las esperas junto a la ventana con una impaciencia casi insoportable, pendiente del carruaje que le llevaría a su puerta. El recuerdo de estar entre sus brazos, de su boca sobre la suya y de sus manos desnudándola y acariciándola para llevarla hasta la más deliciosa plenitud.

Lola gimió y dio media vuelta en la cama. No podía seguir pensando en él de aquella manera. Se volvería loca, o, algo peor, haría alguna estupidez o permitiría que la hiciera él y echarían todo a perder. ¿Y qué ocurriría después? Otro nombre, otro lugar, ¿y empezar otra vez desde cero?

Lola cerró los ojos con fuerza y se esforzó, como había hecho muchas veces antes, en olvidar aquellas tardes en St. John's Wood, en olvidar sus besos y sus caricias y aquella maravillosa época de su vida en la que se había permitido enamorarse.

Pasó mucho tiempo antes de que Lola pudiera por fin quedarse dormida y, después de un ensayo agotador a la mañana siguiente, durante el que Arabela decidió no ser particularmente difícil, la exposición floral en Regent's Park fue una muy bienvenida distracción.

—Necesitaba esta salida, Kitty —le dijo a su amiga mientras caminaban por la rotonda interior de Regent's Park, dirigiéndose hacia los jardines de St. John Lodge—, no te imaginas la falta que me hacía esto.

—¿Arabella? —aventuró su amiga al instante, dirigiéndole una compasiva mirada de comprensión.

Lola desvió la mirada.

—En parte —musitó y fingió concentrarse en la colocación de su sombrilla para conseguir un ángulo mejor—. Esa mujer es imposible. Tiene que parar para discutirlo todo. Es insoportable.

—¡Oh, lo sé! —se mostró de acuerdo Kitty—. Estuve el otro día en el teatro, colgando el fondo para la escena del dormitorio de Desdémona. Quería ver cómo quedaba y dio la casualidad de que, mala suerte, estaba allí ella en ese momento. En cuanto me vio, me dijo lo mal que quedaba en su escena y se preguntó en voz alta cómo demonios habría elegido Jacob Roth para hacer los escenarios a una persona que no sabe pintar.

—¿Y no te entraron ganas de estrangularla?

—¡Desde luego! Tuvo suerte de que no llevara un pañuelo aquel día.

Lola se echó a reír y acarició el pañuelo de color azul oscuro que llevaba en la base del cuello, dedicando unos segundos a imaginar las más malignas posibilidades.

—Me alegro de que hoy hayamos podido terminar el ensayo a una hora decente. Aun así, he tenido que recorrer a toda velocidad las cinco manzanas que me separan del Savoy para poder darme un baño y cambiarme de ropa.

—Pues ha merecido la pena, estás magnífica —dijo Kitty, deslizando la mirada por la falda blanca adornada con un volante en la parte inferior, el bolero de rayas azules y blancas y el chaleco blanco con lunares azules—. ¿Esas mangas abullonadas están de moda? —le preguntó, señalando con el dedo las mangas azul marino de Lola.

—Sí, les llaman manga globo.

—Hacen la cintura muy estrecha, ¿verdad? Espero que dure esa moda.

—No durará —le aseguró Lola, y las dos se echaron a reír.

Después de una mañana complicada y de toda una noche sin dormir, le sentaba bien reírse. Y también estar en la calle en un día tan fabuloso. Tomó aire, notando con sentida apreciación que el aire en el parque era más fresco y dulce que el aire frío y húmedo del río. Le bastaba estar allí para sentir el corazón más ligero y colocar el tumulto emocional de la noche anterior bajo una perspectiva adecuada. Sus preocupaciones sobre el futuro y los desastres que podrían estar acechándola parecieron alejarse, arrastrados por la cálida brisa de mayo.

Para cuando llegaron a St. John Lodge, la exposición floral estaba en pleno apogeo. Las puertas de hierro forjado de la residencia privada de lord Bute estaban abiertas, invitando a entrar a los jardines a todos aquellos que hubieran comprado una entrada.

En cuanto uno de los lacayos de Bute perforó debidamente sus entradas, Lola y Kitty se sumaron a los visitantes que paseaban entre las carpas blancas que habían levantado sobre el césped del marqués.

Aunque la exhibición estaba abierta a cualquiera que pudiera permitirse comprar una entrada, no había nada vulgar en aquel evento. Un cuarteto de cuerda tocaba música de Mozart y Vivaldi. Lacayos con librea portaban bandejas con champán, limonada y canapés. Lola se sentía como si acabara de entrar en una fiesta organizada en los jardines de una duquesa. Era adorable.

En honor a aquel día espléndido, habían enrollado las paredes de las carpas y, bajo su sombra, largas mesas cubiertas con prístinos manteles blancos exponían las más bellas flores de los mejores jardines londinenses en jarrones de resplandeciente cristal. Una tarjeta escrita con elegante caligrafía identificaba cada flor, el jardín en el que se había cultivado y el nombre de la persona responsable de ella.

—«Condesa de Redwyn» —leyó Kitty cuando pasaron delante de una peonía de un color rosa espectacular—. ¡Cielos! Cualquiera diría que la ha cultivado ella misma. Me gustaría saber por qué no le conceden el mérito al pobre jardinero.

—Se lo merecería —reconoció Lola—. Es una flor preciosa.

Miró por encima del hombro y vio una carpa en la que exponían sus flores favoritas.

—¡Vamos! —dijo, tirando a Kitty del brazo—. Vamos a ver las rosas.

Caminaron por la exposición de rosas y estuvieron admirando las flores durante algún tiempo, hasta que el calor las empujó a buscar a uno de los lacayos que ofrecían refrigerios.

Vieron a uno que estaba ofreciendo copas de champán a un grupo de damas y caballeros que estaban cerca de la primera carpa y avanzaron en aquella dirección, pero estaban a unos cuatro metros de distancia cuando Lola distinguió a un hombre en particular en medio del círculo, un hombre que estaba de espaldas a ella, pero cuya altura y sus anchos hombros no le costó reconocer.

Se quedó helada, repentinamente paralizada. El corazón le dio un vuelco en el pecho; fue una sensación nacida del miedo, la emoción y algo más, algo que recordaba al anhelo. Sabía que debería dar media vuelta antes de que la viera, pero sus pies se negaban a obedecer las órdenes de su cerebro.

Denys volvió la cabeza hacia una mujer de pelo castaño, delgada y vestida en seda de color azul claro. La joven se inclinó hacia él, posó la mano en su brazo y le susurró algo al oído con un gesto de familiaridad que le indicó a Lola que aquella mujer tenía que ser lady Georgiana Prescott.

Verlos juntos le dolió como si la estuvieran marcando con hierro porque hacían una pareja espléndida, perfecta. Estaban rodeados de personas cuya elegancia y riqueza completaban la imagen. Al otro lado de Denys permanecía un hombre de pelo negro cuyo perfil le resultó inequívocamente familiar.

Jack, comprendió, pero aquella difícil situación no le permitió encontrar placer alguno al reconocer a un hombre a quien, mucho tiempo atrás, había considerado un amigo.

Agarrada a su brazo había una mujer rubia, delgada y elegante; su esposa, sin duda.

Junto a la pareja se encontraba una mujer vivaz de pelo oscuro tan parecida a Denys que Lola supo al instante que debía de ser su hermana, lady Susan. La dama que estaba a su lado, una mujer robusta de pelo oscuro entreverado con canas, tenía que ser su madre, lady Conyers. Y detrás del grupo, de cara a ella, un hombre de pelo plateado cuya actitud sonriente y amable le hacía muy diferente al altivo conde que le había lanzado un cheque a la cara tanto tiempo atrás.

La imagen del conde Conyers fue la gota que colmó el vaso. La arrancó de su parálisis momentánea y giró antes de que alguno de ellos pudiera verla.

—¡Ay, Kitty, tenemos que irnos!

—Pero si acabamos de llegar —Kitty alargó la mano para alcanzar una copa de champán de uno de los lacayos que pasaba a su lado—. ¿Por qué tenemos que irnos?

—Porque está aquí Denys —siseó.

—¿Somerton? ¿Dónde?

—Ahí —Lola señaló con el pulgar por encima del hombro—. No mires —añadió desesperada cuando Kitty se inclinó hacia un lado, intentando ver detrás de ella—. Está a unos cinco metros de nosotras.

—¿Ah, sí?

Kitty no pareció en absoluto sorprendida. De hecho, había una sonrisa rondando sus labios y a Lola se le pasó entonces una idea terrible por la cabeza.

—Sabías que iba a estar aquí —dijo, entrecerrando los ojos mientras su amiga se movía cambiando el peso sobre los pies con un gesto culpable—. Es una coincidencia increíble el que estemos aquí al mismo tiempo cuando ahora mismo hay cientos de actos sociales en Londres, pero, aun así, tú no pareces sorprendida en lo más mínimo. Sabías que iba a estar aquí, ¿verdad?

Kitty pareció languidecer bajo su mirada, confirmando sus sospechas.

—Sabía que había alguna posibilidad —farfulló.

—¿Y qué te llevó a pensar que iba a estar en una exposición floral?

Kitty, avergonzada, se llevó la mano al oído.

—¿Una casualidad? —aventuró, pero cuando Lola entrecerró los ojos todavía más, tosió incómoda y procedió a explicárselo—. Oí decir que la madre de Somerton era la, ejem, la... patrona de esta... exposición.

—¿Qué? ¡Ay, Dios mío!

Cobró conciencia de todas las implicaciones de la situación y se sintió de pronto enferma, furiosa y humillada. Si Denys la veía, pensaría... ¡Ay, Dios! Ni siquiera se atrevía a imaginar lo que podría pensar.

—¿Cómo has podido hacerme esto a mí? —la increpó—. ¿Cómo?

—Bueno, tampoco puede decirse que no tengas derecho a venir. Es un acontecimiento público, abierto a todo el mundo. Incluso se permite venir a las clases más humildes —añadió con una amargura inconfundible en la voz—. Lo hacen porque no creen que podamos permitirnos el lujo de comprar unas entradas tan caras.

—No importa que nos permitan o no estar aquí. Nos has puesto a Denys y a mí en una situación muy difícil, ¿no lo ves?

—No, no lo veo —Kitty asintió con la cabeza— Somerton es tu socio en el teatro, ¿no? ¿Por qué no vas a asistir a la maravillosa exposición floral que organiza su madre? ¿Por qué no vas a poder ir a hablar con él? ¿Por qué no va a poder acercarse a saludarte? A lo mejor nos acompaña a ver la exposición.

Lola gimió al darse cuenta de hasta qué punto ignoraba Kitty las sutilezas de la alta sociedad.

—Además —añadió Kitty al ver que no contestaba—, ya te dije que quiero que por lo menos una de nostras tenga una oportunidad. Le darías una lección a esa familia tan altiva que tiene si te casaras con Somerton —continuó con la amargura nacida de un corazón roto—. Se llevarían un buen chasco si lo hicieras.

—Por el amor de Dios. Ya te dije que no hay nada romántico entre...

Se interrumpió. El beso que Denys le había dado en su despacho y sus propios pensamientos eróticos de la noche anterior irrumpieron en su mente. Respiró hondo y cambió de táctica.

—No tienes ningún derecho a hacer de casamentera cuando las dos sabemos que solo actúas movida por el deseo de venganza y por un ridículo sentido de la justicia social. ¿Qué imagen voy a dar, presentándome en un acontecimiento benéfico que organiza su madre?

Se oyó a sí misma elevando la voz presa del pánico mientras formulaba aquella pregunta y se detuvo para tomar aire antes de volver a hablar.

—Tenemos que irnos.

—¿Entonces pretendes salir huyendo como si tuvieras algo de lo que avergonzarte? ¿Se supone que vas a tener que evitar todos los eventos de la temporada porque podrías volver a coincidir con él?

—Esa no es la cuestión. No tienes ni idea de lo que has hecho. Tenemos que irnos ya.

La agarró del brazo, pero, cuando miró a su alrededor, se dio cuenta de que era imposible escapar. Estaba atrapada entre una elegante casa georgiana y tres verjas de hierro forjado. La única manera de salir era a través de la puerta del jardín, de modo que tendría que pasar delante de la familia de Denys.

Y, por si eso no fuera suficientemente malo, una rápida

mirada a su alrededor le reveló que su presencia había sido descubierta. Uno a uno, los asistentes iban volviéndose para mirarla. Observó desolada cómo la gente que iba paseando por los jardines se detenía para clavar la mirada no en aquel espléndido día o en las flores, sino en ella.

«¡Dios mío, saben quién soy!», pensó horrorizada, «es probable que ninguna de estas personas me conozca, pero saben quién soy».

Se sentía como si estuviera teniendo lugar un terrible accidente ante sus ojos mientras veía las cabezas inclinándose y las bocas empezando a moverse. Hasta el último par de ojos de aquella multitud parecía fijo en ella, o en Denys y su familia y sus amigos. Y, viéndoles desviar la mirada de uno a otro con ávido interés, era fácil adivinar sus pensamientos y entender sus susurros. Todos ellos se estaban preguntando cómo era posible que la antigua, o quizá actual, amante de lord Somerton tuviera el valor de aparecer en un acto benéfico organizado por su madre y por lo que el conde iba a hacer al respecto.

Preguntándose si podría limitarse a dirigirse a la salida, miró desesperada por encima del hombro y se quedó helada, horrorizada, al descubrir al conde mirando hacia ella. Su rostro, tan agradable y amable unos segundos antes, estaba en aquel momento inflamado por el enfado. Apretaba los labios con fuerza y, bajo su sombrero, sus ojos oscuros parecían arder de reprimida indignación. Se cruzaron sus miradas y él se tensó y alzó la barbilla con una altivez propia de su rango. Después, con casi todos los ojos pendientes de la escena, rodeó el grupo en el que estaba y con lenta y deliberada intención, para que todo el mundo pudiera verle actuar, dio varios pasos hacia ella, se detuvo y le dio la espalda.

Lola tomó aire. Aquel desaire tan explícito fue como un puñetazo en el estómago. Sabía que debería desviar la mirada, andar, ir… a alguna parte. Pero, aun así, no parecía capaz de moverse. Se sentía clavada a aquel lugar por cientos de miradas, como una mariposa atravesada por alfileres en un expositor de cristal.

Denys y la chica debieron darse cuenta de que algo ocurría. Alzaron las cabezas desde su íntimo tête-à-tête y fue entonces cuando Denys la vio. Abrió los ojos asombrado, miró a su alrededor y la miró después a los ojos. En su rostro, Lola reconoció el impacto que le producía lo ocurrido y, cuando apretó los labios, le pareció tan enfadado como su padre.

¿También él iba a rechazarla en público? No podría soportarlo, pero, aun así, continuaba siendo incapaz de volverse. Y, además, ¿adónde iría?

Le miró con impotencia. Lágrimas de mortificación emborronaron la imagen de Denys ante sus ojos. Quería morirse. Un terremoto sería ideal, uno que abriera aquel césped recortado con tanta pulcritud y dejara que se la tragara la tierra. Por desgracia, a pesar de lo que la familia de Denys pensara de ella, no era una bruja y no era capaz de conjurar un terremoto con un hechizo.

«Que Dios me ayude», pensó, «¿Qué voy a hacer?».

CAPÍTULO 17

Parecía una gacela atrapada y rodeada de cazadores. Y los cazadores, advirtió Denys mientras miraba a su alrededor, parecían sedientos de sangre. Una mirada a su padre le indicó que algunos de esos cazadores formaban parte de su propia familia. Denys se movió, dando un paso protector hacia ella, pero una mano le agarró del brazo para detenerle.

Volvió la cabeza y descubrió a Georgiana mirándole con sus ojos grises abiertos como platos.

—¿Denys, qué estás haciendo? —susurró—. No estarás pensando en ir a hablar con esa mujer, ¿verdad?

Denys se volvió hacia Lola. Jamás la había visto de aquella manera, mortificada y tan asustada. Era algo inusual en ella y sabía que estaba esperando a ver su reacción.

—Por supuesto que hablaré con ella —respondió, manteniendo la voz baja y lo más neutral posible—. Es mi socia en el teatro. Ayer mismo estuvimos hablando de ello, Georgiana.

—¡El que sea tu socia en un negocio no significa que puedas reconocerla en público!

Aquellos matices eran tan absurdos que Denys estuvo a punto de echarse a reír.

—No sé cómo voy a poder ser su socio sin reconocerla en público.

Miró hacia el lugar en el que estaba Lola, todavía inmóvil sobre el césped y rodeada de un mar de rostros ávidos de escándalo, y supo que todos ellos se estaban preguntando qué pretendía hacer.

—Podemos hablar de esto más tarde. Ahora todo el mundo se está preguntando por lo que voy a hacer y no voy a permitir que sigan humillándola de esta manera ni un minuto más.

—¿Humillarla? —Georgiana tensó la mano en su brazo antes de que pudiera volverse—. Si hablas con ella, si la reconoces en público siquiera, seré yo la humillada —dijo con la voz atragantada—. ¿Es que no te das cuenta?

Denys negó con la cabeza, sabiendo lo que Georgiana esperaba y, sabiendo también, que no podía hacerlo.

—No voy a repudiarla, Georgiana. Ni siquiera por ti haría algo así.

Georgiana emitió un sonido de sorpresa, indignación o quizá de dolor. Denys no estaba seguro porque jamás la había visto exteriorizar ninguno de aquellos sentimientos, al menos, no desde que eran niños. Sin advertencia previa, a Georgiana se le llenaron los ojos de lágrimas.

—Lo sabía —susurró—. Siempre lo he sabido.

Y entonces, Georgiana, una mujer admirada por su contención y su capacidad de control, comenzó a llorar. Deslizó la mano que tenía posada en su brazo, pasó por delante de él y corrió hacia la casa.

«¡Dios del cielo!», pensó Denys.

No pudo salir corriendo tras ella porque tenía un problema más apremiante que las lágrimas de Georgiana. Dio otro paso hacia Lola, pero volvieron a detenerle. En aquella ocasión, una mano férrea e indiscutiblemente viril. Se volvió dispuesto a decirle a su padre que no se entrometiera en sus asuntos, pero descubrió que era Jack el que estaba tras él.

—Georgiana tiene razón, amigo mío.

—No voy a repudiar a Lola —musitó—. No pienso hacerlo.

—Hazle un reconocimiento, si crees que debes. Pero no puedes ir a hablar con ella. Si lo haces, todo el mundo lo considerará como una bofetada en el rostro de Georgiana. Y ella no se lo merece.

—Lo sé, pero, ¡diablos, Jack! No puedo dejar a Lola allí, en tierra de nadie.

—Yo me encargo de Lola. Tú ve a buscar a Georgiana. Es tu deber —añadió cuando Denys abrió la boca para protestar—. Georgiana es la mujer con la que estás pensando casarte —enmudeció y posó sus ojos oscuros en Denys—. ¿O no?

Denys comprendió cuál era la respuesta a aquella pregunta. Lo supo con total y absoluta certeza, pero también supo que aquella repentina certeza no impedía que Jack tuviera razón. Asintió.

—Saca a Lola de aquí.

—Yo cruzaré las líneas enemigas con ella, no te preocupes —le guiñó el ojo—. Pasaré por delante de Conyers y de todos los demás.

—A Linnet no le gustará —se sintió obligado a señalar Denys.

—No —le confirmó su amigo, y sonrió—. Pero mi mujer se ha enfadado conmigo en otras ocasiones. Y estoy seguro de que se enfadará conmigo otras cuantas más antes de que termine bajo tierra.

Y, sin más, Jack se volvió y comenzó a caminar hacia Lola, que estaba de pie junto a su amiga, fingiendo un gran interés en las rosas e intentando ignorar el hecho de que todo el mundo en veinte metros a la redonda la estaba observando.

Denys esperó mientras Jack caminaba hasta ella, la saludaba con una inclinación de cabeza y le ofrecía su brazo. Y le dolió saber que le había cedido a un amigo el honor de rescatarla.

Jack y Lola comenzaron a avanzar en su dirección. La amiga de Lola les siguió a un metro de distancia. Cuando se acercaron, Denys desvió la mirada hacia su familia. Permanecían juntos a unos cuatro metros de distancia de él. Susan con la mano en la boca y los ojos abiertos de par en par, su madre exhibiendo toda la estoica calma que una dama era capaz de desplegar en aquellas circunstancias y, por último, su padre con el rostro pétreo y sombrío. Se enfrentó al reproche que traslucían los ojos del conde con una firme mirada antes de volver a prestar atención a la pareja que cruzaba en aquel momento el césped. Cuando pasaron a su lado, inclinó la cabeza con un educado, aunque breve, gesto de reconocimiento que, aunque pudiera ofender a Georgiana, jamás podría ser considerado como una ofensa pública.

Lola inclinó la cabeza en respuesta y continuó caminando.

Aunque ya había cumplido con su deber hacia ella, Denys esperó a que Jack hubiera cruzado las puertas y regresado al parque antes de desviar su atención hacia la casa y hacia el otro deber que le esperaba, uno que, sospechaba, iba a ser muy doloroso.

Conocía a Georgiana lo suficientemente bien como para saber dónde encontrarla y no tardó mucho en confirmar que su suposición había sido correcta. Porque apenas había comenzado a cruzar el pasillo para dirigirse al salón de música de lord Bute cuando las melancólicas notas de un concierto de Chopin flotaron hasta sus oídos. Se detuvo en el marco de la puerta y el verla en el piano le transportó a aquellos días de la infancia en los que tocaban duetos juntos.

Sintió entonces el mismo cálido afecto de cuando era niño, pero aquello era lo único que sentía y sentiría por Georgiana durante el resto de su vida. También sabía que no sería suficiente para él. Que jamás sería suficiente.

La música cesó y Georgiana alzó la mirada. Aunque fue duro mirarla a los ojos, Denys lo hizo. Estaban secos en aquel momento, no quedaba señal alguna de las lágrimas, pero todavía se podía reconocer su dolor en sus grises profundidades. Denys tomó aire, se quitó el sombrero y le dijo lo único que podía decir un caballero en tales circunstancias.

—Lo siento, Georgiana.

Georgiana alzó la barbilla un poco más, con un gesto de orgullo que a Denys le recordó a Lola, aunque dudaba que Georgiana pudiera ver aquella comparación como un cumplido. Ella tragó con fuerza.

—¿Qué es lo que sientes, Denys? —le preguntó con voz atragantada.

Denys sospechaba que ambos conocían la respuesta a aquella pregunta, pero, por supuesto, había que expresarla en voz alta.

—Te he hecho daño y lo siento —se limitó a decir—. Nunca ha sido esa mi intención. Te tengo un gran cariño y siempre te he considerado una querida amiga. Pero...

Se detuvo cuando Georgiana cerró los ojos y esperó a que volviera a abrirlos antes de decir el resto de la frase.

—Pero me he dado cuenta de que eso no es suficiente para un matrimonio.

Georgiana no contestó. Levantó las manos del piano y le temblaron un poco cuando entrelazó los dedos. Unió los dos índices y se llevó las yemas a los labios, como si estuviera considerando con mucho cuidado cuáles iban a ser sus próximas palabras.

—El cariño y el afecto, además de la idoneidad, por supuesto, son la base perfecta para un matrimonio.

Denys había estado intentando aceptar aquella premisa durante toda su vida. Cuando había vuelto el año anterior de un largo viaje por el Continente, ya había decidido que era una locura dejarse gobernar por las pasiones y se había esforzado en aceptar la convención aceptada por todo el mundo de que el cariño y el afecto eran mejores cimientos para un matrimonio feliz que lo que el amor romántico lo sería nunca. Pensaba que lo había conseguido, pero sabía que no era cierto.

—Para algunas personas lo es.

Georgiana abrió las manos con un gesto de incredulidad.

—No conozco a nadie que piense de otra manera.

Aquella premisa podía ser verdad para la mayor parte de la gente, pero él sabía, con la misma certeza con la que sabía su nombre, que, para él, el matrimonio sin amor sería algo más frío y desvaído que el mar del Norte en enero.

Georgiana se merecía un matrimonio mejor. Y también él.

—Yo. Yo pienso todo lo contrario.

Georgiana sacudió la cabeza con un repentino y violento movimiento de negación y se levantó con brusquedad. Pero, cuando habló, lo hizo en voz baja y controlada.

—Durante toda mi vida, te he estado esperando, Denys, porque siempre he sabido que haríamos una pareja perfecta. Nuestras familias también lo saben. Somos muy adecuados el uno para el otro. Tenemos muchos intereses comunes y opiniones parecidas sobre la mayoría de las cosas. A lo largo de todas nuestras vidas, jamás hemos tenido un gran desacuerdo.

—Eso no es amor, Georgiana —la contradijo con delicadeza.

Ella le ignoró.

—Te esperé, deseando, esperando, que algún día, cuando estuvieras listo para sentar cabeza, yo fuera la esposa elegida. Pero, de pronto, apareció ella y lo echó todo a perder. Todas mis esperanzas... —se le quebró la voz y se detuvo.

Denys se llevó el puño a los labios y tardó algunos segundos en contestar.

—Lo siento. Jamás he pretendido hacerte daño. Cuando

a mí me rompieron el corazón, me prometí que jamás le causaría a nadie esa clase de dolor. Lo que te he hecho es...

—Te lo rompió ella

Las palabras de Georgiana silenciaron las suyas como el restallido de un látigo.

—¿Perdón?

—Tuviste el corazón roto porque te lo rompió ella, Denys. Y fui yo la que recogió los pedazos.

Lo primero podía ser cierto, pero, aunque podía haber puesto alguna objeción a lo segundo, decidió no hacerlo. Si aquello la hacía sentirse mejor, permitiría que lo creyera.

—Y ahora —continuó Georgiana, elevando un punto la voz, que le vibraba por el enfado reprimido—, justo cuando estaba empezando a pensar que todo lo que había planeado para nosotros se haría realidad, que el futuro que he deseado durante toda mi vida podía ser mío, vuelve ella y todos los esfuerzos que he hecho hasta ahora no sirven para nada.

Esfuerzos, deseos, planes, pero ninguna mención del amor, advirtió Denys. Comenzó a preguntarse si su miedo a haberle roto el corazón no sería infundado.

—¿Y ahora? Ahora me toca permanecer impasible como se supone que debe hacer una dama, sin hacer nada mientras esa mujer regresa a tu vida y te persigue sin la menor vergüenza —continuó ella—. ¿Y encima tiene el valor de presentarse aquí? ¿Aquí, en un evento organizado por tu madre, como si pensara que tiene derecho a aparecer en cualquier lugar en el que estés tú?

—Bueno, la verdad es que tiene derecho a estar aquí —señaló Denys con lógica—. Compró una entrada.

—Te has puesto de su lado —le acusó Georgiana.

El enfado que antes se reflejaba en su voz había desaparecido. En su lugar había perplejidad, la misma perplejidad que podría haber sentido una niña al descubrir que sus deseos no podían hacerse realidad, que la vida no siempre era justa.

—Te has puesto de su lado y no del mío —repitió.

—No es una cuestión de ponerse del lado de nadie. ¿Querías que la ignorara? ¿Que la repudiara en público?

Georgiana le miró con firmeza.

—Claro que deberías haberla repudiado. No había otra alternativa más apropiada.

—¿Quieres decir que debería haber sido deliberadamente cruel?

—¡Oh, por favor! Sé por qué no lo has hecho. Todo el mundo lo sabe.

—¿De verdad?

—Denys, ¿tenemos que volver a fingir hoy también? —le miró y el sufrimiento que vio Denys en sus ojos le pareció más profundo, más oscuro. Un sufrimiento mezclado con el enfado—. Es tu querida. Todo el mundo lo sabe.

Denys se tensó, aunque había sido consciente durante todo aquel tiempo de que sería así como lo vería todo el mundo.

—En ese caso, todo el mundo está confundido. No es mi querida. Es mi socia en el teatro. Estuvimos hablando ayer mismo sobre ello, Georgiana. Es una socia empresarial.

—Socia empresarial —se burló, haciendo caso omiso de la conversación que habían mantenido el día anterior—. ¿Crees que no me di cuenta de lo que había detrás de ese acuerdo desde el momento en el que oí hablar de él? Y no, no estoy hablando de la conversación que mantuvimos ayer. Me enteré de que esa mujer estaba aquí y de los motivos que la habían traído a Londres un día antes de salir hacia Kent.

—Es posible —reconoció Denys—, pero yo no te hablé de ello hasta ayer y todo lo que habías oído hasta entonces eran solo habladurías.

—¿Ah, sí? ¿Crees que no he visto cómo la mirabas hoy? De los muchos sentimientos turbulentos que Lola siempre había sido capaz de evocar en él, Denys no sabía cuáles se habían reflejado en su rostro minutos antes. Pero había algo de lo que Georgiana había concluido que sí podía discutirle.

—Sea lo que sea lo que hayas visto o lo que creas haber reconocido antes en mi expresión, estás confundida sobre la naturaleza de mi relación con Lola Valentine. Ya veo —añadió al advertir su incredulidad— que voy a tener que ser franco sobre un tema de naturaleza descortés. Una querida es una mujer a la que un hombre paga para que se acueste con él. Lola no ha mostrado ningún deseo de llegar a esa clase de acuerdo conmigo y puedo asegurarte que, si pretendiera hacerlo, yo jamás me plegaría a ello. No es mi querida y no lo será. Ni ahora ni en ningún otro momento en el futuro, y me asombra que me creas capaz de acercarme a ti, mirarte a los ojos y darte una explicación falsa sobre la situación.

Georgiana irguió los hombros.

—Soy yo la que elige aceptar esas explicaciones y está dispuesta a vivir con ellas.

—Pero no las crees —se interrumpió—. De modo que, supongo, te parece bien tener una querida, pero no reconocerla.

—En el caso de que sea necesario...

Si Denys todavía tenía alguna duda antes de entrar en aquella habitación, aquella respuesta la eliminó para siempre.

—Es posible que tú estés dispuesta a aceptar un acuerdo de ese tipo, pero yo no. Siempre he pensado en ti con cariño y afecto, Georgiana, y espero que algún día tu también seas capaz de mirarme de esa forma —inclinó la cabeza—. Adiós, querida.

—Te arrepentirás de esto, Denys.

Había dolor en su voz y lágrimas en sus ojos, pero Denys no podía evitar sentir que no eran el dolor y las lágrimas provocados por un corazón roto, sino, más bien, lágrimas de desilusión por los deseos frustrados.

—Algún día te arrepentirás, Denys —insistió ella.

Denys sabía que no sería así, pero un caballero jamás diría algo así.

—Es bastante posible —dijo en cambio, y se puso el sombrero—. Adiós, Georgiana. Te deseo toda la felicidad del mundo.

Dejó a Georgiana en el salón de música, pero no se reunió con su familia en los jardines de St. John's Lodge. En cambio, abandonó la casa por la puerta principal y comenzó a caminar. Estaba a punto de anochecer y unas nubes amenazadoras comenzaban a cubrir el cielo, pero apenas les prestó atención. Necesitaba andar, moverse y pensar, así que comenzó a rodear la ronda interior del parque, continuó caminando por los dos puentes que cruzaban el lago de las barcas, siguió por la terraza Hanover y llegó hasta el camino principal.

Mientras caminaba, pensaba en su juventud, en cómo había ignorado sus responsabilidades y en las expectativas de su familia. Pensó en su despreocupada seducción de una bailarina y en su más que displicente despreocupación por las consecuencias de aquel amor. Pensó en su corazón roto y en su determinación de enderezar el desastre en el que había convertido su vida y en lo orgulloso que estaba de haberlo conseguido. Sabía que los cambios que había forzado en su interior le habían llevado, de alguna manera, al extremo opuesto. La irresponsabilidad y la despreocupación de la juventud le habían convertido en un hombre tan obsesionado por sus deberes y obligaciones, por actuar de forma responsable, que había llegado a considerar la posibilidad de casarse con una mujer a la que no amaba.

El regreso de Lola le había ayudado a comprender que tampoco estaba siendo el hombre que quería ser. Se sentía encadenado por fuerzas que le empujaban en direcciones opuestas. Por una parte, estaban las obligaciones, el deber, las expectativas de los suyos, su profundo amor por su familia y todas las convenciones y creencias en las que había sido educado. Por otra, una única cosa: su profundo e inquebrantable deseo por una mujer.

Cayó una gota de lluvia sobre el borde del sombrero y después otra, y otra, pero la lluvia no le detuvo. Cuando la carretera se bifurcó hacia la iglesia de St. John, él tomó el camino de la izquierda y continuó caminando.

¿No habría un punto medio?, se preguntó. ¿No habría alguna manera de dejarse llevar por las fuerzas que tiraban de él sin romperse? ¿No había una manera de alcanzar algún tipo de acuerdo? ¿No había un punto de apoyo, sólido y estable, un ojo en medio del huracán en el que pudiera sentirse satisfecho? Aquello era lo que de verdad quería.

En otras palabras, pensó con ironía, quería tenerlo todo. Y, quizá, al igual que le pasaba a Georgiana, no era capaz de aceptar que la vida no siempre estaba dispuesta a ofrecérselo.

¡Ah! ¿Y si se lo arrebataba él?

Había, lo conocía de sus días de estudiante, un proverbio persa que decía algo sobre la posibilidad de tomar lo que uno quería y la necesidad de estar preparado para el precio a pagar por ello a los dioses, fuera este el que fuera.

¿Qué precio estaba dispuesto a pagar?

Se detuvo en la acera y en ese momento cobró conciencia de lo que le rodeaba. Estaba en St. John's Wood, caminando junto a las bonitas villas de Circus Road, residencias campestres en las que muchos caballeros jóvenes e inmaduros de la aristocracia habían mantenido a sus queridas durante años.

Continuó avanzando por la carretera hasta detenerse ante una casita oculta tras una discreta verja de hierro forjado por la que trepaba la hiedra, una casa que en otro tiempo le había pertenecido. La espuela de caballero que habían plantado en un macetero junto a la puerta era de un color morado intenso a la luz del atardecer y el gris plateado de la fachada resplandecía bajo la lluvia. Estaba idéntica, pensó, y la tensión le oprimió el pecho. Estaba igual.

Los recuerdos le envolvieron. Se recordó a sí mismo subiendo los escalones blancos, a Lola al final de la escalera de la entrada, iluminándole con su radiante sonrisa, a Lola bajando las escaleras corriendo y abrazándole. Y a él llevándola en brazos hasta la casa.

Cerró los ojos, echó la cabeza hacia atrás y sintió las gotas de lluvia empapando su rostro. Respiró hondo, pero lo que aspiró en la brisa no fue la humedad de un día de primavera, sino la delicada dulzura del jazmín.

El estrépito de las ruedas de un carruaje le llevó a abrir los ojos y miró por encima del hombro en el momento en el que aparecía un cabriolé. El vehículo se detuvo a su lado, pero cuando Denys vio el rostro asombrado de una mujer que se asomaba tras el cristal de la ventana, cuando vio sus ojos abiertos por la sorpresa bajo el ala de un sombrero de paja blanco, no pudo compartir su extrañeza.

Para él, la llegada de Lola era inevitable. El destino le estaba ofreciendo una opción: tomar lo que quería y pagar el precio o alejarse de aquello que deseaba para siempre. No había un punto medio, ni un punto de apoyo. Estaba Lola y estaba todo lo demás.

Lola había dicho que no sabía quién era realmente y era cierto, porque Denys por fin había comprendido que Lola no era en absoluto como él pensaba. No era una fuerza incontrolable, no era un elemento contra el que luchar o al que había que seducir, conquistar o negar. Era, sencillamente, su mujer, lo era en aquel momento y para siempre y, aunque volviera a romperle el corazón, aunque todo lo que estaba dispuesto a intentar terminara en fracaso, no le importaba.

Dio un paso hacia ella y se detuvo. Ya había tomado una decisión, pero él no era el único que tenía que elegir y, desde luego, tampoco el único que tenía un precio a pagar.

Se quitó el sombrero y observó en silencio mientras el conductor descendía del pescante, sacaba el peldaño y abría la puerta. Esperó sombrero en mano y con el corazón en la garganta.

Lola no se movió, no salió, no le invitó a subir.

—¿Qué estás haciendo aquí? —parecía desconcertada, casi quejosa.

—Lo mismo que tú. Por lo menos, eso espero.

Lola sacudió la cabeza como si quisiera negarlo, pero suspiró al darse cuenta de que era absurdo.

—No sabía que ibas a estar en la exposición. Kitty, mi amiga, compró las entradas y me pidió que fuera con ella, pero no me dijo que era un evento organizado por tu madre. Dios mío, Denys —se interrumpió y alzó la mano enguantada en blanco con un gesto de impotencia—. Si lo hubiera sabido, jamás habría...

—No importa —Denys se pasó la mano por el rostro empapado y esperó.

—¿Y tu novia? —soltó una risa que a Denys le pareció forzada—. Apuesto a que has tenido que darle muchas explicaciones sobre lo ocurrido.

—No es mi novia y, en cualquier caso, eso no importa.

Un leve ceño acercó las cejas caoba de Lola.

—Pero vas a casarte con ella, ¿no? Eso es lo que dice la prensa sensacionalista.

—La prensa sensacionalista está dispuesta a decir cualquier cosa con tal de vender periódicos. La verdad es que había estado considerando la posibilidad de cortejar a Georgiana, quizá con vistas al matrimonio, y que he pasado mucho más tiempo con ella durante esta temporada que las anteriores. Pero todavía no había iniciado ningún acercamiento serio ni había hecho ninguna proposición.

Lola tomó aire.

—Quizá no, pero ella siente que la vuestra es una relación seria. Lo reflejaba su rostro. Lo he visto.

—Georgiana ha albergado esperanzas desde que era una niña y me temo que mis recientes atenciones hacia ella han alimentado sus expectativas, por mucho que ahora lo lamente. Pero hoy le he dejado claro que esas esperanzas nunca serán satisfechas. Sé que Georgiana se convertirá algún día en una gran esposa para algún hombre, pero no para mí.

La lluvia caía con más fuerza en aquel momento. Denys tenía el pelo empapado, y también la ropa, pero no lo señaló. Aunque no tenía ni idea de lo que Lola iba a hacer, no intentó ayudarla a tomar una decisión. Se obligó a no moverse. Apenas se atrevía a respirar. Y, tras lo que a él le pareció una eternidad, Lola se corrió en el asiento para permitirle entrar y a Denys le dio tal vuelco el corazón que le dolió.

En menos de un segundo acortó la distancia que los separaba.

—Al Savoy —le dijo al conductor mientras entraba en el taxi—. Si cuando llegue allí no oye un golpe en el techo, continué rodeando el Covent Garden y la Strand hasta que le avise.

Segundos después, estaba en el taxi, con Lola entre sus brazos y sus labios sobre los suyos, seguro de que acababa de adentrarse en el corazón de la tormenta. La decisión que había tomado podía costarle todo lo que había pasado seis años intentando conseguir. Sabía que tendría que renunciar a todos los privilegios y placeres de su rango. Quizá tuviera que sacrificar incluso el afecto de su familia y el respeto de su padre. Pero, si aquel era el precio que tenía que pagar para poder vivir con la única mujer a la que había amado, lo pagaría. Lo pagaría feliz.

CAPÍTULO 18

Lola sabía que aquello era un error, un error que, probablemente, les destrozaría a Denys y a ella y arruinaría todo lo que ambos estaban intentando alcanzar, pero, con la boca de Denys sobre la suya y sus brazos a su alrededor, no era capaz de reunir la fuerza de voluntad necesaria para pedirle que se detuviera. Cuando la sentó en su regazo, le rodeó el cuello con los brazos y, cuando le acarició los labios con la lengua, los entreabrió mostrando su consentimiento.

Fue un beso lleno y apasionado. La lengua de Denys agasajó a la suya con sensuales caricias, se deslizaba en el interior de su boca y después retrocedía. El cuerpo de Lola estaba sonrosado por el calor de la pasión y anhelante de deseo.

Denys interrumpió el beso, pero ella apenas tuvo tiempo de tomar aire antes de que volviera a inclinar la cabeza para volver a besarla. En aquella ocasión fue un beso lento y embriagador que pareció alargarse eternamente mientras Denys exploraba su boca, saboreando y redescubriendo a Lola. «Ha pasado mucho tiempo», pensó ella mientras gemía contra sus labios, «Dios mío, Denys, cuánto tiempo».

Denys volvió a interrumpir el beso y retrocedió. Temiendo que pretendiera detenerse, Lola agarró las solapas empapadas de la chaqueta.

—No te detengas —le pidió jadeante—. No te detengas.

—¿Quién se está deteniendo? —musitó Denys.

Y volvió a elevar las manos entre ellos. Cubrió de besos su rostro mientras le desabrochaba los botones de la chaqueta, del chaleco y la blusa.

Le arrancó el lazo que llevaba al cuello, separó los bordes de la blusa e inclinó la cabeza para trazar un camino de besos a lo largo de su cuello.

Para cuando deslizó la mano en el interior de la blusa, la respiración de Lola ya era rápida y superficial y su cuerpo ardía de calor. Y, cuando por fin acarició los senos henchidos que asomaban por encima del corsé, gimió y se recostó en el asiento del carruaje, apoyando todo su peso sobre los codos.

Denys siguió aquel movimiento, continuó desabrochándole botones mientras se deslizaba sobre ella. Lola cerró los ojos, echó la cabeza hacia atrás y arqueó la espalda, ofreciendo sus senos mientras él continuaba besándole la clavícula. Denys metió las manos bajo la enagua para poder acariciar su piel desnuda y el calor creció dentro de ella; se hizo más intenso, más ardiente y anegó lugares durante mucho tiempo olvidados, como los senos, el vientre o los muslos.

Con la mano libre, Denys agarró la seda blanca y el linón, le levantó la falda y la combinación y se adentro bajo la tela. Después, fue trepando con la mano y el calor de su piel atravesó la delicada muselina de los calzones.

De pronto, retiró la mano del corpiño, se arrodilló al lado de Lola y le empujó las faldas por encima del estómago. Las sujetó a la cintura de Lola con el antebrazo mientras extendía la otra mano sobre su vientre.

Y se quedó paralizado.

—¿Denys?

Jadeando, Lola abrió los ojos y le encontró cerniéndose sobre ella, respirando con fuerza. Pero, con excepción del movimiento de su pecho, estaba quieto. En los últimos vestigios de la luz del día, Lola pudo ver el deseo ardiendo en sus ojos.

—¿Por qué te detienes?

—Quiero estar seguro de que de verdad deseas hacer esto —le dijo con la voz ronca y la expresión endurecida por el esfuerzo que estaba haciendo para contenerse—. Si no es así, por el amor de Dios, detenme ahora.

—¿Y eras tú el que quería que me arriesgara? —jadeó, tomando aire, pero incapaz de hacerlo llegar a sus pulmones por culpa de los tensos confines del corsé—. Esto es lo máximo que una chica puede arriesgar ¿no crees?

—¿Ah, sí? —descendió por su vientre un centímetro o dos y volvió a detenerse.

—No me provoques —gimió Lola—. No me provoques.

—Arriésgate un poquito más —intentó persuadirla, acercando la mano al vértice de sus muslos—. Dime lo que quieres.

—Acaríciame —jadeó, abriendo las piernas, pero no era fácil acceder a ella, porque su rodilla doblada chocaba contra el brazo de Denys. Lola alzó las caderas, urgiéndole a continuar—. Acaríciame como antes lo hacías.

Él obedeció, deslizó el dedo entre sus muslos y llegó al refuerzo de los calzones. Una sensación intensa se extendió por el cuerpo de Lola, haciéndola gemir.

Denys comenzó a acariciarla con la yema del dedo en leves y delicados círculos que irradiaron el placer por todo su cuerpo, el delicioso placer de muchas tardes de verano.

—Denys —gimió—, recuerdo todo esto.

—Yo también, Lola —musitó, y se inclinó para besar sus labios—. Sigues siendo tan suave como recordaba. Y sigues estando húmeda para mí.

Denys profundizó la caricia deslizando los dedos entre los pliegues de su femenina apertura, envolviéndola en sensaciones que ella pensaba no volvería a sentir jamás. Lola alzó el brazo para sofocar sus propios sollozos, porque no quería que la oyera el conductor.

—Denys, ¡Dios mío, Denys!

—Sí —la animó Denys con delicadeza—, estás llegando, ¿verdad?

—Sí —sollozó—, sí, sí —y alcanzó el clímax en unas olas exquisitas que la empapaban una y otra vez—. No pares, no pares.

—No pararé —le prometió.

Y continuó acariciándola y exprimiendo las últimas esquirlas del orgasmo, hasta que Lola se dejó caer jadeando contra el asiento.

—Lo había olvidado, Denys —susurró asombrada—. Había olvidado lo que se siente.

Abrió los ojos, pero ya era de noche y no se filtraba luz alguna a través de las cortinas. Aunque apenas podía distinguir la silueta de Denys en la oscuridad, Lola oía su respiración agitada.

—Quiero estar dentro de ti —musitó.

—Sí.

Cuando los ojos de Lola se acostumbraron a la oscuridad, vio a Denys bajándose los pantalones y las calzas hasta las rodillas. Ella se sentó entonces en el asiento y alargó la mano para apoderarse de su sexo.

Denys gimió, inclinando la cabeza hacia atrás, y ella le acarició como Denys le había enseñado a hacerlo mucho tiempo atrás. Estaba excitado, duro y ardiente, y Lola se regodeó en el tacto de aquella piel aterciopelada. Pero cuando le acarició la hendidura del glande con el pulgar, Denys volvió a gemir y el disfrute de aquella particular actividad se vio bruscamente interrumpido porque le agarró la muñeca y la apartó.

—¿Y ahora quién está provocando a quién?

Tensó la mano alrededor de la muñeca de Lola y se echó hacia atrás, tirando de ella.

No dijo nada, pero Lola sabía lo que quería. Se arrebujó las faldas alrededor de la cintura y se sentó a horcajadas sobre él, con las rodillas apoyadas en los cojines mientras él se acomodaba contra el asiento de cuero y el cojín que detrás.

—Llévame —gimió, agarrándola de las caderas—. Llévame dentro de ti.

Lola sonrió, saboreando aquella orden, porque sabía que también era una súplica. Apartó las faldas con una mano, tomó el pene erecto de Denys con la otra y le guio a través de la abertura de los calzones y de los pliegues de su sexo. Cuando sintió la punta dentro de ella, apartó la mano que separaba sus cuerpos. En el instante en el que lo hizo, Denys arqueó las caderas y la agarró con fuerza mientras se hundía en ella.

Lola no gritó. Se aferró al asiento para mantenerse erguida mientras él presionaba dentro de ella.

—¿Te acordabas de esto, Lola? —preguntó Denys, hundiéndose más profundamente, empujando con más fuerza.

Sí, se acordaba de aquello, de aquella dulce y abrasadora plenitud dentro de ella. ¿Cómo iba a olvidarlo?

Con Denys dentro de ella, fue como si no hubiera pasado el tiempo, como si la última tarde compartida en la casa de Circus Road hubiera sido la del día anterior. Lola asintió con frenesí al tiempo que movía las caderas y se mecía para acomodar a Denys, esforzándose en tomarle por completo.

Pero, al parecer, Denys quería que lo dijera en voz alta, porque flexionó las caderas inclinándose hacia atrás.

—¿Lo recordabas? —volvió a preguntar.

Y embistió de nuevo con más fuerza, acariciando con la punta del pene un exquisito rincón de su interior, un rincón que podría desencadenar un placer más intenso incluso que el que había provocado Denys acariciándola minutos antes.

—Sí —jadeó.

Movía las caderas mientras sentía cómo iba creciendo y

haciéndose más intenso el placer, consciente de que estaba cerca del clímax. Abrió las rodillas y presionó hacia abajo, intentando colocar las caderas para culminar aquel placer.

Pero Denys no se lo permitió. La agarró por las caderas y la alzó ligeramente, haciéndola gemir a modo de protesta.

—¡Denys!

—¿Y de esto? —preguntó con la voz rasgada.

Flexionó las caderas, la tocó en lo más profundo, volvió a flexionarlas y presionó de nuevo con una tortuosa caricia.

—¿También te acordabas de esto?

Lola comenzó a sollozar. Estar a justo al borde de aquel dulce e irresistible placer era una agonía.

—Sí, sí, claro que me acordaba. Denys —sollozó—, termina de una vez. ¡Por favor, déjame terminar!

Denys la besó con fuerza en la boca y obedeció a su frenética súplica. Se aferró a Lola con fuerza, apretando su trasero con dureza mientras la hacía descender sobre él y embestía hacia arriba.

Lola alcanzó el clímax con tal intensidad que sintió vértigo. Se agarró convulsivamente al respaldo del asiento mientras su cuerpo palpitaba sacudido por sucesivas olas de placer.

Incluso envuelta en las sensaciones de su propio clímax, supo que Denys estaba cerca del suyo.

—Vamos, Denys, vamos —le alentó, tensando sus músculos internos alrededor de él y moviendo las caderas para llevarle hasta el límite—. Disfruta tú también.

Con un grito ronco, Denys movió las caderas y la estrechó con contra él como si ni siquiera en aquel momento estuviera suficientemente cerca. Enterró el rostro en su cuello y Lola notó su respiración rápida y caliente contra su piel. Un violento estremecimiento sacudió el cuerpo de Denys, que embistió dos veces más y se quedó rígido mientras el calor de su clímax fluía dentro de ella.

Denys se recostó en el asiento y Lola se apoyó contra su

pecho, todavía unida a él, mientras le rodeaba el cuello con los brazos.

Denys deslizó la mano por su espalda y le acarició el cuello con las yemas de los dedos.

—Yo también me acuerdo, Lola —musitó, y le dio un beso en el pelo—. Recuerdo cada momento.

Lola cerró los ojos, posó la mejilla en la lana húmeda de su chaqueta y deseó que pudieran quedarse así eternamente. Había dejado de llover y solo se oía el estridente traqueteo de las ruedas del cabriolé y de los otros carruajes de la calle. Un segundo después, el vehículo giró y Denys apartó la cortina para mirar hacia fuera.

—Estamos en Charing Cross Road. Acabamos de pasar Soho Square. Estaremos en Trafalgar dentro de unos minutos.

La atravesó entonces una decepción lacerante, porque sabía que apenas les quedaba tiempo. Lola se obligó a separarse de él para sentarse en el asiento opuesto y colocarse las faldas mientras él se abrochaba los pantalones. Esbozó una leve mueca al sentir la humedad entre las piernas, aunque anhelaba volver a sentirle dentro de ella.

Pero era absurdo albergar tales deseos, se dijo a sí misma mientras comenzaba a abrocharse el vestido. Todo lo que era verdad seis años atrás continuaba siéndolo y lo sería siempre. Aquella historia, por muchas veces que la revivieran, tendría siempre el mismo final. Acabaría siempre con el mismo sufrimiento.

Comenzaron a temblarle las manos y, cuando intentó atarse el lazo de la blusa, no fue capaz de hacerlo. Sus dedos se movían con torpeza de modo que se detuvo, luchando contra unas repentinas y estúpidas ganas de llorar.

—Permíteme —dijo Denys, y se volvió para arrodillarse delante de ella.

Tomó los dos extremos del lazo de seda azul y comenzó a hacer un nudo de corbata.

Estaba tan cerca de ella que, mientras anudaba el lazo, Lola podía sentir el calor de su aliento en el rostro. Alzó la mirada hasta alcanzar sus ojos y, a pesar de la escasa luz, pudo ver sus firmes y oscuras profundidades. Deseaba besarle con locura, pero no podía. Aquel delicioso momento había pasado y sabía que no volvería.

—Ya está —dijo Denys. Tensó el nudo y lo asentó en su cuello, pero, aunque se detuvo, no apartó las manos. Se inclinó hacia delante y posó la frente en la de Lola—. Quiero quedarme contigo esta noche. Déjame subir a tu habitación.

—¿En el Savoy? ¿Es que te has vuelto loco? Es imposible que subas a mi habitación sin que te vean.

Denys alzó la cabeza y exhaló un fuerte suspiro, consciente de lo arriesgado de aquel plan.

—Supongo que tienes razón. Aun así... —se interrumpió, jugueteando con las solapas de la chaqueta, y sonrió—, hay otros hoteles más discretos.

—¿Y después qué? —preguntó ella con la voz atragantada—. ¿Una casa discreta en un barrio discreto?

La sonrisa de Denys desapareció.

—No, claro que no. Estoy pensando en un tipo de casa muy diferente —su mirada no vaciló cuando la enfrentó a sus ojos—. Una casa situada en una bonita propiedad de Kent llamada Arcady.

Lola se sentía como si tuviera un puño apretándole el corazón.

—Ya hemos pasado antes por todo esto.

—Querrás decir que has pasado tú. Yo nunca tuve la oportunidad de expresar mi opinión sobre este asunto.

—Hablar de ello no va a cambiar la situación. No soy la mujer adecuada para ti y los dos lo sabemos. ¿Lo que ha pasado esta tarde no te lo ha demostrado?

Denys posó la mano en su mejilla.

—Creo que lo que ha pasado esta tarde me ha demostrado justo lo contrario.

Lola comenzó a temblar por dentro. Sentía la esperanza creciendo en su interior, minando su determinación. Pero al recordar lo que había pasado aquella tarde, lo duro que había sido sentir el hostil escrutinio de los miembros de la alta sociedad, se recordó a sí misma que cualquier esperanza de futuro con Denys era vana. A los ojos de toda su gente, de los círculos en los que se movía, ella era, y siempre lo sería, una cualquiera. Si se casaba con él, en lo único que cambiaría su opinión sería en que la considerarían una cualquiera con pretensiones. Pero ella no sería la única que pagaría un precio.

—Esta noche hemos perdido la cabeza y nos hemos dado un revolcón. Pero no creo que esa sea razón suficiente para unirnos de por vida.

—¿Para ti eso es lo único que ha sido? ¿Un revolcón?

Una nueva grieta quebró su resolución y Lola supo que tenía que alejarse de él antes de derrumbarse por completo, antes de que el corazón se le rompiera en pedazos. Desesperada, levantó el brazo y golpeó con los nudillos el techo del carruaje.

—No pienso hacerlo —dijo mientras el cabriolé aminoraba su marcha—. No voy a arruinar tu vida otra vez.

—Lola... —comenzó a decir Denys, pero ella le interrumpió.

—Has recuperado la relación con tu familia, has vuelto a ganarte su confianza y lo has hecho bien. No voy a destruir todo eso por segunda vez —tomó aire—. No soy buena para ti. Tienes que alejarte de mí y yo tengo que alejarme de ti.

—Me temo que eso va a ser difícil.

Sería imposible y lo sabía. Y, al mirarle, supo que también él era consciente de ello.

—Has conseguido dirigir todos tus negocios hasta ahora

y estoy segura de que podrás seguir haciéndolo. Toma todas las decisiones que quieras sobre el Imperial. No me opondré.

—¿Esa es tu respuesta? ¿Salir huyendo otra vez?

Aquello le dolió como un latigazo, pero no podía negar que aquel había sido el patrón de su vida.

—No, no voy a abandonar la obra. Si somos capaces de guardar las distancias, podre llegar hasta el final de la temporada.

—¿Y después?

—Después... —se le quebró la voz y se detuvo. Tragó saliva, obligándose a recordar el objetivo que se había marcado mucho antes de haberle conocido—. Si hago las cosas bien, conseguiré otro papel. A lo mejor puedo unirme a alguna compañía de repertorio en el norte, en Manchester o en Leeds. O quizá pueda ir a Dublín, o volver a Nueva York.

—Eso sigue siendo huir de mí —replicó Denys—. Ya entiendo por qué has empezado tantas veces desde cero. ¿Y qué me dices de lo que ha pasado esta noche? —añadió antes de que pudiera responder—. Supongo que crees que lo olvidaremos.

—Sí —consiguió sostenerle la mirada—. Lo olvidaremos.

—Yo no lo olvidaré, Lola —repuso—. Nunca lo olvidaré.

La ternura de su voz estuvo a punto de desarmarla, pero sabía que no podía destrozarle la vida otra vez. Por segunda vez, estaba enamorada de él y, por segunda vez, aquello iba a romperle el corazón. Ya le estaba ocurriendo. En aquella ocasión en un desgastado cabriolé en una calle londinense en vez de en un camerino en París.

El conductor abrió la puerta, pero cuando sacó el estribo, Denys no se movió para salir del vehículo.

—Vete, Denys —le pidió Lola, intentando evitar que su voz reflejara dolor alguno—. Por favor, vete.

—Me iré si es eso lo que quieres, pero esta conversación no ha terminado —alargó la mano hacia su sombrero—. En absoluto.

Salió del carruaje, se puso el sombrero y sacó la billetera del bolsillo.

—Llévala al Savoy —le ordenó al conductor mientras sacaba un billete para pagar la tarifa del taxi.

Después, miró hacia Lola, inclinó la cabeza, dio media vuelta y comenzó a cruzar Trafalgar Square.

El conductor dobló el estribo y cerró la puerta. Lola se inclinó hacia delante y apoyó la nariz contra el cristal moteado por las gotas de lluvia. El carruaje se puso en marcha con un movimiento brusco, avanzó y Lola perdió a Denys de vista.

Desesperada, bajó la ventanilla y asomó la cabeza, estirando el cuello para verle durante el mayor tiempo posible.

—Te amo —susurró.

Pero Denys ya había desaparecido tras la columna de Nelson y su tenue confesión se perdió en la niebla.

CAPÍTULO 19

Denys no iba a permitir que una negativa le detuviera. No, después de haberla convertido de nuevo en un objetivo a conquistar. Y no, cuando tenían otra oportunidad. El instante en el que había visto su rostro a través de la ventanilla del taxi le había reafirmado en lo que había sentido desde la primera vez que la había visto. Lola era su mujer. Estaban hechos el uno para el otro. La pregunta era cómo hacer que también ella lo creyera.

Se acercó la parada de taxis situada en el lado oeste de la estatua de Nelson y, mientras esperaba la llegada de un cabriolé, consideró cuál iba a ser el paso siguiente.

Le había dicho a Lola que la conversación no había terminado, pero sabía que seguir hablando de aquel tema no iba a cambiar nada. Podía comprender la renuencia de Lola a enfrentarse a la alta sociedad, los círculos aristocráticos podían ser despiadados e implacables. Pero el hecho de que su reluctancia fuera por él, y no por ella, le resultaba frustrante, porque él sería capaz de enfrentarse a todos ellos hasta el final de sus días y morir sin arrepentimientos. Sin embargo, sabía que podría repetírselo a Lola hasta quedarse ronco y que aquello no supondría una gran diferencia. No, en tales circunstancias, las palabras eran inútiles. Lo que se necesitaba era actuar.

Y como preferiría cortarse el brazo derecho a verla como la había visto aquel día en Regent's Park, cualquier cosa que hiciera implicaría mucho más que persuadirla para que la acompañara al altar. Tendría que ser algo monumental, en la línea de derretir un glaciar o mover una montaña, y eso significaba que no podría hacerlo solo. Necesitaba ayuda.

Y tiempo. Tiempo para urdir un plan, para hacer los arreglos pertinentes, para permitirle a Lola respirar y, con suerte, darle la oportunidad de echarle de menos. Afortunadamente, disponía de tiempo, porque Lola le había asegurado que no se marcharía hasta que la obra terminara y, como era su socia a partes iguales en el Imperial, el conde no podía cerrar el teatro ni cancelar la obra sin su consentimiento.

Sin embargo, en el ínterin, tendría que enfrentarse a su familia. Si no se lo habían imaginado ya, era evidente que lo que había pasado en la exposición floral y su ruptura con Georgiana les demostraría de qué lado soplaba el viento y no quería revelar sus intenciones ni provocar una discusión familiar antes de tiempo. Recordaba con demasiada nitidez las porfías con su padre con motivo de su relación con Lola, las lágrimas de súplica de su madre, las interminables rondas de visitas de sus tíos y sus primos, las recomendaciones constantes para que pensara en su posición, en sus obligaciones y en el buen nombre de la familia. Y no se hacía ninguna ilusión sobre que la situación pudiera cambiar en aquella segunda ocasión.

Cuando todo aquello resultara ser inútil, llegaría la hora de ajustar cuentas y, cuando aquello ocurriera, quería que fuera en sus propios términos, en el lugar y en el momento que él eligiera. Mientras tanto, la mejor opción era ir a Arcady. Ir a Kent le permitiría evitar, de momento, el desfile de parientes preocupados, podría tranquilizar a su familia y acallar los rumores. También se aseguraría de no ceder a la tentación de ir a buscar a Lola y eliminaría la posibilidad de encontrarse accidentalmente con ella. De modo que dejar la ciudad era la mejor opción.

Se acercó un cabriolé en la acera y se detuvo en la parada de taxis.

Denys pensó en ello un momento, después, sacó el reloj y lo giró hacia la farola para poder ver la esfera. Eran solo algo más de las seis. Eso significaba que tenía tiempo de sobra para poner en marcha su plan y tomar el último tren hacia Kent.

—Al White's —le indicó al taxista, y volvió a guardar el reloj en el bolsillo del chaleco—. Y, si llegamos en menos de quince minutos, le pagaré una corona más sobre la tarifa estipulada.

El taxista se ganó la media corona, le dejó delante del club con tres minutos de antelación. Al cabo de aquellos tres minutos, Denys ya había encargado una cena en un comedor privado y enviado a un lacayo a South Audley Street con instrucciones para su ayuda de cámara. Althorp tenía que prepararle las maletas, informar a sus padres de que se iba a Arcady y encontrarse con él en Victoria Station a tiempo de marchar hacia Kent en el tren de las nueve.

Después dispuso libremente del teléfono del club. Sabía que le cargarían una exorbitante cantidad a su cuenta por aquel privilegio, pero no le importaba lo más mínimo. Al fin y al cabo, cuando un hombre decidía sacar la artillería pesada, debía hacerlo con clase.

Lola intentó ser fuerte. Intentó centrar toda su atención en el trabajo, porque era lo único que podía controlar. No podía cambiar el mundo, por lo menos, el mundo de Denys. Intentaba decirse a sí misma que, cuando se fuera, él sería capaz de olvidarla, y ella de olvidarle a él, aunque se temía que aquella clase de autoengaño no iba a funcionar por segunda vez. Pero, sobre todo, intentaba no echarle de menos.

Pero fracasó miserablemente en todos los sentidos. Cada mañana, de camino al ensayo, miraba hacia su oficina al pasar, esperando tener la oportunidad de verle bajando de su carruaje, cruzando la calle, o, quizá, asomado a la ventana de su despacho. Podría haberse evitado aquella tortura girando por Southampton Street y accediendo a la sala de ensayos por la entrada lateral, pero, aunque le resultara doloroso, no era capaz de ahorrarse aquel sufrimiento.

Tampoco podía dejar de leer las páginas de sociedad. Era un ejercicio también muy doloroso, pero ansiaba cualquier información sobre él que pudiera encontrar. Quería saberlo todo, los actos en los que participaba, los lugares a los que iba, las personas con las que salía. Tres días después de su último encuentro, la prensa ya había dejado claro que no cabía esperar ningún anuncio de compromiso entre lord Somerton y lady Georgiana Prescott y que había sido la aparición de Lola Valentine en la exposición floral y su desvergonzada desconsideración por las mínimas normas de la decencia lo que había provocado aquella ruptura. Somerton, decían, estaba tan dolido por la asombrosa falta de discreción de la señorita Valentine que había ido a recuperarse a la propiedad que tenía en Kent.

Lola dejó de leer los periódicos después de aquello, pero, durante semanas siguientes, el evitar la prensa sensacionalista de poco sirvió para ayudarla a olvidarle. Estaba en Londres y los recuerdos de Denys parecían estar en todas partes: en los ascensores del Savoy, en los cabriolés que pasaban ante ella por las calles, en las flores de los parques y en las que vendían las floristas por los alrededores de Covent Garden.

Intentó sumergirse en el trabajo, pero tampoco le fue útil para aliviar su corazón. Agradecía que el papel que representaba en *Otelo* fuera un papel menor y no estar llevando el peso del papel principal, el de Desdémona, porque apenas era capaz de encontrar interés a la obra. Aquel repentino ataque de apatía la sorprendía y la frustraba al mismo tiempo. Tras haber pasado años preparándose, soñando, esforzándose para alcanzar su objetivo, tenerlo entre las manos le parecía algo tan gris y tan nimio como jamás habría imaginado y no sabía cómo abordar aquella situación. Y, aunque ya había pasado por aquel torbellino emocional con Denys en una ocasión, le pareció mucho más duro aquella segunda vez. Porque, a diferencia de la primera, no podía salir huyendo hasta que hubiera finalizado la obra y aquello significaba que estaba atrapada, como una mosca encerrada en ámbar, hasta que *Otelo* hubiera terminado. Y entonces tendría que marcharse lo más lejos que pudiera. Denys había dicho que su conversación sobre el matrimonio no había terminado y ella no sería capaz de seguir hablando de ello porque sabía que, en algún momento, Denys vencería su resistencia y ella terminaría cediendo. En lo que a él concernía, siempre había sido muy débil.

Para cuando llegó la noche del estreno, ya estaba preguntándose si sería capaz de soportar dos meses en aquel estado. Miró su reflejo en el espejo del camerino, su rostro pálido y las ojeras que surcaban sus ojos e intentó salir de su apatía. No podía regresar al mundo de las tablas como si fuera un animal acorralado. Su carrera como actriz dramática quizá no durara más de dos meses, pero no iba a comenzar apareciendo con aquel aspecto.

Abrió el estuche en el que guardaba los cosméticos para el maquillaje, pero apenas había terminado de aplicarse los polvos en el rostro y el colorete en las mejillas cuando se abrió la puerta del camerino. Lola alzó la mirada de la polvera que estaba cerrando y se quedó helada cuando sus ojos se encontraron con el conde Conyers en el espejo.

—Déjennos solos, por favor —les dijo el conde a las otras actrices que se estaban preparando para la actuación.

Ellas escaparon a toda prisa.

La sustituta de Lola, Betsy Brown, fue la que más tardó en

marcharse y le dirigió a Lola una mirada de curiosidad mientras se escabullía por delante del conde y cerraba la puerta tras ella.

Lola cerró el frasco del colorete, tomó una bocanada de aire y se levantó, recordándose a sí misma que estaba a punto de salir a escena delante de un público que esperaba verla fracasar. De alguna manera, aquello hizo que el enfrentarse al padre de Denys le resultara un poco menos sobrecogedor y, cuando se volvió hacia él, estaba tranquila y serena e incluso fue capaz de esbozar una leve sonrisa.

—Milord —dijo, inclinando apenas la cabeza—. Qué visita tan inesperada. ¿A qué le debo este placer?

—Dudo que sea un placer para usted, señorita Valentine. Y, desde luego, no lo es para mí. Iré directo al grano.

—¿Lo considera necesario?

Ensanchó la sonrisa con plena deliberación y señaló las botellas de champán que había abiertas sobre la mesa central, regalo de los admiradores de algunas de las actrices.

—¿Está seguro de que no quiere tomar antes una copa? —insistió.

El conde negó la cabeza, pero Lola caminó con paso lento hacia la mesa para servirse champán, porque sabía que podría necesitarlo. Con una fortificante flauta de champán en la mano, se volvió hacia él y alzó la copa con un sardónico gesto teatral.

—Ahora ya puede ir al grano.

El hecho de que insinuara que era ella la que le estaba dando permiso hizo enrojecer al conde, pero no explicitó su desagrado.

—He venido a informarte de que he vendido mi parte del Imperial.

Aquello era lo último que Lola se esperaba y no pudo disimular su sorpresa.

—Sí —dijo el conde, y entonces fue él el que sonrió—, ¿lo ves? Tu relación con mi hijo ha terminado.

—¿Denys está informado?

—Lord Somerton —replicó él con énfasis— será informado cuando regrese de Kent.

—Ya entiendo. ¿Ni siquiera se ha tomado la molestia de consultarle?

—¿Qué sentido tendría? Ya conozco su opinión al respecto.

—Sabe que el Imperial es una empresa de la que está extremadamente orgulloso, y con motivo. Pero, aun así, lo ha vendido a escondidas sin pensárselo si quiera.

—Y tú eres la culpable de ello, jovencita.

Aquello le tocó la fibra sensible y, aunque no quería crear más problemas entre Denys y su padre de los que ya tenían, no pudo reprimir una respuesta mordaz.

—¡Vaya, vaya! ¿Quién iba a pensar que una cualquiera pudiera tener tanto poder?

El conde ignoró aquel comentario.

—Tu nuevo socio es un tal lord Barringer y pretende ofrecerte una generosa cantidad de dinero para comprar tu parte. Yo te sugeriría que aceptaras.

—¿Por qué? Su dinero no me hizo huir la vez anterior. ¿Por qué va a hacerlo ahora?

—Porque no tienes ningún motivo para quedarte.

Era posible que Lola ya hubiera decidido marcharse, pero, aunque le fuera la vida en ello, jamás lo admitiría delante del conde. No soportaría verle regodearse en su decisión.

—¿Denys no es una razón?

—Mi hijo es el futuro conde Conyers. Debe contraer matrimonio con una mujer de buena familia, pero, mientras tú sigas por aquí y él esté bajo tu hechizo, jamás considerará esa posibilidad. Y, ciertamente, no puede casarse contigo.

—¿No? ¿Y por qué motivo?

—Mi querida señorita Valinsky, lo sé todo de ti.

Lola se tensó con un nudo de terror en el estómago.

—Cuando regresaste a Londres —continuó el conde—, contraté a los hombres de Pinkerton para que te investigaran. Lo habría hecho hace años, cuando estuviste por aquí, pero consideré que el encaprichamiento de mi hijo era algo pasajero. Al fin y al cabo, ya había estado con otras mujeres como tú.

Lola intentó adoptar un aire de indiferencia.

—Supongo que debió de causarle un fuerte impacto que Denys decidiera casarse conmigo.

El conde apretó la mandíbula con un gesto sombrío.

—Así es. Y aunque te negaste a aceptar mi dinero, tuviste la sensatez de aceptar el ofrecimiento de Henry y regresar allí de donde habías venido. Sin embargo, cuando volviste hace dos meses, puse a trabajar a los detectives. Sé que tu padre era un borracho y que eres una hija bastarda. Estoy al tanto de las tabernas portuarias en las que... ¿bailabas, debería decir? Y —añadió, con aquellos ojos oscuros tan parecidos a los de Denys llenos de un desprecio que Lola jamás había visto en los ojos de su hijo— sé de tu relación con Robert Delacourt. Sé que no eres nada más que una prostituta.

Lola tomó aire, sintiéndose como si acabaran de darle una bofetada. Aquella, suponía, era la intención.

Como si le hubiera leído el pensamiento, el conde asintió lentamente.

—El señor Delacourt es muy conocido en Nueva York. Se sabe todo sobre él, y sobre sus chicas —la recorrió de los pies a la cabeza con la mirada—. Chicas como tú.

Lola sacudió la cabeza.

—Pero no comprende...

—Vete de Londres —le ordenó—. Si no lo haces, o si se te ocurre regresar, le entregaré a Denys el informe de Pinkerton. Ya veremos si continúa queriéndote después.

Cualquier negativa o explicación murió en los labios de Lola. No tenía ningún sentido explicarle nada.

—¿Por qué piensa que no he hablado ya con Denys de mi pasado?

El conde la estudió un segundo antes de contestar.

—Porque creo que quieres de verdad a mi hijo y te importa lo que piense de ti. Si no fuera así, habrías aceptado el dinero que te ofrecí cuando te fuiste a París, o habrías aceptado sin pensártelo dos veces su propuesta de matrimonio y habrías dejado que supiera quién eres después de la boda. Creo que ves tan claro como yo que no podrías hacerle feliz y que eso te importa.

Lola tragó con fuerza y no dijo nada. El conde y los hombres de Pinkerton podían estar equivocados en algunas cosas, pero no en eso. Aquello siempre sería verdad.

—En ese caso —continuó el conde ante su silencio—, ¿qué destino te espera aquí, salvo el de convertirte en su amante hasta que al final se canse de ti?

Aunque solo fuera por orgullo, Lola se esforzó en enumerar todo lo que tenía a su favor.

—Soy una mujer de negocios. Sigo siendo propietaria de la mitad del teatro. También soy actriz y Londres continúa siendo la capital mundial del teatro. Estoy iniciando una nueva carrera y…

—¿Una carrera? ¡Ah, querida! —el conde le dirigió una compasiva sonrisa—. Fui testigo de tu primera actuación y no tengo la menor duda de que la de esta noche será idéntica. Soy un apasionado del teatro desde que era muy joven y nunca he visto una actriz con menos talento que tú. Por supuesto, mi hijo no es capaz de verlo, pero los demás no estamos tan ciegos. Cuando fracases, Barringer no consentirá que vuelvas a presentarte a ninguna de las audiciones para las producciones del Imperial y dudo que otros productores estén dispuestos a concederte ese privilegio.

Lola alzó la barbilla con un gesto que Denys habría reconocido si hubiera estado presente. Pero, cuando habló, lo hizo con una voz fría y displicente.

—Gracias por venir a informarme de la situación, lord Conyers. Ahora, si no le importa, debo vestirme.

—Por supuesto.

Inclinó la cabeza y salió. Lola miró la puerta con los ojos entrecerrados mientras se cerraba tras él.

—Es posible que tenga que abandonar Londres, milord —musitó alzando su copa—, pero esta vez no me marcharé como una fracasada. Esta vez, no.

Y, sin más, terminó el champán que quedaba, dejó la copa con un golpe sordo, alargó la mano hacia su traje y se preparó para ofrecer la actuación de su vida.

Los aplausos empezaron antes de que el telón comenzara a cerrarse y el público estaba en pie antes de que el dobladillo hubiera rozado las tablas. El rugido de aquella multitud obligó a salir a los actores a saludar, pero, cuando le tocó a ella, Lola estaba tan estupefacta que no fue capaz de moverse. Durante las últimas tres horas había estado tan absorta, tan entregada a la actuación que, una vez terminada la obra, estaba aturdida.

—Lola, vamos —Blackie le agarró la mano—. Nos están esperando, cariño.

—¿Lo he hecho bien? —preguntó Lola, apartando la mano de la de Blackie y agarrándole del brazo—. Blackie, dime la verdad, ¿he actuado bien?

—¿Que si has actuado bien? —Blackie soltó una carcajada, sacudiendo la cabeza con incredulidad y con una enorme sonrisa en su moreno rostro irlandés—. Dios mío, has estado brillante.

La agarró de nuevo de la mano y, mientras avanzaba hacia el escenario tirando de ella, la miró por encima del hombro y añadió:

—Creo que hasta Arabella está contenta.

—Lo dudo —contestó ella.

Pero su respuesta murió ahogada en el rugido de la multitud cuando Blackie la sacó a escena. Agarrados de la mano, se detuvieron en el centro y se miraron el uno a otro. Blackie le guiñó entonces un ojo e hicieron una reverencia al mismo tiempo.

Pero el público no se dio por satisfecho y tuvieron que saludar dos veces más antes de volver tras bambalinas. E, incluso entonces, mientras el resto de la compañía revoloteaba a su alrededor hablando, riendo y felicitándose los unos a los otros, ella seguía sin poder creer que aquello fuera real.

Una palmada de felicitación en la espalda la hizo volverse. Al girar, vio a John Breckinridge, el protagonista de la obra, a su lado.

—Al principio, tenía serias dudas sobre usted, señorita Valentine —le dijo—. Estaba seguro de que iba a ser un rotundo fracaso, pero me has demostrado que me equivocaba. He perdido cinco libras al apostar por ello, pero no me importa. Es usted buena. Muy buena.

Lola entreabrió los labios, pero tenía la garganta cerrada y no fue capaz de responder. John Breckinridge era uno de los mejores actores de Londres, merecedor de los elogios que le había dedicado sir Henry Irving. Oír una alabanza a su actuación en boca de aquel actor fue una de las cosas más bellas que le habían sucedido en la vida.

—Gracias —consiguió decir por fin—, muchas gracias.

Jamie Saunders se detuvo a su lado.

—Buen trabajo, Lola —le dijo, y le tendió la mano. Lola se la estrechó y Jamie se volvió hacia John—. Creo que me debes cinco libras. Las invertiré en una cerveza en el Lucky Pig, gracias —miró a Lola—. Algunos vamos a ir al pub que hay al final de la calle a celebrarlo. Si quieres, puedes unirte a nosotros.

Lola se lo pensó y negó con la cabeza. Dejar Londres ya le resultaba suficientemente duro en su situación.

—Gracias, pero estoy agotada. Buenas noches.

Regresó a su camerino y agradeció que estuviera vacío. En el momento en el que estuvo dentro y cerró la puerta tras ella, le flaquearon las rodillas y tuvo que sentarse.

Se dejó caer en el taburete de su tocador y fijó la mirada en el espejo con los ojos abiertos como platos, intentando asimilar lo que había pasado.

—Lo he conseguido —susurró—. ¡Dios mío! ¡Acabo de hacer un Shakespeare! —el júbilo explotó en su interior como un cohete y soltó una carcajada—. ¡Y soy buena! ¿Qué tiene que decir a eso, lord Conyers?

Pero entonces, bajó la mirada, vio la copa de champán vacía sobre la superficie cubierta de polvos de maquillaje de su tocador y toda su alegría se disipó.

Podía haber demostrado que Conyers estaba equivocado respecto a su talento, pero sabía que aquello no suponía ninguna diferencia. Continuaba sin tener futuro en aquella ciudad.

¿La habría visto Denys aquella noche?, se preguntó. ¿O seguiría todavía en Kent? ¿Y si iba al camerino a felicitarla? ¿A invitarla a cenar como solía hacer años atrás? ¿Y si le pedía que se casara con él? ¿Cuántas veces sería capaz de negarse antes de ceder y aceptar su propuesta?

La puerta se abrió. Lola se sobresaltó, pero dejó escapar un suspiro de alivio al ver a Betsy. La joven se sentó en su propio tocador, en la parte más alejada del tablero, y alargó la mano hacia el frasco de lanolina para quitarse el maquillaje. Aquella noche no había actuado en la obra, pero, como sustituta de Lola, tenía que estar preparada para salir a escena en cualquier momento.

—¿Betsy?

La chica se volvió hacia ella.

—¿Um?

—Te sabes el papel, ¿verdad? Has estado ensayando el papel de Blanca. No habrás holgazaneado ni te habrás saltado los ensayos, ¿eh?

—¡Oh, no, señorita Valentine! —la joven abrió los ojos como platos—, Sé que casi nunca hemos ensayado en la misma sala, así que no ha podido verme, pero...

—Estupendo —la interrumpió Lola. Se levantó y agarró el maletín del maquillaje—. Prepárate para actuar mañana por la noche. A partir de ahora, el papel es tuyo.

Y salió antes de que Betsy hubiera podido recuperarse de la sorpresa.

Actuar siempre era algo agotador y, después de las actuaciones, Lola siempre se había quedado dormida en cuanto había apoyado la cabeza en la almohada. Aquella noche, sin embargo, el sueño la abandonó. Le había prometido a Denys que se quedaría hasta que la obra terminara y había roto su promesa, pero no era aquello lo que le quitaba el sueño. No. Lo que la tenía dando vueltas y vueltas en la cama era el miedo, el miedo a que, aunque ella se marchara, Conyers pudiera hablarle a Denys de los aspectos más sórdidos de su pasado. Si aquello ocurría, Denys llegaría a la misma conclusión a la que había llegado el conde. Pensaría que se había prostituido.

Dio media vuelta en la cama, gimió y se maldijo por haber regresado a Londres. Y, aun así, ¿cómo iba arrepentirse de haber vuelto?

Aquella noche había conseguido el único objetivo por el que se había propuesto volver. Y, además, y aquello era lo más importante, había tenido la oportunidad de ver a Denys otra vez, de estar en su compañía, de sentir sus abrazos, de saborear sus besos y regodearse en sus artes amatorias. ¿Cómo podía arrepentirse de algo así? ¿Cómo arrepentirse de la tarde deliciosa que habían pasado juntos después de la exposición floral?

«Mi hijo es el futuro conde Conyers. Debe contraer matrimonio con una mujer de buena familia, pero, mientras tú sigas por aquí y él esté bajo tu hechizo, jamás considerará esa posibilidad. Y, ciertamente, no puede casarse contigo».

La voz se Conyers resonaba en su cerebro y Lola se tumbó de lado con un gemido, agarró un almohadón y se cubrió la cabeza. Aquello, por supuesto, no sirvió de nada.

«¿Qué destino te espera aquí, salvo el de convertirte en su amante hasta que al final se canse de ti?».

¿Por qué?, se preguntó desesperada mientras tiraba el almohadón y se tumbaba de espaldas. ¿Por qué no podían dejarles en paz tanto la sociedad como su familia? ¿Por qué no podían dejar que fueran amantes? ¿Por qué no podían disfrutar el uno del otro durante el tiempo que durara su relación? ¿Por qué demonios nada podía ser fácil entre Denys y ella?

«Tú siempre serás su ruina».

Aquellas palabras se repetían en su mente y sentía que eran más ciertas incluso que antes. Algo pareció resquebrajarse en su interior hasta formar una grieta ancha y profunda y, de pronto, se descubrió llorando. Lola dio media vuelta en la cama y se hizo un ovillo, pero no fue capaz de contenerse y, por primera vez desde hacía años, lloró hasta quedarse dormida.

—Buenos días, señorita Valentine —la despertó el alegre saludo de su doncella.

Lola abrió los ojos, parpadeando ante la luz de la mañana. Los ojos le dolían con aquel seco escozor que sucedía al llanto.

—¿Qué hora es? —preguntó.

Se incorporó apoyándose sobre los codos y descubrió a su doncella a los pies de la cama con una bandeja.

—Las doce y media —contestó Marianne—. La hora a

la que suele despertarse después de una actuación. ¿Quiere vestirse o prefiere desayunar antes?

—Ninguna de las dos cosas —se irguió en la cama y se apartó un mechón de pelo de los ojos mientras intentaba despejar sus sentidos aletargados por el sueño—. Marianne, antes de nada quiero que hagas algo. Necesito que vayas a Cook's y hagas todos los arreglos pertinentes para nuestro regreso a Nueva York.

La doncella entreabrió los labios con un gesto de sorpresa, pero era lo suficientemente competente como para no cuestionar las decisiones de su señora.

—Por supuesto. ¿Para cuándo le gustaría fechar su partida?

—Lo antes posible, así que será mejor que salgas pronto.

—Sí, señora, ¿no desea vestirse antes de que me vaya? ¿O pedir que le suban el desayuno?

—No —Lola volvió a recostarse sobre los almohadones—. Solo quiero dormir. Mientras estés fuera, puedes ir a almorzar. Y despiértame cuando regreses.

—Sí, señora.

La doncella se marchó y Lola cerró los ojos, pero, justo cuando acababa de quedarse dormida, volvieron a despertarla. En aquella ocasión, fue una llamada a la puerta.

Se sentó, miró hacia la puerta abierta del dormitorio y comprendió que la llamada procedía del exterior de la puerta de su suite.

—¿Señorita Valentine? —llegó hasta ella una voz amortiguada desde el pasillo.

Todavía aturdida y con los ojos pesados por el sueño, empujó la colcha con un suspiro, se levantó de la cama y se dirigió hacia la puerta de su habitación.

—¿Señorita Valentine? —volvieron a llamar—. ¿Está usted ahí?

—Sí —contestó—. ¿Qué ocurre?

—Servicio de habitaciones.

¡Maldita fuera! Le había dicho a Marianne que no quería que le subieran el desayuno. Frunció el ceño, intentando pensar. ¿O no se lo habría dicho?

—¿Señorita Valentine? —insistió la voz—. Le traigo el desayuno y café.

¿Café? Lola alzó la cabeza y se animó un poco. Después de la noche que había pasado, el café le parecía algo delicioso.

—Un momento, por favor.

Volvió al dormitorio, abrió el armario y sacó un vestido de té abotonado por la pechera. Se lo puso encima del camisón, se abrochó los botones y se puso unas zapatillas de seda. Más o menos vestida, regresó a la sala de estar, sacó una moneda de seis peniques del bolso y se acercó a la puerta. La abrió, pero, aunque el hombre que estaba al otro lado con un carrito llevaba la librea del hotel Savoy, no era uno de sus empleados.

—¿Denys? —se frotó los ojos somnolientos, preguntándose si estaría soñando—. ¿Qué estás haciendo aquí?

CAPÍTULO 20

La había sacado de la cama, comprendió Denys, y aquello le dejó sin respiración. Para él, aquel era el momento del día en el que estaba más adorable, con el pelo suelto y revuelto cayendo por sus hombros y el rostro despojado de polvos y colorete, permitiéndole ver las pecas doradas que salpicaban su nariz y sus mejillas. Tragó con fuerza, resistiendo el impulso de dejar el carrito, levantarla en brazos y llevarla al dormitorio.

Pero ganó la batalla recordándose a sí mismo que su apuesta era mucho más alta que un simple revolcón entre las sábanas. Obligándose a reprimir su deseo, inclinó la cabeza.

—Buenos días, señorita Valentine.

Lola volvió a frotarse los ojos con los puños cerrados, haciéndole sonreír con aquel gesto que recordaba al de una niña acabada de despertar.

—¿Por qué vas vestido como un lacayo del Savoy?

—¡Ah, esto! —acarició el chaleco del uniforme—. ¿Te gusta?

Evidentemente confundida, cerró los ojos y sacudió la cabeza y, cuando volvió a mirarle otra vez, el sueño se había disipado de sus ojos y estaba frunciendo el ceño.

—Denys, no puedes venir a mis habitaciones.

—Lola, ¿no es un poco absurdo que me digas que no puedo hacer lo que ya he hecho?

Lola se inclinó hacia delante y asomó la cabeza por el pasillo.

—Podría verte alguien.

—¿Y qué?

Lola retrocedió.

—Podrían reconocerte.

—¿Con este traje? Lo dudo. ¿Por qué crees que me lo he puesto? Y, si quieres un café, y sé que lo quieres porque acabas de levantarte de la cama y lo que más te apetece cuando te levantas es tomarte un café, será mejor que me dejes entrar antes de que se enfríe.

Lola se mordió el labio, pensando en ello.

—Y si no, no tengo la menor duda de que estás dispuesto a quedarte en el pasillo gritando y aporreando la puerta hasta que te deje entrar —musitó al cabo de unos segundos.

Denys hundió las manos en los bolsillos y miró a su alrededor silbando con expresión de inocencia.

Con un sonoro suspiro, Lola abrió la puerta del todo y retrocedió.

—¡Oh, muy bien! —dijo enfadada—. Será mejor que entres. Nunca he sido capaz de decirte que no a nada.

Denys la miró a los ojos.

—Eso espero.

La oyó soltar una exclamación ahogada, pero, cuando Lola habló, se obligó a recordarse que solo había dado el primer paso de su plan y que todavía le quedaban muchos otros por delante.

—Te has tomado muchas molestias —le dijo Lola mientras cerraba la puerta y le seguía.

Denys empujó el carrito hasta la sala de estar de la suite y giró hacia la mesa y las sillas que había al final de la estancia.

—¿De dónde has sacado el uniforme del Savoy? —le preguntó Lola.

—De uno de los empleados del Savoy, por supuesto. Le he encontrado fuera de su puesto de trabajo y le he chantajeado para que me prestara su uniforme, me ha llevado a través de la cocina y me ha subido por la escalera de servicio.

—Estás loco —declaró, sacudiendo la cabeza—. Completamente loco.

—A él no se lo ha parecido —Denys rio por lo bajo—. No ha parecido demasiado sorprendido por mi sugerencia. Me ha dicho, sin pestañear siquiera, que la tarifa por ese servicio es de una guinea. Es evidente que hay caballeros con librea de lacayo que entran y salen de las habitaciones de las damas por todo Londres. Tanto, de hecho, que los empleados del hotel han establecido un precio. Incluso incluye una carta de recomendación por si descubren al empleado en cuestión y le despiden. Las doncellas tienen un sistema de trabajo similar. Cuando uno piensa en ello, se da cuenta de que es toda una empresa.

Denys le sirvió un café, removió la leche y el azúcar y se lo tendió a través de la mesa.

—¿Café?

Lola lo aceptó, pero no dio un solo sorbo. En cambio, alzó la mirada por encima de la taza para encontrarse con la suya.

—Me habían dicho que estabas en Kent. ¿Cuándo has vuelto a Londres?

—Ayer por la noche.

—¿Y has…? —se interrumpió y tomó aire—. ¿Has visto a tu padre?

Denys frunció el ceño, parecía desconcertado.

—No, ¿por qué?

Lola no contestó.

—¿Por qué has venido desde Kent? —le preguntó en cambio.

—Lola —le sonrió con ternura—, ¿de verdad necesitas preguntarlo?

—Ayer por la noche estuviste en el teatro —susurró Lola.

—Claro que estuve, Lola —y, añadió, reprendiéndola con suavidad—. No pensarías que iba a perderme la noche del estreno, ¿verdad?

A Lola le tembló la mano y Denys oyó el tintineo de la taza en el plato.

—¿Qué...? —Lola se interrumpió y se pasó la lengua por los labios—. ¿Qué te pareció? Dime la verdad.

—Creo que tu actuación fue admirable.

Y apareció entonces aquella luminosa sonrisa que Denys adoraba.

—¿De verdad?

—De verdad y si no me crees... —se interrumpió, se inclinó al lado del carrito y levantó el dobladillo del mantel para retirar los periódicos de la mañana que había colocado en la parte de abajo. Se enderezó y le tendió el montón de periódicos— quizá te interese leer otras opiniones.

Dejó el fajo de periódicos encima de la mesa, agarró el primero, lo desplegó y leyó la primera página.

—Según el *Talk of the Town*, eres «la mayor sorpresa de los escenarios londinenses de los últimos años».

Denys dejó aquel periódico a un lado y tomó el siguiente.

—*The Times* dice «la señorita Valentine brilla en el momento en el que sale a escena como el sol que asoma de forma inesperada entre las nubes en un día nublado».

—¿*The Times* dice eso? —se le quedó mirando fijamente, como si, lógicamente, le costara creerlo—. ¿*The Times*?

—Sí, *The Times*. Felicidades —añadió, sonriendo por encima del borde del periódico—. Creo que eres la única persona que ha sido capaz de inspirar un lenguaje poético al serio y estirado *London Times*. Y dos veces.

—Quizá, pero la primera vez no fue un lenguaje poético muy complaciente —le recordó—. Déjame ver —le pidió y rio mientras leía la crítica—. Alabanzas en *The Times*, ¿quién se lo iba a imaginar?

—He traído champán para celebrarlo —dijo Denys, y volvió a agacharse para sacarlo del carro.

Sacó dos copas de champán y una cubitera que contenía una botella abierta de Laurent-Perrier sobre un lecho de virutas de hielo.

—Esto es...

Lola se interrumpió y se llevó la mano a la boca, dejando que el periódico se deslizara de entre sus dedos. El ejemplar de *The Times* aterrizó en el suelo, extendido como una tienda del ejército torcida. Lola bajó la mirada, la fijó en el periódico durante unos segundos y después miró a Denys. Este vio, para su más absoluto asombro, que tenía los ojos llenos de lágrimas.

—Lola —alarmado, rodeó la mesa para acercarse a ella—. Por el amor de Dios, ¿estás llorando?

—Es todo tan distinto —contestó ella con la voz atragantada—. La última vez que estuvimos desayunando juntos y leyendo periódicos fue terrible.

—Y eso hace que esta situación sea mucho más agradable —la agarró del brazo y besó su pecosa nariz—, ¿no te parece?

Lola apartó la cara y se encogió de hombros mientras intentaba desasirse de sus manos, pero Denys advirtió con alivio que fue un intento muy poco entusiasta y comenzó a pensar que quizá había dado otro paso adelante. Lentamente, deslizó las manos por su cintura.

—Mucho más —musitó, y le dio un beso en la mejilla.

Se acercó después a la comisura de su boca.

Lola se tensó y, por un instante, Denys pensó que iba a rechazarle. Pero, entonces, ella le rodeó el cuello con los brazos, abrió la boca bajo la suya y soltó un suave gemido de rendición. Aquella era su oportunidad, pensó Denys, y la aprovechó.

Inclinó la cabeza para profundizar el beso, alzó las manos para enmarcar su rostro y enredó los dedos en su pelo. Cuando Lola se estrechó contra él y comenzó a saborear el interior de su boca, el deseo que Denys había estado conteniendo estalló, pero lo puso bajo control al instante. Retrocedió, suavizó el beso succionándole el labio inferior y continuó saboreándola con pequeños besos.

Teniendo en cuenta que su último encuentro amoroso había tenido lugar en un cabriolé, Denys estaba decidido a conseguir que en aquella ocasión todo fuera mucho más romántico y eso significaba que tenía que tomarse su tiempo.

Sin embargo, Lola parecía tener otras ideas en mente.

Le tomó las manos y las guio hasta sus senos. No llevaba corsé debajo del vestido y Denys sintió los senos llenos y turgentes con los pezones erguidos contra sus manos.

El deseo emergió dentro de él y gimió mientras abría las palmas de las manos y se torturaba unos instantes antes de retroceder de nuevo.

Lola protestó con un gemido y tensó los dedos alrededor de las muñecas de Denys para que continuara acariciándola, pero él se resistió y se apartó de ella.

—Nuestro último encuentro en el cabriolé fue demasiado precipitado —dijo con firmeza—. Hoy me tomaré mi tiempo.

Acercó las manos al último botón del vestido y le besó la nariz mientras se lo desabrochaba. Con el siguiente botón, le besó la frente y con el tercero la barbilla. Para cuando el vestido estuvo desabrochado hasta la cintura, la respiración de Lola era tan agitada como la de Denys.

Pero él continuó manteniendo el control, decidido a esperar hasta conseguir que ella perdiera el suyo. Una vez más, se apartó, provocando un quejido de protesta.

Lola llevaba una especie de camisola bajo el vestido, una camisola abrochada hasta arriba y Denys tardó un momento en darse cuenta de lo que era aquello.

—¿Llevas un camisón debajo del vestido? —bromeó—. ¿Es una nueva moda que desconozco?

—Mi doncella ha salido —musitó Lola en un jadeante susurro y le besó—. Y ha comenzado a llamar a la puerta un empleado de lo más insistente. No estoy segura... —se interrumpió y volvió a besarle—. No estoy segura de... de que el Savoy apruebe tanto descaro por parte de uno de sus camareros.

—Las situaciones desesperadas exigen medidas desesperadas —contestó Denys contra su boca, al límite del control.

—¿Y tú lo estás? —le preguntó Lola, mordisqueándole el labio—. ¿Estás desesperado?

Denys sabía que no podía permitir que Lola tomara las riendas en aquel proceso de seducción si no quería que las cosas terminaran mucho antes de que hubiera alcanzado su meta.

Para recuperar el mando, le pasó un brazo por los hombros, se inclinó, colocó el otro brazo bajo sus rodillas y la levantó.

—Denys —protestó Lola riendo mientras la llevaba hacia el dormitorio—. ¿Y el desayuno? ¿Y el champán?

—El hotel cuenta con un verdadero servicio de habitaciones —una vez dentro del dormitorio, cerró la puerta con el pie—. Pediremos hielo y comida más tarde. Ahora —añadió mientras la dejaba de pie a los pies de la cama—, ¿por dónde iba?

—Creo que estabas desnudándome.

Eran palabras que mostraban cierta indiferencia, pero las pronunció casi sin aliento y Denys comprendió que había recuperado las riendas de la situación. Sin embargo, cuando terminó de desabrocharle los botones hasta la cintura, su capacidad de control volvió a ser puesta a prueba.

—Dios mío —susurró mientras deslizaba el vestido y el camisón por los hombros y los brazos de Lola, dejando sus senos al descubierto—. Eres incluso más hermosa de lo que recordaba.

Denys soltó ambas prendas, dejando que cayeran hasta las caderas de Lola, pero cuando avanzó las manos hacia sus senos, ella le detuvo.

—No puedo —dijo Lola retrocediendo, y él sintió terror. Tomó aire, intentando tranquilizarse.

—¿Qué es lo que no puedes?

—No puedo hacer el amor contigo si vas vestido con el uniforme del Savoy —señaló un botón del característico chaleco de rayas doradas y negras—. Ahora vivo aquí y veo a hombres con ese uniforme a todas horas. Me resultaría un poco... raro.

Denys se echó a reír, inmensamente aliviado al comprender que no estaba pidiéndole que se detuviera.

—¿Me estás diciendo que debo desnudarme?

—No te preocupes —alzó la mirada, riendo también ella—. Yo te ayudaré.

Denys permitió que le quitara la chaqueta negra, el chaleco de rayas y la corbata dorada del uniforme. A aquellas prendas les siguieron el broche del cuello de la camisa, el cuello y los gemelos. Denys le permitió incluso bajarle las mangas y quitarle la camisa. Pero, cuando comenzó a desabrocharle los pantalones, la detuvo.

—Ya es suficiente —la regañó sonriente—. Soy yo el que te está desnudando, ¿recuerdas?

Ignoró sus protestas, le apartó las manos y tomó sus senos.

Denys los acarició, los moldeó y saboreó su exuberante plenitud. Cuando acarició los pezones erguidos con los pulgares, ella echó la cabeza hacia atrás con un jadeo y se arqueó contra sus manos y, cuando Denys se los pellizcó con los dedos, soltó un suave gemido y le flaquearon las rodillas.

Denys la sujetó, le rodeó la cintura con el brazo y retomó sus caricias riendo para sí.

—Eso siempre te ha gustado.
—Sí —jadeó ella.
—Recuerdo otras cosas que te gustaban.

La soltó y se arrodilló delante de ella tirando del camisón y del vestido en el proceso, desnudando su cuerpo ante su mirada, mostrando su cintura estrecha, sus caderas generosas, la delicada curva de su vientre, el triángulo de vello que coronaba sus muslos y sus largas y gloriosas piernas. Con una respiración profunda y temblorosa, Denys echó la cabeza hacia atrás. La miró a los ojos, la agarró de la cintura, la estrechó contra él y le dio un cálido y húmedo beso en el vientre.

Lola gimió, se arqueó contra su beso y estiró los brazos para agarrarse al pie de bronce de la cama. Denys fue bajando la cabeza, le besó el ombligo y posó después los labios sobre los rizos rojizos.

Lola dejó escapar un delicado aullido cuando Denys deslizó la lengua sobre ella, saboreándola. Después, este último se detuvo y la miró a los ojos.

—¿Te acuerdas de la primera vez que hicimos esto? —le preguntó.

Lola asintió y abrió las piernas un poco, pero Denys ignoró la indirecta.

—No lo habías hecho nunca —recordó Denys con una leve risa, y le acarició la cadera—. Creo que te impactó.

—Claro que me impactó.

Hundió las manos en su pelo, acercándole a ella y Denys cedió. Besó los pliegues de su sexo y los acarició con la lengua. Paladeó su suavidad, su sabor, los sonidos que Lola emitía. Disfrutó del placer de Lola, que iba creciendo paso a paso y, cuando comenzó a temblar, a estremecerse con movimientos frenéticos, consciente de que aquel era el momento, posó la lengua sobre el clítoris. Cuando oyó el suave y dulce gemido que Denys tan bien recordaba y anunciaba su femenino éxtasis, disfrutó más de aquel clímax de lo que había disfrutado nunca del suyo propio.

Volvió a besarla una vez más y se levantó. Lola apartó las manos de la cama al instante, le rodeó el cuello con los brazos y enterró el rostro contra su cuello, jadeando, exhalando su respiración irregular y ardiente contra su piel.

Denys le acarició el pelo y cuando ella le besó en el pecho, se le encogió el corazón, recordándole todo lo que estaba en juego en aquel momento. Pero, aun así, su cuerpo estaba tan tenso que no sabía cuánto podría aguantar. Enredó las manos en el pelo de Lola, le inclinó la cabeza hacia atrás y la besó.

—Te deseo —le dijo, la soltó y se agachó para quitarse los zapatos y los calcetines—. ¿Tú me deseas?

Volvió a mirarla, la vio abrir los ojos como platos y supo que estaba recordando su primera vez con tanta nitidez como él. Que estaba recordando cómo, después de haberle mantenido a distancia durante meses, por fin había admitido que le deseaba.

—Tienes que decirlo —le recordó con una leve sonrisa mientras se desabrochaba los pantalones—, ¿te acuerdas?

Denys la observó mientras se bajaba los pantalones y la ropa interior y se los quitaba. Lola entreabrió los labios, pero, cuando Denys la miró, no dijo nada.

—¿Y bien? —la apremió mientras dejaba las prendas a un lado y permanecía desnudo frente a ella.

Lola se apartó un mechón de pelo de los ojos, se encogió de hombros e intentó no sonreír.

—¿Y bien qué?

Denys la agarró por la cintura y ella soltó una carcajada mientras la levantaba en brazos para sentarla en el pie de bronce de la cama. La empujó después, haciéndola caer de espaldas. Lola estaba riendo a carcajadas antes incluso de haber aterrizado sobre el colchón. Denys llegó a su lado sin darle tiempo a escabullirse.

—¿Me deseas? —le preguntó otra vez, capturándola, girándola en la cama y reteniéndola con su cuerpo.

Lola seguía riendo a carcajadas, pero apretó los labios, intentando sofocar la risa.

Aquello no le disuadió.

—Muy bien, puedo esperar —susurró, y le hociqueó el cuello—. Ya sabes que soy muy paciente —se interrumpió para besarla—. Soy un hombre muy insistente

Deslizó los brazos bajo los suyos, apoyando el peso sobre los codos para colocarse y, aunque su miembro se erguía entre sus muslos con la dureza de una piedra y estaba temblando por dentro por aquel esfuerzo de contención, fingió estar frío y sereno.

—¿Me deseas?

Denys flexionó las caderas y deslizó su miembro contra ella con una larga, lenta y provocativa caricia.

—Denys —respondió Lola jadeante.

Movió las caderas contra él, pero Denys no la penetró.

—Tienes que decirlo.

Ante su silencio, Denys descendió unos centímetros más al tiempo que posaba una mano entre ellos y la acariciaba.

—Admítelo. Me deseas.

—¡Ah! —gimió Lola.

Y Denys se deleitó en aquel sonido.

—Ya no te ríes, ¿eh? —bromeó sin dejar de acariciarla.

—Deja de provocarme.

—Creo que eres tú la que me está provocando —repuso él, hundiendo y sacando un dedo de su interior.

—No sé qué quieres decir —jadeó, temblando con la sensual excitación provocada por aquel juego.

—Sí, claro que lo sabes. Dilo, Lola, dilo.

—De acuerdo, sí, te deseo —jadeó, sacudiendo las caderas para intentar urgirlo—. Te deseo.

Denys apartó la mano hasta rozarla apenas con la punta de

los dedos. La acarició entonces con delicadeza, rodeando el clítoris con la yema de los dedos, y después retrocedió.

—¿Estás segura?

—Sí, sí —jadeó—. Sí, quiero sentirte dentro de mí. Ahora, Denys, ahora. Te deseo tanto que no puedo soportarlo.

Denys negó con la cabeza, reprimiéndose, porque ni siquiera con su deseo tenía suficiente. Para conseguir lo que de verdad quería, tenía que llevarla al límite. Tomó aire y retrocedió para mirarla a los ojos.

—Te amo —susurró mientras deslizaba un dedo en su interior—. ¿Tú me amas?

Lola no contestó y Denys se apartó, haciéndola gemir a modo de protesta. Alzó las caderas como si quisiera seguir el trayecto de su mano, pero Denys no le permitió siquiera aquella ligera satisfacción.

—¿Me amas?

Gemía en aquel momento, dejaba escapar sonido desesperados de necesidad y deseo, pero él no cedió.

—Lola, ¿me amas?

—Sí —sollozó—. Te amo, Denys. Siempre te he amado.

Aquello era todo lo que necesitaba oír. La besó con fuerza, apartó la mano y la penetró plenamente.

—Te amo —le dijo mientras se hundía dentro de ella—. Ahora y siempre.

Lola gimió, se cerró alrededor de él y presionó con las caderas, urgiéndole a moverse, pero él no iba a permitir que fuera ella la que marcara el ritmo. Denys hizo un gran esfuerzo para contenerse, consiguió que cada embestida fuera un poco más profunda que la anterior y fue alimentando el placer hasta que, al final, Lola alcanzó el clímax.

Él la siguió, llegando al orgasmo con una avalancha de un placer tan candente e intenso que su cuerpo entero parecía estar en llamas. Los espasmos fueron sucediéndose hasta que, por fin, remitieron. Se quedó entonces muy quieto y descendió sobre ella, fundiendo su respiración agitada con la de Lola en el silencio de la tarde.

Al final, él alzó la cabeza.

—Y ahora dime —musitó, dándole un beso en los labios—, ¿era tan difícil?

Denys se echó hacia atrás, apoyando el peso sobre los codos y cuando la miró, se le secó la garganta y se le desgarró el corazón porque jamás la había visto tan bella como en aquel momento.

Iluminada por la luz del sol que se filtraba a través de las cortinas cerradas, su piel adquiría un delicado tono rosado, los rizos de su pelo eran lenguas de fuego contra el blanco de las sábanas y a sus labios asomaba la vaga insinuación de una sonrisa.

—Y ahora que los dos hemos admitido la verdad —musitó Denys, apartándole un mechón de pelo de la mejilla—, ¿qué vamos a hacer?

CAPÍTULO 21

Denys sabía que, hasta aquel momento, había estado viajando con el viento a favor, pero Lola permaneció en silencio durante tanto tiempo que temió estar a punto de chocar contra las rocas.

Aun así, sabía que no podía retroceder.

—Yo creo que deberíamos casarnos —dijo, intentando parecer muy seguro, a pesar de que estaba endiabladamente nervioso. Dio media vuelta en la cama, se recostó sobre un codo y apoyó la mejilla contra la mano—. Eso es lo que suelen hacer las personas que se aman.

En vez de contestar, Lola se sentó y tiró de las sábanas para taparse y cubrir su desnudez. Un gesto extraño después de aquel apasionado encuentro. Los nervios de Denys aumentaron.

—¿Recuerdas el primer día de ensayo? —le preguntó Lola de pronto—. ¿La noche que viniste con los sándwiches y te hablé de la clase de baile al que me dedicaba?

—Por supuesto.

—Me preguntaste cómo había terminado en aquella situación, pero no te conté todo.

—¿No?

—No —Lola miró hacia las manos que tenía cruzadas en

el regazo—. Allí conocí a un hombre. Me vio bailar. No era la clase de hombre que frecuentaba ese tipo de tabernas, así que me fijé en él al instante. Era muy elegante, muy atractivo y muy rico. Se llamaba Robert Delacourt. Al cabo de varias noches, regresó y me pidió que tomara una copa con él. Como te puedes imaginar, acepté. Lo que quiero decir es que él me prestaba una clase de atención a la que yo no estaba acostumbrada. Me enamoré locamente y nos hicimos amantes.

Denys tuvo la sensación de que aquel había sido el único amante de Lola, aparte de él, y deseó poner fin a aquella conversación, pero sabía que no podía.

—Todo me parecía muy romántico. Él era un magnate de los ferrocarriles, un nuevo rico, podríamos decir. No me importaba. A mí me parecía un hombre maravilloso. Me compraba regalos, flores, me invitaba a cenar...

Todo aquello le resultaba a Denys demasiado familiar, demasiado parecido a su propia estrategia de seducción. Al hombre en el que se había convertido con los años, todo aquello le resultaba ruin y vacío. Tomó aire y lo soltó lentamente.

—Continúa.

—Estuvimos juntos varias semanas hasta que, una noche, Robert me dijo que tenía una cena con un hombre importante. Un senador de Washington. Robert quería que cenara con ellos. Me explicó que le había hablado de mí a aquel senador y que este quería conocerme.

Denys frunció el ceño. Era una información inocua, pero, aun así, le produjo desasosiego. Quizá tenía una mente demasiado retorcida, pero, cuando la miró a los ojos, confirmó la horrible sospecha que había comenzado a albergar porque, aunque Lola le estaba mirando, sabía que no le estaba viendo a él.

—El senador era un hombre muy importante en Washington, me contó Robert, un hombre que podría ayudarle a prolongar la línea férrea hacia el oeste. Teníamos que cenar con él en el Oak Room. ¡El Oak Room! Yo estaba tan emocionada que hasta me mareaba. ¡Qué estúpida!

Lola se rio de sí misma y a Denys se le encogió el corazón en el pecho.

—Pensaba que quería que estuviera a su lado porque iba a firmar un acuerdo muy importante. Que me llevaba como si fuera una colega, ya sabes, o, quizá, su futura esposa. Pero no fue así en absoluto. Me presentó al senador en una habitación privada y después... se fue. Le pregunté al senador que cuándo pensaba volver Robert y me dijo que no iba a volver. Que a partir de aquel momento era suya y que él se haría cargo de mí. Fue como si acabaran de venderme.

Al igual que le había ocurrido la noche que le había hablado de sus días en las tabernas y de lo que le había pasado siendo niña, Denys se enfureció, pero consiguió mantener su cólera a raya.

—¿Y qué hiciste? —le preguntó, y le dio un beso en la frente—. ¿Le pegaste con una sartén?

Lola curvó apenas los labios.

—En el Oak Room no tienen sartenes de hierro. Por lo menos en las mesas.

—¡Ah! Entonces le golpeaste con la botella de champán.

Lola frunció el ceño. Parecía confundida por su reacción.

—Pareces estar muy seguro de que le rechacé.

—Y lo estoy.

—¿Pero cómo puedes estar tan seguro?

—Por lo que dijiste aquel día en mi despacho, ¿te acuerdas? —continuó mientras ella seguía mirándole desconcertada—. Cuando te besé y te enfadaste conmigo...

—Un enfado justificado —le cortó—, teniendo en cuanta lo que dijiste.

Denys asintió, dándole la razón.

—Desde luego. Pero, cuando te revolviste contra mí, me dijiste que solo habías estado con dos hombres en toda tu vida.

—¿Te dije eso?

—Sí, ¿no te acordabas?

Lola negó con la cabeza.

—Aquel día estaba tan enfadada contigo que, para ser sincera, no me acuerdo ni de lo que dije. Pero, aun así, ¿cómo supiste que estaba diciendo la verdad?

—Porque, yo... confío en ti. Te creo —le dio un beso en la nariz—. Te amo y —se precipitó a añadir antes de que pudiera seguir hablando—, desde luego, es bastante obvio que uno de esos hombres soy yo. Y ahora sé que el otro es ese sinvergüenza de Delacourt. De ahí la conclusión a la que he llegado sobre el senador. Y ahora, ¿vas a contarme la respuesta que le diste a ese tipo tan odioso?

—Le tiré el vino a la cara. Después me levanté y me fui.

Denys soltó una carcajada.

—Perfecto. Sencillamente, perfecto.

—No tiene gracia.

—Tienes razón —se puso serio y le dirigió una firme mirada—. Lo siento y no creas ni por un momento que no quiero encontrar a ese Robert Delacourt y darle su merecido, porque no deseo otra cosa. De hecho, me daría un gran placer pegarle hasta arrancarle la vida. Y lo mismo puedo decir del hombre que intentó violarte cuando tenías quince años. Y a ese senador por haber pensado que eras de esa clase de chicas que...

—Pero lo era, Denys —le interrumpió ella—. Yo era de esa clase de chica. Ya te lo conté. Me quitaba la ropa en esas tabernas de Brooklyn. Robert me vio hacerlo. Los vaqueros de Kansas City venían a la taberna para ver cómo me subía la falda y poder verme los tobillos cuando cantaba. No puedo culpar a esos hombres por haber pensado que mi virtud estaba en venta, y tú tampoco. Si pensamos en ello, tú también me sedujiste. Me convertiste en tu querida. Soy... —se interrumpió y se mordió el labio—, soy la clase de mujer que la gente piensa que soy.

Dada su propia culpabilidad, Denys no podía, en justicia, discutir la mayoría de lo que Lola había dicho, pero sí su último comentario.

—Hablas como si estuvieras destinada a ello. Y no es cierto.

Lola bajó la mirada. El pelo cayó sobre su rostro.

—A veces creo que es así —susurró—. Los hombres me han deseado desde que tuve edad suficiente como para ponerme un corsé. Siempre lo he sabido y nunca he tenido ningún inconveniente en utilizarlo cuando he tenido que hacerlo.

—Algo que han estado haciendo todas las mujeres desde Eva, querida mía.

—La mayoría de las mujeres no lo hacen sobre un escenario, pero yo sí. ¡Diablos! Si hasta lo convertí en un espectáculo —se encogió de hombros y tiró de la colcha—. Después de aquel episodio con el senador, supe que tenía que marcharme de Nueva York. Tenía miedo de lo que Robert y el senador pudieran llegar a hacer si me quedaba. Así que agarré todo el dinero que tenía, me compré un billete de barco y me fui a París.

Exhaló un pesado suspiro.

—Otro billete para abandonar una ciudad y empezar de nuevo. Había leído algo sobre las bailarinas de París y pensé que podría dedicarme a ello. Para una chica como yo, el cabaret francés suponía un enorme paso adelante. El único problema era que no había bailado el cancán en mi vida —sacudió la cabeza y rio para sí como si le pareciera increíble su propio descaro.

—Pero no te equivocaste. Se te da muy bien.

—Sí —admitió—. Pensé que si aquella era la clase de mujer que los hombres pensaban que era no tenía ningún motivo para no explotarlo. Así que lo hice. Me cambié de nombre y me puse uno que me parecía seductor. Creé una rutina de baile, aprendí a cantar en francés, a bailar el cancán y a quitarle el sombrero a un hombre con el pie. Aprendí a conseguir que cualquiera de mis gestos, un movimiento de llamada con el dedo, un guiño de ojos o un encogimiento de hombros pareciera una promesa para todos y cada uno de los hombres del público, pero sabía que era una promesa que nunca cumpliría. Y funcionó. La mayoría de los hombres se volvían locos con mi actuación.

Denys le enmarcó el rostro con las manos.

—No me estás diciendo nada que no sepa.

—Pero era así, Denys. Tú me decías que me amabas, pero no era así. Te habías encaprichado de una ilusión, de una fantasía que yo misma había creado. Pero no era yo.

—Al principio, quizá —le acarició la mejilla con el pulgar—. Pero la primera vez que hicimos el amor supe que lo que hacías sobre el escenario era pura ficción.

—¿Cómo lo supiste?

Denys sonrió.

—Porque hasta que yo no te lo enseñé, no sabías que un hombre podía hacerte llegar al clímax con la boca.

Lola se sonrojó. El color afloró en su pálida piel descendiendo por su rostro, su cuello y sus hombros hasta desaparecer bajo la sábana que Lola sostenía contra sus senos.

—¡Ah!

Se quedó durante unos segundos en silencio, pensando en ello, y dijo a continuación:

—Tu padre sabe lo del senador.

—¿Qué?

Lola asintió.

—Vino a mi camerino antes del estreno de anoche y me

lo dijo. Ha tenido a los hombres de Pinkerton investigándome desde que regresé a Londres. También me dijo que había vendido su parte del Imperial.

—Sí, sé lo del Imperial. Se lo ha vendido al conde de Barringer. Firmaron ayer los papeles.

—Lo sé. Pero, si no has visto a tu padre, ¿cómo lo has averiguado?

—Me he alojado en el White's esta noche y Barringer estaba allí cuando llegué. Fue él el que me dio la noticia. Lo cierto es que no me sorprendió que mi padre hubiera dado ese paso.

Lola se mordió el labio.

—Lo siento, Denys.

—No lo sientas por mí. Y Barringer no es mal tipo. Por supuesto, no te aprobará como socia porque es un hombre muy estirado, pero no puede echarte del teatro.

—Olvídate del conde de Barringer. Denys... —Lola se interrumpió y suspiró con fuerza—. He renunciado a la obra. Me iré de Londres en cuanto mi doncella haya hecho todos los arreglos necesarios con Cook's.

Si se marchaba, Denys tendría que olvidarse de cualquier otro paso de su plan. Tomó aire.

—¿Por qué?

—Denys, ya te lo he dicho, tu padre sabe que trabajé en tabernas, sabe lo de Robert, lo del senador... Lo sabe todo.

—Y supongo que te lo echó en cara.

Mientras hablaba, sintió una oleada de enfado e intentó sofocarla recordándose a sí mismo que, pasara lo que pasara aquel día, su padre y él iban a tener que verse las caras. Era inevitable.

—Nada de eso importa, Lola. A mí no me importa nada en absoluto.

—Yo no era la primera chica a la que Robert había utilizado para conseguir un contrato —continuó Lola como si no le hubiera oído—. Más tarde descubrí que era algo que hacía constantemente. Pero yo estaba demasiado enamorada como para darme cuenta de la clase de hombre que era —hizo gesto de impaciencia con la mano—. Fui una estúpida. La cuestión es que tu padre cree que acepté la oferta del senador. Si se lo cuenta a alguien…

Denys negó con la cabeza.

—No lo hará.

—¿Cómo puedes estar tan seguro?

—Porque sabe perfectamente que podrías llegar a convertirte en su nuera y no va a dar a conocer una historia como esa.

—Pero yo no voy a ser su nuera y ambos lo sabemos. Y también él, por cierto. Y, maldita sea, Denys, ¿por qué estás sonriendo?

—Porque me alegro.

—¿Te alegras? —se le quedó mirando como si le hubiera salido una segunda cabeza—. ¿De qué puedes alegrarte, por el amor de Dios?

—De que me hayas contado todo esto. Has desbaratado los planes que tenía mi padre. Ahora, cuando me hable de tu supuestamente sórdido pasado, disfrutaré informándole de que ya estaba al tanto de todo. Pero antes me gustaría saber si hay algo que no me hayas contado. ¿Hay otros tipos de los que deba saber algo? ¿Algún otro hombre al que le hayas aplastado la cabeza o con el que hayas huido a Nueva York?

—No, Denys —contestó en tono sumiso, pero Denys sabía que no iba a aceptar con la misma sumisión acompañarle al altar. Y sus siguientes palabras lo demostraron—. ¿Quieres hacer el favor de dejar de ignorar algo que es una cuestión vital? Robert pensaba que yo era una persona que podía ser utilizada, un objeto que los hombres podían ir pasándose de uno a otro y, al final, dejar de lado. De una forma menos cruda, tu gente piensa lo mismo de mí. Creen que soy escoria.

—Pero yo no creo que lo seas. ¿Tú crees que lo eres?

—No, y los dos lo sabemos. A mí no me importa lo que piensen de mí los demás, pero, para tu familia y para los círculos en los que quieres que viva, siempre seré escoria. Casándote conmigo no cambiarás la opinión que tienen de mí.

—Yo no estoy tan seguro, pero, incluso en el caso de que tengas razón, ¿de verdad crees que tu alternativa es mejor? —le preguntó—. Volver a cambiar de nombre, de ciudad, empezar desde cero una vez más, ¿qué sentido tiene? ¿Durante cuánto tiempo vas a poder seguir huyendo de ti misma?

El rostro de Lola se crispó.

—¿Qué otro destino puede haber para un hombre como tú y una mujer como yo?

Denys se levantó con un gesto brusco de la cama.

—Yo ya te he ofrecido una alternativa —le dijo mientras comenzaba a vestirse—. Dos veces, de hecho. Pero a ti no parece gustarte.

—Porque no es una alternativa viable.

—Sí, claro que lo es. Por supuesto, no es perfecta, no puedo presentártela envuelta en papel de regalo y haciéndote una reverencia.

—¿Y crees que eso me importa? Denys, en Inglaterra el matrimonio es permanente, dura hasta la muerte. Mi madre pudo cambiar de opinión y conseguir que le anularan el matrimonio, pero esto es diferente. Cuando alguien de tu círculo se casa, nunca hay nada que ocultar.

—Es cierto.

Se puso la camisa, se la metió por los pantalones, alargó la mano hacia los calcetines y también se los puso.

—El matrimonio sería para siempre. No tendrías la posibilidad de anularlo después, ni siquiera teniendo en cuenta mi escandaloso pasado.

—Eso también es cierto —se calzó y miró a su alrededor—. ¿Dónde demonios está mi maldito cuello?

—Tu padre ya ha vendido el Imperial. Si te casas conmigo, hará algo mucho peor que eso. Te desheredará.

—¡Ah! —dijo Denys.

Vio entonces el cuello a los pies de la cama. Lo agarró junto a los gemelos, el broche para el cuello y la corbata, se colocó después ante el espejo del tocador y continuó vistiéndose.

—¿Y si lo hace, Denys? —le preguntó ella al cabo de unos segundos.

Denys, que se estaba atando la corbata, se detuvo y la miró a través del espejo, fingiendo no entender la pregunta.

—¿Te preocupa que no pueda mantenerte?

—No es eso. Si fuera necesario, yo podría mantenernos a los dos.

—Preferiría que no lo hicieras. En mi círculo no están bien vistas ese tipo de cosas —terminó de atarse la corbata y comenzó a colocarse el broche—. ¿Es eso lo que te preocupa? ¿Tener que renunciar al teatro? Porque, si es eso, por mí puedes seguir actuando. No me importa.

—¡Tampoco es eso! —gritó Lola—. Me encanta actuar, es cierto, pero, si me casara contigo, es evidente que tendría que renunciar. Es posible que no tenga mucha idea de cómo tiene que comportarse una vizcondesa, pero también sé que no puede trabajar como actriz.

Denys rio para sí, advirtiendo el cambio de lenguaje, el uso de la palabra «si». Otro paso adelante, pensó complacido y también un poco aliviado por el hecho de que estuviera dispuesta a renunciar a la escena. Estaba orgulloso de lo que Lola había conseguido por sí misma, sobre todo la noche anterior, y en el caso de que ella quisiera continuar actuando, apoyaría su decisión, pero, aunque estaba dispuesto a librar aquella batalla en contra de la alta sociedad para defenderla, no podía decir que le resultara una perspectiva atractiva. Ya iban a tener que librar otras muchas batallas.

—¿Entonces cuál es el problema? —preguntó, volviéndose hacia ella—. Te amo y tú has dicho que me amas. ¿De verdad vas a renunciar a mí porque tienes miedo de que no nos acepten?

Lola no contestó y él continuó.

—En el Covent Garden me dijiste cosas que me llevaron a pensar que estabas preocupada por lo que pudieran pensar de mí. Te mostraste muy preocupada por mi futura felicidad. Y, aunque creo que todo eso es cierto, también pienso que no lo es todo. ¿Por qué no me dices la verdad? ¿Cuál es la verdadera razón por la que tienes tanto miedo?

Lola tampoco contestó entonces y él decidió dejarlo pasar. Tenía un plan y muchas otras cosas que hacer para llevarlo a cabo. Tomó el chaleco, se lo abotonó y alargó la mano hacia la chaqueta.

—Ahora tengo que irme —dijo con delicadeza.

Lola asintió, pero no contestó y tampoco alzó la mirada. Denys se preguntó si quizá no debería dejar de presionar, darle más tiempo. Pero, de pronto, llegó hasta él la voz de Lola desde el otro extremo del dormitorio, suave y queda.

—¿No lo sabes?

Denys tensó la mano alrededor de la chaqueta que tenía en la mano.

—Puedo imaginármelo —musitó, estudiando su cabeza inclinada y su pelo revuelto—. Podría decir que es porque todos los hombres de los que has estado enamorada o te han abandonado o te han despreciado.

Un suave sollozo le indicó que no se había confundido.

—Podría ir incluso un poco más lejos —continuó Denys mientras caminaba hacia la cama —posó la mano en su mejilla y le alzó el rostro— y decir que te aterroriza que yo pueda hacer lo mismo. Que termine cansándome de ti, me desenamore y busque una amante.

Una lágrima rodó por la mejilla de Lola y Denys la secó con el pulgar.

—No lo haré —le prometió, y se separó de ella—. Tendrás que aceptar mi palabra, por supuesto... —se encogió de hombros y se puso la chaqueta—. Eso es todo, te estoy pidiendo que confíes en mí.

—No es una cuestión de confianza. El problema es que el mundo es así.

—¿De verdad crees que mi familia no te aceptará si nos casamos?

—No lo harán. Tu padre... —tragó saliva con fuerza y Denys se preparó para enfrentarse a un nuevo obstáculo—. Denys, me dijo que era una prostituta.

La rabia explotó en el interior de Denys, que, aunque no se movió, tardó varios segundos en poder controlarse lo suficiente como para poder hablar.

—No volverá a hacerlo nunca más. Eso te lo prometo. Me aseguraré de que entienda que, si pronuncia una sola palabra despectiva hacia ti, habrá cruzado el Rubicón.

—¡Oh, no! —gimió Lola—. No debería haberte dicho nada. No permitiré que hagas una cosa así. No voy a dejar que me pongas por delante de tu familia.

—Ya lo he hecho. Tomé la decisión la tarde que estuvimos en St. John's Wood, cuando crucé la acera y me monté en ese taxi. Aquel día te elegí a ti.

Lola negó con la cabeza, negándose a creerle, y Denys decidió que ya iba siendo hora de lanzar el dado y probar suerte.

—Pongamos tu falta de confianza en mi familia a prueba, ¿de acuerdo? Voy a organizar una cena en un salón privado del Savoy esta noche. Estás formalmente invitada a reunirte con nosotros.

Lola se le quedó mirando con los ojos abiertos por el pánico.

—¡No puedo ir a cenar con vosotros!

—Claro que puedes. Es muy sencillo. Solo tienes que ponerte un vestido bonito, bajar las escaleras y decirle al maître que quieres reunirte con el grupo de lord Somerton. Yo me aseguraré de que sepa que te espero. Él te acompañará a la puerta, te anunciará y tú entrarás en el salón. Todo muy sencillo.

—Y después se desatará un infierno —farfulló—. Tu padre nunca permitirá que me siente a vuestra mesa.

—No es él el que tiene que permitirlo o dejar de hacerlo. Yo soy el anfitrión, de modo que su única opción es quedarse o marcharse. Si no desea disfrutar de nuestra compañía, es libre de levantarse e irse.

—Denys...

Denys se sentó el borde de la cama y, cuando Lola intentó volverse, la agarró del brazo.

—Has dicho que me amas. ¿Lo decías en serio? Porque, si es así, quiero que me lo demuestres. Baja al salón y enfréntate a ellos. Arroja el guante.

—No creo que pueda hacerlo.

—Claro que puedes. Eres mucho más valiente de lo que crees.

—No soy valiente.

—Claro que sí. Dios mío, eres valiente y ni siquiera eres consciente de ello. Te enfrentaste a un hombre que quería violarte. Le tiraste una copa de vino a la cara a un senador. Recorriste medio mundo para convertirte en bailarina de cancán sin saber francés ni bailar el cancán. Decidiste convertirte en actriz antes de saber actuar. Y, después de un fracaso humillante, ayer por la noche saliste al escenario dispuesta a enfrentarte a un público que esperaba un nuevo tropiezo y demostraste lo equivocados que estaban. ¿Y crees que no eres capaz de enfrentarte a mi familia? Cariño, concédete algún mérito.

—Pero no tendría que enfrentarme solo a tu familia. Tendría que enfrentarme a todo el mundo. A tu mundo, Denys.

—Eso es cierto y, si te casas conmigo, no todo será coser y cantar, te lo garantizo, aunque consigamos conquistar a mi familia. Harán falta entereza y valor, tendremos que ser muy fuertes para enfrentarnos a los círculos de la alta sociedad. Muchos de sus miembros se mostrarán fríos, hostiles e incluso mezquinos. Dirán las cosas más crueles sobre ti, y te las dirán también a ti.

—¡Y a ti!

—Sí —admitió—. Y es posible que la situación se prolongue durante el resto de nuestras vidas. Pero, aun así, te estoy pidiendo que te cases conmigo. Y no estarás sola, porque yo estaré a tu lado durante todo el camino. Por otra parte... —se interrumpió y se levantó—, también podrías elegir el camino más fácil. Podrías comprar un billete de barco, irte a cualquier otra parte, cambiar de nombre y repetir el patrón que ha marcado tu vida. Tú decides, amor mío.

Hundió la mano en el pelo de Lola, la hizo alzar la cabeza y se inclinó para besarla.

—La cena es a las ocho y cuarto —le dijo.

La soltó, dio media vuelta y se dirigió hacia la puerta. La abrió, se detuvo y volvió a mirar a Lola por encima del hombro.

—Si vienes, sé puntual. En mi familia no se llega nunca tarde a una cena. Y si no vienes... —tomo aire—, que el cielo me ayude.

Y, sin más, salió y cerró la puerta tras él. Antes de encaminarse hacia el ascensor, se detuvo para rezar una plegaria, porque sabía que, en aquel momento, necesitaba toda la ayuda que pudiera conseguir.

Lola continuó sentada a los pies de la cama con la mirada fija en el vano de la puerta. Denys apenas acababa de marcharse, pero ella ya sabía que tenía razón.

La elección era muy clara: otro billete de barco para abandonar Londres y empezar de nuevo una vez más o una nueva vida que no se parecería a nada de lo que hasta entonces había esperado.

Ser vizcondesa sería lo más difícil que había hecho nunca, mucho más difícil que aprender a bailar el cancán o convertirse en actriz. Más difícil, incluso, que desnudarse delante de un montón de marineros lascivos. Se enfrentaría a un público mucho más duro que cualquiera de los críticos londinenses y estaría más expuesta de lo que había estado nunca en cualquier taberna portuaria. Y, jamás, jamás, podría salir huyendo.

Con aquel pensamiento en mente, y con la rapidez con la que se encendía una cerilla o se chasqueaban los dedos, tomó una decisión.

No quería salir huyendo. Quería quedarse. Porque quería creer que existían los finales felices. Y porque odiaba salir huyendo de un desafío solo porque le asustaba. Pero, sobre todo, quería quedarse porque Denys la amaba y ella le amaba a él. Siempre le había amado. Y no iba a escapar de aquel sentimiento. No, aquella vez, no. Diablos, ¡claro que no!

Iría a aquella cena, se enfrentaría al desafío que las élites le planteaban, viviría con Denys y se convertiría en su esposa. Y si su familia no les aceptaba, y si la alta sociedad londinense les despreciaba, peor para ellos.

Aparto las sábanas y se levantó, pero apenas había dado un paso antes de que la asaltara una nueva duda, una duda tan importante que la dejó paralizada. Aquella noche podría ser la más importante de su vida y aquello la obligaba a enfrentarse a la misma terrible y angustiosa pregunta que había perseguido a las mujeres que se habían enfrentado a aquel tipo de situaciones a lo largo de la historia.

En nombre del cielo, ¿qué iba a ponerse?

La pregunta crucial sobre el atuendo de Lola para aquella noche se decidió por fin, gracias, sobre todo, al excelente gusto y la sinceridad de su doncella. Y, justo diez minutos después de las ocho, Lola se presentó ante el maître con un deslumbrante y llamativo vestido de Worth de seda color verde musgo. Lo acompañaba con unos guantes blancos hasta el codo y diamantes y peridotos resplandeciendo en su pelo, sus orejas y alrededor de su cuello.

Sin embargo, el maître no se mostró particularmente impresionado ni por el vestido de Worth, ni por las joyas ni por la actriz que las llevaba.

—Buenas noches, señorita Valentine —la saludó.

Su tono fue educado e inclinó la cabeza unos centímetros, pero, a pesar de lo que Denys había dicho, no hizo ademán de acompañarla a ninguna parte.

Lola volvió a intentarlo.

—Voy a reunirme con lord Somerton.

—Así es —hubo entonces un inconfundible deje de desprecio en su voz y continuó sin moverse.

Lola esperó, preguntándose qué se suponía que tenía que hacer y, cuando el silencio se prolongó y comenzó a ver una sonrisita curvando los labios del maître, se recordó que, si seguía aquel camino, si se empeñaba en aquel intento desafiante de elevarse por encima de su posición social, se enfrentaría a sonrisas despectivas por doquier. Aquel, comprendió, solo era el principio.

Pero Lola no tenía intención de agachar la cabeza delante de un simple maître. La mejor manera de proceder, decidió, era fingir que estaba en escena representado el papel de una vizcondesa. ¿Qué haría una vizcondesa cuando se enfrentaba a aquella actitud por parte de un mero sirviente?

A pesar de los nervios y la aprensión que le cerraban el estómago, consiguió arquear las cejas lo suficiente como para parecer, más que amenazada, intrigada por aquella falta de colaboración.

—¿Debo llamar a lord Somerton para que me acompañe?

—preguntó con una leve sonrisa—. ¿O es preferible que le ceda el honor a usted?

Después de que le hubieran recordado que el vizconde estaba de parte de la actriz, los modales del maître fueron algo menos altivos.

—Por aquí, señora.

La condujo por el largo pasillo de la recepción y los salones privados hasta llegar a uno situado al final. Era una lujosa habitación decorada en blanco y oro en la que las velas de las arañas proyectaban un cálido resplandor sobre, quizá, dos docenas de damas elegantemente vestidas y de caballeros mientras que los empleados con el uniforme del Savoy se desplazaban entre ellos con bandejas de sherry. En la pared más alejada, había unas puertas altísimas; estaban abiertas, revelando la larga mesa del comedor, vestida con lino blanco, una cubertería resplandeciente y centelleante cristal.

Lola había estado en ambientes como aquel en otras ocasiones. Había asistido a fiestas tan elegantes como aquella, pero jamás había estado entre la aristocracia en un entorno como aquel. De pronto, dejó de estar solo nerviosa. Estaba aterrorizada.

—La señorita Lola Valentine.

La voz del maître pareció retumbar en la habitación y todos aquellos elegantes nobles que deambulaban por el salón parecieron quedarse petrificados. Las conversaciones enmudecieron y se hizo el silencio. Lola comenzó a escrutar la habitación en un intento desesperado de localizar el rostro de Denys. Pero, en el momento en el que vio a Conyers, se quedó paralizada ante la frialdad y la hostilidad de su mirada.

«Eres mucho más valiente de lo que crees».

Lola cuadró los hombros, alzó la barbilla y respondió a su mirada con otra de fingida indiferencia. El conde comenzó a avanzar hacia ella, pero, de pronto, apareció otro hombre en su línea de visión, bloqueándole la vista del conde.

Denys.

A pesar de sus pretensiones, Lola no pudo evitar un suspiro de alivio, pero terminó tragando saliva desolada, porque, en vez de aproximarse a ella, Denys le tendió la mano.

Aterrada, Lola no se movió. Sentía todas y cada una de las miradas fijas en ella y estaba segura de que, salvo por una excepción, aquel escrutinio no era bienintencionado. Aquella situación no era como la del día de la exposición floral porque sabía que podía escapar con facilidad. Lo único que tenía que hacer era dar media vuelta y marcharse. No había nada que la detuviera. Nada, salvo Denys esperándola en el otro extremo del salón.

Manteniendo la mirada fija en su rostro, en la tierna sonrisa que curvaba sus labios y en la reconfortante calidez de sus ojos castaños, tomó aire y comenzó a avanzar, paso a paso, planteando un desafío a todos los presentes.

Incluso con la mirada fija en Denys, el trayecto hasta el otro extremo del salón se convirtió en un largo viaje porque podía sentir con cada uno de sus pasos aquel escrutinio reprobador. Pero, al final, consiguió llegar al lado de Denys.

—¡Has venido! —le dijo con una leve risa—. Me alegro mucho.

—¿De verdad creías que no iba a venir?

—Soy incapaz de prever lo que piensas hacer, Lola —confesó Denys, le tomó la mano y se inclinó sobre ella—. Y estoy convencido de que eso forma parte de tu encanto.

Lola sonrió al oírle. Se movió entonces para retirar la mano, pero él no la soltó. En cambio, le agarró los dedos con fuerza y posó una rodilla en el suelo.

—¿Qué haces? —Lola se volvió desesperada hacia al conde, reparó en el tono amoratado de su rostro y volvió a mirar a Denys. Proponerle matrimonio delante de toda su familia era como sacudir un trapo rojo delante de un toro—. ¡Levántate! —susurró—. Por el amor de Dios, ¡levántate!

Denys ignoró su súplica.

—Señorita Charlotte Valinsky —dijo en voz suficientemente alta como para que todo el mundo pudiera oírle—, ¿quiere casarse conmigo?

Se oyeron exclamaciones de sorpresa y, en alguna parte, detrás de ella, también se oyó un grito. Lola solo pudo asumir que se trataba de la madre de Denys.

El calor fluyó a su rostro y volvió a dirigir una mirada fugaz a su alrededor y, aunque vio todos los rostros difuminados, la hostilidad era palpable.

—¡Ay, Denys! —le regañó con suavidad—. ¿Qué has hecho?

Denys alzó la mirada hacia ella con aquella tierna sonrisa curvando todavía sus labios.

—¿Vas a darme una respuesta o pretendes dejarme en suspense?

Lola abrió la boca, pero, antes de que pudiera contestar, intervino otra voz en la conversación.

—¡Ya está bien! —el conde no elevó la voz, pero, en el silencio del salón, su gélido desdén resonó como una explosión de dinamita. El conde dejó la copa de sherry en la bandeja de uno de los lacayos—. Denys, levántate, por el amor de Dios, y deja de hacer el ridículo.

Denys le ignoró. Continuó con la mirada fija en ella.

—Contesta a mi pregunta, Lola.

—Si te casas con él, te repudiaré —le amenazó Conyers—. Para mí será como si hubieras muerto.

Denys volvió la cabeza para mirar a su padre.

—Si eso es cierto, lo sentiré, puesto que tanto tu opinión como tu afecto son muy preciados para mí. Pero hay cosas... —se interrumpió, miró a Lola y volvió a estrecharle la mano—, hay cosas que para mí son más importantes que el respeto y el afecto de mi familia. Esta es una de ellas. ¿Y bien, Lola? —la urgió, sosteniéndole la mirada—. ¿Te casarás conmigo?

—Si no apoyo ese matrimonio, serás marginado en todos los círculos de la alta sociedad —continuó su padre—, todo el mundo te dará la espalda.

—Tiene razón, Denys —reconoció Lola con la voz atragantada—. Sabes que tiene razón. Quizá deberías repensártelo. Todo el mundo te abandonará si te casas conmigo. Tu familia, todos tus amigos…

—Yo no —resonó otra voz masculina. Lola se volvió y descubrió a Jack caminando hacia ellos a través de los invitados. Se detuvo al lado de Denys y la miró—. Yo jamás abandono a mis amigos, Lola. Y tampoco te abandonaré a ti.

—Ni yo —otra voz de hombre hizo mirar a Lola por encima del hombro de Jack y vio a James avanzando hacia ellos—. Señorita Valentine —la saludó con una reverencia antes de colocarse al otro lado de Denys—, es un placer volver a verla.

—¿Un placer? —repitió Jack con un sonido burlón—. Es mucho más que eso. Es absolutamente maravilloso —le agarró la mano que hasta entonces le sostenía Denys y se la besó—. Provocando una vez más a la aristocracia, ¿eh, Lola? —y añadió, guiñándole un ojo—. Ya van dos veces en un mes. ¿Qué va a decir la gente?

Lola desvió la mirada de Jack a James. Estaba tan asombrada por aquel apoyo incondicional que no sabía qué contestar. Supuso que debería asumir la actitud circunspecta propia de una dama, aunque solo fuera para demostrar a la familia de Denys que no era la cualquiera que ellos pensaban.

—Caballeros —comenzó a decir.

Pero se le quebró la voz, se le cerró la garganta y cualquier pretensión de dignidad se perdió cuando dejó escapar el más inadecuado de los sollozos.

Jack, afortunadamente, acudió de nuevo en su ayuda. Bajó la mirada hacia Denys, que continuaba con una rodilla en el suelo, esperando una respuesta.

—¿Necesitas ayuda con esta proposición, viejo amigo? Parece que no te las estás arreglando muy bien solo.

—Tengo la situación controlada, Jack. Gracias.

Volvió a tomar la mano de Lola, pero, antes de que hubiera podido continuar, Jack volvió a intervenir.

—Por supuesto, por supuesto. Pero, en este tipo de casos, un hombre necesita toda la ayuda que sea capaz de reunir. Y, hablando de ayuda —añadió, mirando a derecha e izquierda—, ¿dónde diablos están Nick y Stuart? Hace solo unos minutos andaban deambulando a mi lado.

—No sé Stuart, pero yo estoy justo detrás de ti.

Lola miró por encima del hombro de Jack y, cuando vio a Nick caminando hacia ella, el impacto ya no fue tan fuerte como cuando había visto a Jack y a James. Lo que sí la sorprendió fue ver a Nick con una mujer de pelo oscuro del brazo. Era la misma mujer que había visto con Denys en la ópera. La esposa de Nick.

Pasaron entre Conyers y su hijo y, debido al rango más alto de Nick, el conde se vio obligado a cederles el paso. Retrocedió, dejando que Nick y su esposa se sumaran al círculo de apoyo de Lola y el asombro de esta comenzó a atenuarse y fue sustituido por un sentimiento más intenso y profundo.

La esperanza.

—Señorita Valentine —dijo Nick, haciendo una reverencia—, le ruego que me perdone por interrumpir un momento tan romántico, pero no podía esperar ni un segundo más a presentarle a mi esposa, lady Trubridge.

De todos los conocidos de Denys, lady Trubridge sería la más peligrosa en el caso de que se asociara algún escándalo a Lola porque era la más poderosa de las damas de la alta sociedad londinense. Pero a lady Trubridge no parecía importarle arriesgar su posición.

—Señorita Valentine —le dijo muy seria.

Lola observó con asombro cómo una de las mujeres más influyentes de Londres se inclinaba ante ella.

—Me complace mucho conocerla —continuó, rompiendo el silencio de la habitación con la elegancia de la espada de un duelista— y me gustaría mucho que supiera que jamás daría la espalda a Denys —miró a Lola a los ojos— ni a ninguno de nuestros amigos.

—Ninguno de nosotros lo haría.

Para entonces, Lola ya había superado su capacidad de sorpresa, así que la participación del duque de Margrave en la conversación ni la inmutó. Alzó la mirada y rio levemente al ver a Stuart pasando delante de Conyers. Agarrada a su brazo iba una mujer pelirroja, alta y delgada, que debía de ser la duquesa. Se colocaron juntos a su lado, uniéndose a aquella creciente muralla protectora que les rodeaba.

Pero era evidente que el círculo no estaba completo, porque Jack miró a su alrededor y, cuando Lola siguió el curso de su mirada, vio a la deslumbrante rubia que iba del brazo de Jack en la exposición floral. En aquel momento estaba al lado de lady Conyers, pero no avanzó hacia ellos y las crecientes esperanzas de Lola se aplacaron, atrapadas en el escrutinio de un par de sagaces ojos azules.

—¿Linnet? —la animó Jack—. Solo faltas tú, amor mío.

Linnet miró a su alrededor, fijándose en los rostros que la observaban y, al final, dejó escapar un pesado suspiro.

—De acuerdo —dijo con el inconfundible acento de las élites neoyorquinas mientras avanzaba hacia el grupo—. Tú ganas, todos vosotros, en realidad. La aceptaré, pero...

Se detuvo al lado de su marido, dirigiéndole a Lola una inconfundible mirada de advertencia con aquellos magníficos ojos del color del aciano.

—... pero si se le ocurre siquiera guiñarle un ojo a mi marido —añadió en voz muy baja—, le arrancaré los ojos.

La carcajada de Jack invitó a Lola a sonreír.

—Mi leona es una mujer celosa —le explicó Jack.

—Lady Featherstone —la saludó Lola, sintiéndose de lo más torpe mientras hacía una reverencia.

Era evidente que la otra mujer sabía que Jack había estado prendado de ella en una ocasión.

—¡Por el amor de Dios! —gruñó la condesa, y le tendió la mano con un gesto típico americano—. Será mejor que empieces a llamarme Linnet si quieres que lleguemos a ser amigas.

Lola bajó la mirada hacia la mano enguantada que lady Featherstone le tendía en señal de amistad y los delgados y enjoyados dedos de la condesa comenzaron a desdibujarse ante sus ojos. Pestañeando con fuerza, tomó la mano y se la estrechó con sincera gratitud.

—Linnet —consiguió decir—, es un placer conocerte. A todos —añadió—. Estoy... abrumada. De verdad. Yo...

Se le quebró la voz y miró a su alrededor, contemplando los rostros de todas aquellas personas que habían puesto su posición social en peligro y, aunque quería decir mucho más, no fue capaz de hablar.

Denys acudió en su rescate.

—Ahora que se han hecho las presentaciones —le dijo, capturando de nuevo su mano—, ¿podemos volver al asunto que nos ocupaba? Por si lo has olvidado, Lola, sigo aquí de rodillas.

Lola le estudió en silencio, allí, apoyado sobre una rodilla, proponiéndole matrimonio delante de uno de los grupos más influyentes de la alta sociedad británica, y el júbilo creció en su interior. Era tal su alegría que tenía la sensación de que el corazón iba a estallarle en el pecho.

—Has sido tú —susurró con voz atragantada—. Has sido tú el que ha organizado todo esto.

—Sí.

—¡Ah, Denys! —gritó lady Conyers desde el otro extremo de la habitación—. ¡Cómo has podido hacer algo así!

Rompió a llorar, pero Denys la ignoró.

—Tenía que demostrarte que no estás sola, querida mía. Es posible que muchos nos proscriban y se nieguen a recibirnos, pero mis amigos, nuestros amigos, no lo harán.

Pero Lola podía oír a su madre sollozando quedamente cerca de ellos.

—¿Estás seguro? ¿De verdad estás seguro? No podría soportar que terminaras arrepintiéndote de haberte casado conmigo.

—Jamás me arrepentiré —se interrumpió y le tomó la mano—. Te amo, Charlotte Valinsky. Así que, ¿vas a casarte conmigo o no?

Y fue entonces cuando Lola perdió la escasa capacidad de control que le quedaba. Brotaron las lágrimas y, para su vergüenza, comenzó a llorar.

Denys frunció el ceño con un gesto de duda.

—¿Eso es un sí? —le preguntó—. No estoy del todo seguro.

—¡Sí! —exclamó en un sollozo—. Sí. Me casaré contigo, Denys. Me casaré contigo —repitió.

—¡Por fin! —contestó él aliviado—. Me has hecho esperar mucho, Lola, de verdad.

—¡Esto no se puede permitir! —exclamó el conde—. Te desheredaré. No volverás a participar en ninguna de las inversiones de la familia. No recibirás ni un cuarto de penique para mantener a esta mujer.

—Pero lo haré, padre —con los dedos entrelazados con los de Lola se volvió hacia su padre—. Tengo la cervecería que comparto con Nick, y Arcady. Tú no has invertido nada en ninguna de ellas. Son solo mías. ¡Ah, y el Imperial, por supuesto!

—Ayer le vendí mi participación en el Imperial a lord Barringer.

—Lo sé. Pero Barringer me la ha vendido a mí esta tarde.

—¿A ti?

—Sí. He hecho la compra sirviéndome de mis propios fondos. Por su parte, Barringer se ha mostrado encantado de poder sacar dos mil libras de beneficio y retirarse, sobre todo cuando le he asegurado que Lola jamás le vendería su parte, por mucho dinero que le ofreciera. Espero que no te importe que haya hablado por ti, querida —añadió para Lola—, pero he pensado que, como socio, me preferirías a Barringer.

—No me importa —musitó—. ¿Entonces vamos a seguir dirigiendo juntos el teatro?

—Por supuesto —alzó la mano enguantada de Lola y la besó—. Somos socios, ¿recuerdas?

Conyers musitó un juramento.

—¿Entonces estás decidido a seguir adelante?

—Sí, padre.

—¿No puedo disuadirte?

—No.

El conde se volvió hacia Lola y la recorrió de pies a cabeza con la mirada.

—¿Y tú, joven, no tienes intención de hacerle entrar en razón?

—No, milord —contestó, y sintió que Denys le apretaba la mano con fuerza.

—Renuncio —musitó el conde con un gesto de exasperada derrota—. Haced lo que queráis, los dos. Vosotros sabréis lo que hacéis.

—¿Entonces lo aceptas, padre? —preguntó Denys cuando su padre comenzó a volverse—. ¿Nos darás tu bendición?

—¿Mi bendición?

El conde se detuvo, cuadró los hombros y se volvió para mirarles.

—No —dijo—. No puedo hacer eso porque no bendigo esta unión. Pero —añadió, y Lola contuvo la respiración— sé reconocer una derrota. Y, si yo no acepto a esta mujer, jamás lo hará la alta sociedad. Si eso ocurriera, solo el cielo sabe cuál sería el futuro de tus hijos. Es posible que no los admitieran en Oxford —se estremeció como si aquel destino fuera peor que la muerte—. Tus hijas podrían tener que casarse con plebeyos.

El conde miró a Lola. Aunque su mirada continuaba cargada de resentimiento, no contenía el mismo grado de desprecio que la noche anterior en su camerino.

—El cielo sabe que no eres la mujer que habría elegido para mi hijo y que, a pesar de lo que ha pasado aquí esta noche, el resto de la nobleza no te recibirá con los brazos abiertos.

—Estoy de acuerdo, Conyers —intervino lady Trubridge, rodeando a su marido para agarrar al conde del brazo—. Pero le aseguro que, una vez se haya casado con Somerton, iré introduciendo a esta joven de forma gradual en sociedad y, aunque no será fácil, haremos todos lo que podamos. Ahora —añadió, apartando al conde con delicadeza—, creo que comenzarán a servir la cena dentro de un momento, así que deberíamos trasladarnos a la otra habitación.

Comenzó a encaminar al conde hacia la puerta, invitando a los demás a seguirlos, pero el conde no parecía dispuesto a marcharse. Se detuvo para dirigirle a Lola una beligerante mirada por encima del hombro.

—Tendrás que renunciar al teatro —le advirtió—. E intenta concebir por lo menos un hijo para que el imbécil de mi sobrino no termine heredando mi título.

Y, sin más, entró en el comedor del brazo de lady Trubridge. Los demás les siguieron, la madre de Denys, secándose los ojos con pequeños toquecitos de pañuelo y acompañada por Nick, los amigos de Denys y sus esposas y otra docena de personas a las que Lola no conocía en absoluto. Antes de salir hacia el salón, todas ellas inclinaron la cabeza en señal de reconocimiento, indicándole que Denys y ella contaban al menos con el apoyo de las personas que había en aquella habitación.

La hermana de Denys fue la última en acercarse.

—Bienvenida a la familia —dijo, dándole a Lola un sonoro beso en la mejilla—. No sabes dónde te has metido.

Lola sonrió. Le gustó la frescura de aquella mujer.

—¡Claro que lo sé! Ya me he enfrentado tres veces a tu padre.

—¿A mi padre? —emitió un sonido de desprecio—. Eso no es nada. Espera a que conozcas a mi abuela.

—Susan —dijo Denys en tono de advertencia.

Susan se echó a reír, se puso de puntillas y le dio un beso a su hermano.

—Así que enfrentándote a toda la nobleza, ¿eh, Denys? Dios mío, eres muy valiente. ¿Te queda algún amigo soltero que sea como tú?

—Yo todavía estoy soltero —señaló James.

—Mi queridísimo Pongo —contestó Susan con evidente cariño mientras le agarraba del brazo—. Sabes que te adoro —añadió mientras daban media vuelta y comenzaban a caminar hacia el comedor—, pero jamás me casaría contigo. Para mí eres como un hermano.

—Sí, por supuesto —contestó él precipitadamente.

Denys y Lola se echaron a reír mientras les veían alejarse.

—Pobre James —musitó ella—. ¿Encontrará alguna vez el amor?

—No te preocupes por Pongo. Él se enamora cada semana.

—Tu hermana tiene razón sobre ti, ¿sabes? —le dijo Lola mientras se volvía hacia él, todavía desconcertada por todo lo que acababa de ocurrir—. Eres el hombre más valiente que he conocido nunca.

—Querida mía —contestó él, y la estrechó en sus brazos—. Ya te lo dije en otra ocasión, tú sí que eres valiente. Y por Dios que lo has demostrado enfrentándose a todos ellos tal y como lo has hecho.

—Tenía que hacerlo. Ya ves… —se interrumpió para tomar aire—, cuando te has ido esta mañana, he estado pensando largo y tendido sobre mi vida y he comprendido que huir no era la respuesta. Porque te amo.

—Y yo te amo a ti. Y el amor todo lo puede —le dijo, inclinando la cabeza.

Comenzó a besarla, pero se detuvo de pronto a unos milímetros de sus labios.

—Por cierto, ahora espero que admitas que yo tenía razón y tú estabas equivocada.

—¿Sobre qué?

Denys tensó los brazos a su alrededor.

—Sobre que a veces existen los finales felices.

—No puedo negarlo —soltó una carcajada y le rodeó el cuello con los brazos—. Al fin y al cabo, tú eres mi caballero andante.

—Desde luego —musitó, e inclinó la cabeza hacia ella—. Y tú serás mi vizcondesa, mi esposa, la madre de mis hijos y el amor de mi vida hasta el fin de mis días.

—¿Y la alta sociedad?

—Si a la alta sociedad no le gusta, que se aguante.

—Este sí que es el mejor final feliz que he oído en toda mi vida —dijo ella, y le besó.

Agradecimientos

Hay libros que necesitan de mucha investigación. Afortunadamente, un autor siempre encuentra personas generosas y entusiastas dispuestas a ayudarla. Para escribir este libro, he contado con la ayuda de dos expertas actrices que me han ayudado en todo lo relativo al mundo del teatro.

En primer lugar, quiero dar las gracias a la actriz profesional Traci Lyn Thomas, que contestó a mis interminables preguntas sobre audiciones, ensayos y actuaciones y que me explicó en profundidad las diferencias entre productores, patrocinadores y directores.

También quiero agradecer la ayuda de la artista y actriz local Bonnie Peacher por haber leído el manuscrito final y haber verificado que había conseguido transmitir la atmósfera de una actuación.

Mi más sincera gratitud a las dos.

www.ingramcontent.com/pod-product-compliance
Lightning Source LLC
LaVergne TN
LVHW030336070526
838199LV00067B/6314